JN035028
アグニカ王国女王アストリカと
グドルーン女伯
二人の要求は厄介そのものだった。

「ヴァルキュリアよ。
おまえも少しは大人になったのだ。
明るい顔でヒロト殿を見送ってやらんか。」

ヴァルキュリアの唇は真一文字に結ばれていた。
目元は伏していてわからない。だが、はっきりと感情はわかった。
伏した目から一筋の滴が――悲しみの滴が落ちてきたのだ。

「ヒロト、ぎゅ～っ♪」
どこでもテンションが上がったら愛情表現をするのが
ヴァンパイア族の女である。

高１ですが異世界で城主はじめました21

鏡 裕之

HJ文庫
988

口絵・本文イラスト　ごばん

目次

高1ですが異世界で城主はじめました

関連地図

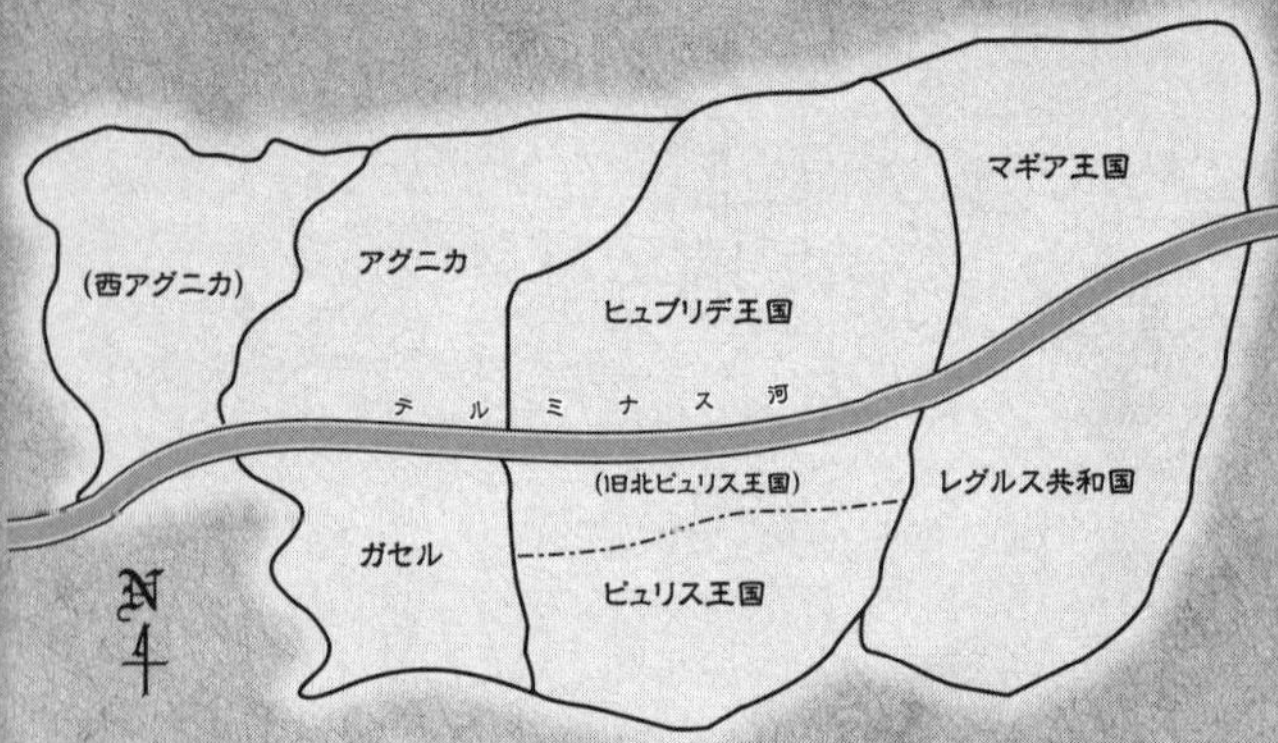

ヒュブリデ王国

ヒロトが辺境伯を務める国。長く続く平和の中、順調に経済的発展を遂げたが、そのツケが回り始めている。

ピュリス王国

イーシュ王が治める強国。8年前に北ピュリス王国を滅ぼし、併合した。

マギア王国

平和を好む名君ナサール王が統治する国。50年前にヒュブリデと交戦している。

レグルス共和国

エルフの治める国。住人はほぼ全員エルフで、学問が発達している。各国から人間の留学を受け入れている。

アグニカ王国

ヒュブリデの同盟国。

ガセル国

ピュリスの同盟国。

序章　予感

　高い塀と白い門扉に囲まれた宏大な敷地の中に、まるで主人のような顔をして悠然と立つエンペリア宮殿――。巨大な白鳥が女王然と白い両翼を伸ばしたみたいに、左右の翼棟が張り出している。この宮殿の中に、王の部屋があり、重臣の部屋がある。

　レオニダス一世が王子時代に住んでいた部屋――そして今や国務卿ヒロトのものとなった部屋は、中庭に面していた。日差しを浴びた広々とした明るい庭には、たっぷりと温湯を湛えた白いプールが設けられている。そのプールから、燃えるような赤いツインテールを伸ばした爆乳の女が上がったところだった。

　野性的な、茶目っ気のある赤い瞳。彫りの深い美しい顔だち――。ぱっと目を引く美人である。

　温泉の湯が、ロケットのように高く前方へと突き出した豊大なバストを伝い落ちた。細く引き締まったウエストも、豊かなヒップも、温かい湯が滑り落ちて雪肌に別れを告げていく。白い肌はなめらかで美しい。

誰もがむしゃぶりつきたくなるような、グラマーな若い女だった。見たところは人間の女である。だが、その背中には黒い翼が生えていた。伸ばせば三メートル以上に達しそうな、鉤爪のある立派な翼が周囲を威圧するように左右に広がっている。

ヴァンパイア族ゼルディス氏族の長にしてサラブリア連合代表ゼルディスの、長女ヴァルキュリアだった。今をときめくヒュブリデ王国のナンバーツー、国務卿兼辺境伯ヒロトの恋人である。ガセル王国から帰国したばかりのヒロトとサラブリア州の州都で合流して、船と馬車でいっしょに王都まで来たのだった。

約一カ月ぶりの再会だった。こんなに長い間、ヒロトと離れ離れになっていたのは初めてだったので、会えない間は本当に寂しかった。カップルの姿を見るたびに胸がズキンと痛んだ。

でも、やっとヒロトと再会できた――。

そう喜んだのも束の間、雲行きが怪しくなっている。ヒロトは国王の執務室で、枢密院会議に出席中である。アグニカ王国に対してどう処するのか、話し合っているのだ。きっと誰をアグニカ王国に派遣するか議論しているのだろう。

ヴァルキュリアも、状況は幾分知っている。ヒュブリデ王国がアグニカ王国との軍事協定を破棄したこと。破棄した後に国内最大の明礬石の鉱山が出水し、明礬石が採掘できなくなってしまったこと。明礬石が高級染め物の染色になくてはならないものであること。そして、よりによって明礬石の大規模な鉱山が、軍事協定を破棄したばかりのアグニカ王国で見つかってしまったこと――。

ヴァンパイア族に国家はない。あるのは部族連合である。だから、ヒロトのことでわからないことはある。ただ、ヒュブリデの連中が深刻な表情で大騒ぎしているのは知っている。サラブリアでヒロトの帰国を待っている時にも、州のトップたちは大事だと騒いでいた。ヒュブリデは軍事協定を結ばざるをえなくなるだろうと。そしてそれは、せっかく築いたガセルとの友好と信頼関係を台無しにすることになるに違いないと――。

（ヒロト、また出掛けちまうのかな……今度はアグニカに行くのかな……）

悪い予感がする。そして悪い予感はたいてい当たる。

もうそろそろ会議は終わった頃だろうか、とヴァルキュリアは思った。会議のことが気になる。

赤いハイレグ衣装にロケットオッパイとくびれたウエストとヒップを収めると、ヴァルキュリアは部屋を出た。エンペリア宮殿の廊下を歩く。宮殿には何度も来ているので、枢密院会議が行なわれる執務室の場所はわかる。

執務室の入り口には、二人のエルフの騎士――近衛兵が槍を持って番人のように立っていた。

会議はまだ終わっていない？

エルフの近衛兵がヴァルキュリアに気づいて笑顔を向けた。顔見知りのエルフである。近衛兵たちはヴァンパイア族に好意的だ。

「ヒロト殿は中です」

よかった。会議は終わったみたい。

エルフが親切に執務室の扉を開けてくれる。

金の装飾を施した、明るいアイボリーの漆喰の壁が目に入った。赤いビロードを張った椅子がいくつも並んでいる。

最初に目に入ったのは、こぼれ出しそうなボリュームの爆乳を白いベアトップのドレスに包み込んだ黒いボブヘアの美女だった。髪はさらさらのストレートである。双眸は茶褐色、睫毛が長くお姫様という雰囲気が漂っている。

宮廷顧問官にして亡国北ピュリスの王女、ラケル姫であった。ヒロトの味方だ。ヴァルキュリアにとっても仲間という認識である。

すぐ隣には、羽飾りのついた帽子を手にした、母性的な丸鼻の女貴族がいた。優しさと気品とプライドとが同居したような美しい顔だちをしている。両肩を剥き出しにしたオフショルダーの青いドレスを着て黒髪を垂らし、胸の谷間を露わにしている。大人っぽい豊満な乳房がドレスから溢れだしそうだ。フェルキナ伯爵である。かつてはヒロトと敵対していたが、今はヒロトの味方だ。ヴァルキュリアも嫌ってはいない。

どうやら会議は終わったばかりのようだった。緑色の上衣を着ているのは大法官、茶色の上衣を着ている真面目そうな男は書記長官、耳元以外髪の毛が残っていない禿げの老人が大長老ユニヴェステル。夏なのに相変わらず黒い衣装に身を包んで右目に眼帯を着けた隻眼の男が、宰相パノプティコス。シルフェリス副大司教とレオニダス王の姿はない。

（ヒロトは……？）

ヴァルキュリアは執務机の奥の方、恐らく国王の席に最も近い席に大好きな人の姿を見つけた。まだ椅子に座っている。机で見えないが、半袖の青い上衣の下は青いズボンだ。トレードマークのからっとした笑顔、明るい笑みはない。ヒロトは疲れているみたいだ。

「ヒロト」

声を掛けると、ヒロトの双眸の奥で瞳孔がぱっと広がり、顔が一瞬明るく輝いた。まさか来るとは思っていなかったという笑顔だった。ヒロトは立ち上がってヴァルキュリアを抱き締めた。

「ごめん……おれ、アグニカに行くことになった……」

ヒロトが開口一番、悲しい事実を告げた。思わずヴァルキュリアの身体がびくっとふるえた。

いやな予想通りだった。今度はアグニカに行くんじゃないかと、悪い予感がしていたのだ。

「出発までの間、できるだけいっしょにいるから」

とヒロトが少しかすれた、疲れた声でつづけた。

できるだけいっしょにいるから――。思いやりの見える優しい言葉のはずなのに、ヴァルキュリアはショックで返事ができなかった。

第一章　貧乏籤

1

宮廷顧問官にして亡国北ピュリスの王女ラケルは、ヒロトがヴァルキュリアとともに執務室を出て行くのを見送った。

（止められなかった……）

それが心の中に生じた後悔だった。

誰をアグニカに派遣して不本意な協定締結の交渉に当たらせるのか。ラケル自身が立候補したのだが、ヒロトも立候補し、結局ヒロトに決まってしまったのだ。

無念だった。

アグニカとの今後を考えると、ヒュブリデは極端に不利な立場にある。流れが、そして状況が、あまりに悪すぎるのだ。

問題の発端は、先々代の王が結んだ隣国アグニカとの軍事協定を、ヒュブリデ王レオニダス一世が破棄したことに始まる。アグニカは対岸の国ガセルとの戦争に備えてヒュブリデとの軍事協定を強化しようとしていて、それに対してヒュブリデは無益な戦争に巻き込まれることを嫌ったのだ。ガセル王国のバックにはピュリス王国がある。アグニカがガセルと戦争になれば、ピュリスもガセルに味方して参戦する。つまり、ガセルとピュリス両国を敵にしての戦争にヒュブリデが巻き込まれることになるのだ。ピュリスと平和協定を結んでいるヒュブリデにとっては、損にしかならない状況である。それでヒュブリデは損切りを行なったのだ。

　協定破棄の後、ヒロトはガセル王国に大使として出発した。アグニカ王国へはラスムス伯爵が向かった。ヒロトは国のナンバーツー。国の要人の中の要人。ラスムス伯爵は出自こそ大貴族だが、国の要人ではない。そのことに対して、アグニカはガセルよりも下に見られたと不満を懐(いだ)いた。

　ヒロトの旅は順調だった。ガセル王パシャン二世と王妃(おうひ)イスミルに対して親交を結ぶことに成功し、アグニカと軍事協定を再締結することはないと言明してガセル王を安心させた。さらに、アグニカの商人が行なった山ウニの不当な値上げに対しても善処すると約束してみせた。何事もなければ、ヒロトの外交は成功裏(せいこうり)に終わっていただろう。だが、その時にはすでにヒュブリデ国内の明礬石(みょうばんせき)の最大の鉱山が、出水により採掘がほぼ不可能となっていたのである。

明礬石を焼成すると、明礬ができあがる。それが高級染め物を染色する時の重要な媒染剤となる。明礬なくして高級染め物の染色はできない。明礬石は、ヒュブリデ特産の水色の高級染め物には不可欠の存在なのだ。

鉱石は大きく国家収入を左右する。鉱石は国の産業を支え、重要な輸出品となって国庫を霑す。国内の染め物を支えてきた国内最大の明礬石の鉱山が採掘不能となれば、経済的な後退も大きな損失も免れない。国内で代替の鉱山が見つかれば問題はなかったのだが、大規模な明礬石の鉱山が新たに発見されたのは、皮肉にも隣国のアグニカ王国だった。そしてアグニカ王国の女王アストリカとグドルーン女伯は、明礬石を楯にヒュブリデに軍事協定の再締結を迫ってきたのである——ヒロトがガセル王に対して、アグニカと結ぶことはないと確約した軍事協定を——。

二人の要求は厄介そのものだった。アグニカ王国女王アストリカは、

・軍事同盟を再締結せよ
・二十分の一税を納めよ
・グドルーンではなく自分ただ一人を女王として認めよ

と迫り、明礬石の鉱山を直接保有するグドルーン女伯は、

・ガセルとの有事の際にはヒュブリデは兵を送れ
・買値の八割を明礬税として納めよ
・自分を女王として認めよ

と迫っている。ヒロトは「兵と金と承認」とまとめていたが、早急に使節を送ってアグニカとの問題を――明礬石と軍事協定の問題を――解決せねばならない。だが、ヒュブリデに切れるカードは貧弱なものしかない。対してアグニカのカードは最強である。誰が行こうとも、不本意な――そしてヒュブリデにとっては不利益な――軍事協定の締結は避けられない。国内の明礬石はあと半年で枯渇する。そうなれば、染物師も織元も失業者が続出する。国家の収入も減少は免れない。背に腹は換えられない状況なのだ。明礬石のために軍事協定を再締結する以外、選択肢がない状況なのだ。どんなに交渉事で不敗伝説をつづけてきたヒロトであっても、無理なものは無理なのである。そして再締結はガセル王国との関係を損なうことになる。誰であろうと、アグニカに使節として行くのは貧乏籤を抽

く行為なのだ。

だからこそ、自分が行きたかった。ヒロト様の代わりに行きたかった。自分が行って、ヒロト様のお役に——ヒュブリデの役に立ちたかった。だが、結果的にヒロト様に一番の貧乏籤を抽かせてしまった。こういう時こそ、自分のような浮草の存在が役に立てる時だったのに……。

「止められませんでしたね」

と背後から新しく財務長官になったばかりのフェルキナ伯爵が声を掛けた。ラケルにとっては、北ピュリスからヒュブリデに亡命して以来、ずっと援助してくれている恩人である。

「わたしの力不足です……」

とラケルは答えた。

「姫様の力不足ではありません。大長老が……」

と言って、フェルキナ伯爵は黙った。ヒロトが立候補した時、ヒロトを後押ししたのは大長老ユニヴェステルである。結局、大長老の推薦に折れる形で、レオニダス王が決定したのだ。

明日にもヒュブリデから使者が、アストリカ女王とグドルーン女伯の許へ向かうことになるだろう。ヒロトが来ると聞いて、二人の女傑はどう反応するのか。二人とも、してやったりの北叟笑みを浮かべるに違いない。

フェルキナ伯爵がつづけた。

「わたしは姫様こそが行くべきだったと思っております。ヒロト殿はまだご自身の方が可能性があるとおっしゃっていましたが、誰が行っても可能性はゼロです。ヒロト殿がガセルに出向いて、他の方がアグニカに行くのが最善です」

ラケルも同じ考えだった。だが、ヒロトはその考えを採らなかった。自分が行くと言い張り、そして国王にそう決定させたのだ。まるで火の中に飛び込む虫のように――。

2

家臣が自分の部屋へ戻るよりも一足早く己の部屋へ――王の寝室へ戻ってきたのは、金糸と銀糸の入った白い絹のシャツの前をはだけ、白いピチピチのズボンを穿いた、ミディアム丈の金髪の青年だった。天蓋つきの広いベッドに背中から寝転がる。

ヒュブリデ王国国王レオニダス一世である。枢密院会議が終わったというのに、気分は最悪だった。仕事から解放されたのにまったく解放感がない。胸に残っているのは、むしろ敗北感だった。

自分は正しい判断を下したのか。あえて首を横に振って、ラケル姫を任じるべきだったのではないのか。

だが、自分はヒロトの懇請に負けてヒロトをアグニカに派遣すると命じてしまった。

《おまえには無理難題をぶつけてやる！　ありがたくちょうだいしろ！　明礬石は手に入れろ！　だが、軍事協定は絶対に結ぶな！》

ヒロトを派遣するという命令も判断も間違いだったのではないのか。自分は大馬鹿者なのではないのか。

ヒロトは一番の友人だ。自分が一番信用できる家臣であり、自分を玉座に上らせてくれた最大の恩人だ。

自分は何度もヒロトに助けられている。どれくらい支えられているかわからない。ヒロトがいるから自分は王でいられるのだ。だからこそ、ヒロトには精一杯報いてやりたい。

だが――その一番報いてやりたい相手に一番の貧乏籤を抽かせてしまった。一番不名誉な任務を与えてしまった。自分が首を横に振ればそうならずに済んだのに、結局またヒロトに難題を押しつけることになってしまった。

（くそ……おれは馬鹿か……！　負け戦に一番の家臣を送り込む馬鹿がどこにいる

……！）

自分を怒鳴りたくなる。正直、叫びたい気分である。

（グドルーンの糞は、絶対ヒロトをボコるぞ……！　リンドルスの糞もヒロトを利用するぞ……！　くそ……！　なんでおれはヒロトを行かせることにしてしまったのだ⁉　この糞が……！）

たまらず、

「くそ〜〜〜っ！」

大声を上げて髪の毛を掻きむしった。

3

ヒロトはヴァルキュリアとともに宮殿内の自室に戻って、一部始終を話し終えたところだった。ヒロトの周りには、ヴァルキュリアと女のエルフ、男のエルフ、そして人間の女が二人、骸骨が一人、集まっていた。

女のエルフはキャビンアテンダントのように金髪の後ろ髪をまとめ、こぼれそうな爆乳を青いノースリーブのドレスに包み込んでいた。元サラブリア州副長官、今はヒロトの書記エクセリスである。

いかにも肩幅が広い、騎士然としたエルフの男は、ソルムの頃からの知り合いにしてヒロトの顧問官、アルヴィである。

黒いロングヘアを背中に垂らし、真面目そうな眼鏡を掛け、ツンツンに尖った上向きのオッパイを緑色のワンピースに包んだ人間の少女は、ソルシエールである。

二房の金髪をビーズで結び、青色のワンピースからバストをはちきれそうにさせた青い目のかわいいミディアム丈の金髪の娘が、ミイラ族にしてヒロトの世話係、ミミアである。

不気味な骸骨の姿をしているのは、ソルム時代からの騎士、カラベラである。

「やはりヒロト殿が行くことになりましたか……」

とつぶやき気味にこぼしたのは、騎士のアルヴィだった。批判ではないところが、優しいアルヴィらしい。だが、エクセリスは容赦なかった。

「あなた馬鹿なの!? グドルーンはあなたを嫌ってるって、イスミル王妃も言ってたでしょ? 女王とグドルーンがこんな無理難題を押しつけたのも、あなたを引っ張りだしたいからでしょ? 相手の手にまんまと乗ってどうするの!?」

「他の人間じゃ、アグニカの条件を丸呑みするしかなくなる」

とヒロトは答えた。だが、それで収まるエクセリスではない。

「グドルーンはあなたが来るのを待ってるのよ？　あなたに報復するつもりなのよ？　アストリカ女王だって、あなたが来るのを待ってる。あなたが来ることで、ガセルと対等になれるって思ってる。そしてあなた相手にアグニカに有利な協定を結ばせて、自分とアグニカを輝かせようって思ってる。ナンバーツーの人間と格下の者が行くのとでは、アグニカの輝き具合が違ってくるのよ!?　あなた、アグニカが抜きんでることに対して最高の助け船を出そうとしているのよ!?」

エクセリスの言う通りだった。ヒロトにもそれはわかっている。そしてそれに対して有効な手がないことも、わかっている。

だが――。

他の者なら絶対に有効打は打てない。でも、自分なら有効打を打てるかもしれない――。その可能性を――あるかどうかわからないほどの微小な可能性を考えるなら、ヒロトが行くしかないのだ。

（おれ、判断ミスったのかな）

とヒロトは自問した。

（ラケル姫に任せて、おれはガセルを再訪すべきだったのかな。ほぼ不可能な一発逆転の博打に出るんじゃなくて、確実に損失を最低限に抑える安全策に出るべきだったのかな）

そうかもしれない。本当は安全策に出るべきだったのかもしれない。

（でも、それだと、イスミル王妃への約束も果たせない）

ガセル王国には、ハラハルという風習がある。子供の健康と成長を祈願する儀式のことだが、儀式では山ウニという、ウニのようにトゲトゲの表皮を持った、スイカ大の緑色の実が使われる。ガセルではほとんど採れなくなっていて、ほぼアグニカでしか採取できない。それをいいことに、アグニカの商人が暴利を貪ってきたのである。それがガセルの銀不足を招き、ガセルはピュリスの援軍を得てアグニカに攻め入った。和平協定が結ばれて、アグニカ商人は売価の八割を山ウニ税として支払うことが定められたが、一部のアグニカ商人が元々の売価を五倍に吊り上げてきたのだ。それで危うくまた戦闘が起きそうになったのだが、グドルーン女伯がその場を収めた。だが、戦闘が起きかけたことをガセル王パシャン二世もガセル王妃イスミルも重く見ていて、ヒロトに再発防止を迫ったのである。

ヒロトは善処を約束したが、明礬石という弱みを握られている以上、アグニカに対して強い態度で迫るのは難しい。ヒロトが行ったからといって強くアプローチできるわけではないが、ヒロト以外ならば袖にされておしまいだろう。

アグニカとの協議は、今後のヒュブリデの未来を決めるものになる。アグニカと軍事協定を締結すれば、ガセルはヒュブリデに期待することをあきらめ、ピュリスとの結びつきを強めるだろう。ヒュブリデはガセルに対する影響力を失い、代わりにピュリスが近隣諸国への影響力を増すことになる。ヒュブリデは近隣諸国でナンバーワンの座から落ちることになるのだ。それは王国の繁栄を直撃することになる。王国のナンバーツーとしては看過できることではない。国威が下がってよいことなど、何一つないのだ。

明礬石の問題が生じるまでは、いかにしてアグニカ－ガセル間の衝突を防ぐかが焦点だった。アグニカとガセルの紛争はピュリスを巻き込み、そして結果的にヒュブリデを巻き込むことになる。それをいかに防ぐかが焦点だった。そのためにアグニカと距離を取り、ガセルとの親交を深めたのだ。

だが、明礬石の問題が生じてからは、いかにヒュブリデの存在感を維持するかに変わっている。近隣諸国でのヒュブリデの影響力の低下は避けたい。影響力が低下すれば、ヒュブリデは近隣諸国に、より大きく振り回されることになる。振り回されて繁栄する国はない。影響力の低下を食い止めるためにはガセルとの親交のキープが必要だが、アグニカとの軍事協定締結はガセルとの親交に亀裂を走らせることになる。ならば軍事協定を締結しなければよいのだが、それでは明礬石は手に入らない。明礬石は是非とも確保しなければならないのだ。明礬石の確保という難問をクリアーしながら、いかにしてヒュブリデの影響力の低下を食い止めるか。難問の上に超難問が重なっている。

「すぐ行っちまうのか……？」

寂しそうな声で確かめたのはヴァルキュリアだった。

「アグニカに使者を送るから、一、二カ月は掛かると思う。それまではなるべくいっしょにいるから」

「ヒロトと離れ離れにならない方がいい……」

嘘のない言葉に、ヒロトは思わず切なくなってヴァルキュリアを抱き締めた。ヒロトと離れ離れにならない方がいい……。本当にその通りだ。自分もその方がいい。抱き締めながら、ヒロトはごめんと心の中で謝った。

何もなければ、ヴァルキュリアとずっといっしょにいたかった。ガセルで味わわせた寂しさの埋め合わせを、不在の埋め合わせを、したかった。二度と寂しい思いをさせないようにしたかった。

だが――。

思い切ってヴァルキュリアを連れていく？

まさか。

無理に決まっていた。ヒロトはアグニカに公式の使節として行くのだ。ヴァルキュリアを連れていけば、ヴァルキュリアもヒュブリデの公式な使節の一員としてカウントされてしまう。つまり、ヴァンパイア族がアグニカに対して協力することを示してしまうのだ。それは、有事にヴァンパイア族がアグニカのために軍事的アクションを取ることを意味してしまう。ガセル王は思い切り脅威を覚えるだろう。それはガセル王とピュリス王を今以上に結託させ、「ヒュブリデとアグニカ」VS「ガセルとピュリス」という軍事的対立関係をより鮮明にし、将来的な全面対決を用意してしまいかねない。その先に待つのは不毛な戦争である。戦争ほど国庫を消費し、国家を消耗させるものはない。

ヒロトは思わず天井を見た。

もちろん、空は見えない。どん詰まり。行き詰まり。その状況を天井が象徴しているように見える。そして目の前の天井が開けないのと同じように、ヒロトの未来も、ヒュブリデの未来も、開ける素振りはない。

第二章　ガセルとアグニカ

1

ピュリス王国ユグルタ州の港――。

傾きかけた日差しを浴びて雲母のように燦めくテルミナス河を隔てた北方には、ヒュブリデ王国のサラブリア州が広がる。ヒロトが治める地である。

ピュリス国の港にはガセル王国の商船が停泊していたが、白い一枚布を着て腰帯を巻いた浅黒い肌の、眼光の鋭い男がちょうど乗り込んだところだった。額の左側で七三に分けた黒い前髪、一直線の眉にまっすぐな鼻筋、そして青い双眸――。ガセル人らしい彫りの深い顔だちである。見かけはミドラシュ教の巡礼者に見えるが、巡礼者にしては胸も分厚く肩幅も広すぎる。

ガセル王国顧問会議の一人にして武人の、ドルゼル伯爵だった。顧問会議はガセルの諮問機関である。ヒュブリデの枢密院会議に該る。

ドルゼルはピュリス王国の智将メティスと密談を終えて、秘密裏に西隣の母国に戻るところだった。巡礼者に扮しているのは、自分がピュリスに行ったことをアグニカに悟られないためである。

（明礬石か……）

とドルゼルは船上から、北岸に広がるヒュブリデの地を見た。今日はヴァンパイア族が空を飛ぶ姿は見えない。

イスミル王妃はヒロトに、山ウニの販売で不公正や不誠実をくり返すアグニカに対して有効な手を打つように要求している。だが、要求した直後、ヒュブリデの弱みが発覚してしまった。国内最大のウルリケ鉱山で明礬石が採掘できなくなり、アグニカの明礬石に頼らざるをえなくなったのだ。明礬石を握られている以上、ヒュブリデはアグニカに対して強く出られない。山ウニの販売価格に対して強く牽制することはできないだろう。

イスミル王妃からは、いかにしてアグニカを攻めるべきか、メティスに相談してくるように命を受けている。攻略するのならテルミナス河に近い銀山ということで話は落ち着いたが、本格的な戦には準備が掛かる。これからさらにメティスと詰めることになろう。

個人的にはヒロトのことは気に入っている。異国の者だが、心が通じ合えるものがある。だが、外交は友誼だけで片づくものではない。最優先されるのは国利。どんなに深いつながりがあろうと、冷静に見極めなければならない部分が――国家の利益の部分が――外交にはある。

アグニカへ価格の公正さを守るように釘を刺すという点については、ヒロトは期待できまい。むしろ、ヒロトは逆にアグニカと軍事協定を再締結することになるだろう。それはガセルが望まぬことである。

(アストリカとグドルーンは北叟笑むであろうな)

2

ガセル王国とテルミナス河を挟んで北岸に位置するアグニカ王国――。

右肩を露出させた鮮やかな紫色のドレスでアグニカ王国最高位の身体を覆った品のよい中年女性が、バルカ王宮の執務机に着いていた。

アグニカ国女王アストリカである。かつてグドルーンと王位を争って勝利した女だ。女は執務机の上に置かれた、緑色が鏤められた白っぽい石に視線を注いでいた。

金も銀も含まれてはいない。サファイアもルビーも含まれてはいない。しかし、この石はアグニカに未来をもたらすもの、繁栄をもたらすものだ。

明礬石――染色には欠かせないものである。藍染めなどの特別な例を除いて、色を染めても通常は色が抜け落ちてしまう。しかし、媒染剤を使うと、色は抜けずに定着する。その媒染剤の素が明礬石だった。特に良質の明礬石は、高級の染め物には不可欠である。その良質の明礬石の鉱山が、我が国で見つかったのだ。そしてヒュブリデは明礬石が採掘できなくなっている――。

若きヒュブリデ王は、アグニカに対して外交的には塩対応を決めていた。だが、それがいっぺんに覆されることになった。

明礬石の鉱山はグドルーンの領地にあるので、アストリカが所有権を持つわけではない。しかし、ヒュブリデ商人がアグニカ国内で明礬石の商いをするためには、アグニカ女王が発行する特許状が必要だ。そこに希望がある。特許状を通してヒュブリデに圧を加え、望みの条件を引き出すことができる。恐らく、ヒュブリデは膝を屈することになるだろう。たとえ辺境伯を派遣しようとも――。

3

多面体の部屋の壁に埋め込まれた高価なガラス窓が、黒髪の美女を囲んでいた。夕陽の射し込む部屋は明るく、薔薇の香りが立ち込めている。香りの主は紫色のソファに腰を下ろし、ガセルのワインを楽しんでいるところだった。

百六十八センチの長身のナイスバディを包み込む、横乳の覗いた赤いワンピース。表面がきらきら光っているのはサテン生地だからだろう。推定Gカップのバストは派手に突出している。尤も、出ているのは乳房だけで、乳首は生地の下で乳球に陥没している。

女は、まるで公家の姫のように黒い前髪を横一直線に切り揃え、両サイドの横髪で耳を隠しながら背中の中程までたっぷりと後ろ髪を垂らしていた。

睫毛の長い女だった。切れ長の目には、緑色の双眸が覗いている。アグニカ人の印である。アグニカ人は瞳が緑色なのだ。ただ、彼女の髪の毛が黒なのは異国の血が入っているからだろう。アグニカ人の髪は通常、金髪である。

かつて女王アストリカとアグニカ国の王位を争った大貴族、グドルーンであった。人にはグドルーン伯とかグドルーン女伯と呼ばれる。正式名はインゲ伯グドルーンである。伯とは伯爵のことではなく、重要な地域の地方長官のことだ。インゲ伯グドルーンとは、インゲという地域の長官グドルーンという意味である。

そばには、百九十センチはあろう巨漢の騎士が二人、守護神のように立っていた。子供の頃からグドルーンを護衛してきた忠臣である。

「ヒュブリデは慌てておるでしょうな」

と護衛の一人が話しかけた。

「お気の毒に」

とグドルーンは皮肉を利かせて答えて、ガセル特有の飴色のワインを喉に流し込んだ。

二人の護衛がにやにやと笑う。

ヒュブリデは大慌てだろうとグドルーンは北叟笑んだ。できれば、アストリカがもたらした報せよりも、自分の報せに慌てていてほしいと思う。アストリカより下というのは、正直気に入らない。あの女はリンドルス侯爵のおかげで女王になっただけだ。

「戦を仕掛けてきますかね」

ともう一人の護衛が尋ねる。

「来たらおまえたちに任せるよ」

二人がまたにやにやと笑う。笑いの中に、来たら返り討ちにしてやるという気概が漲っている。グドルーンは言葉をつづけた。

「戦は悪手だよ。ヒュブリデは山から攻めても我が鉱山を奪えない。かといって河からもやはり奪えない。それに、そもそも戦ではすぐには明礬石は手に入らない。手に入れる前に国内の明礬石が枯渇する」

「ヒュブリデお得意の高級染め物が大変なことになりますな」

と護衛がグドルーンの言葉を受け継ぐ。グドルーンは右眉を上げて微笑んでみせた。

ヒュブリデにはろくなカードはない。それはアストリカもわかっているはずだ。アストリカがどんな条件を出したのかはわからないが、軍事協定の再締結は含まれているはずだ。

明礬石を持っているのはアグニカ。欲しくてたまらないのはヒュブリデ。この不利を覆す方策は、ヒュブリデにはない。

戦いの極意とは、勝ち目を見出すことに尽きる。どこに敵の弱みがあるのか、どこに自分の勝ち目があるのか、それを突き止めることに尽きる。そしてグドルーンとアグニカに勝ち目はあるが、ヒロトとヒュブリデに勝ち目はない。

ヒュブリデは恐らく粘ろうとするだろうが、明礬石を前に屈することになるだろう。自分と――すなわちアグニカと――軍事協定を結ばざるをえなくなる。

ヴァンパイア族の空の力も手に入れられれば問題なし？　それは考えうる限り最高にして最善の結末だ。ガセルは近いうちにピュリスとともに戦争を仕掛けてくるはずだ。今のアグニカでは、ガセルとピュリスの連合軍を前にして侵略される以外、未来がない。撥ね返すためにはヒュブリデとの軍事同盟が必要だ。さらにヴァンパイア族の参戦――空の力――があれば、申し分ない。ガセルとピュリスを完全に押し返せる。侵略される危険性はほぼゼロになる。だが、その最も理想的な未来は、決して現実化しない幻、ただの空想だ。

グドルーンは空想主義者ではない。むしろ現実主義者だ。ヒュブリデに軍事協定を結ばせること。ガセルが侵略した場合、すぐに軍隊――千人の騎兵と一万人の歩兵――を派遣することを約束させること。それこそが求めるべきものであり、手に入れられる結末だ。

「おとなしく頭を下げてくると思いますか？」

ともう一人の護衛が尋ねた。

「そんなタマじゃないよ。ヒュブリデは間違いなく辺境伯を送ってくるよ。辺境伯以外、この難局を切り抜けられそうな者はいないからね。パノプティコスにもユニヴェステルにも無理だ。第一、ユニヴェステルはジジイすぎて長旅は無理だろ」

護衛二人がまた軽く笑う。

（いくら辺境伯でも、何もできない。勝ち目を見出せず、辺境伯はボクに敗北を喫し、ボクとアグニカの名がテルミナス河沿岸の国々に響きわたることになる）

いずれ、ヒュブリデ王国の使節が訪れて、自分の思っていることを告げるだろう。辺境伯が参ります、と。

さて、どう返事してやるか――。意地悪な笑みが浮かぶ。

（もっと困らせてやるか……）

第三章　不眠

1

誰もが寝静まった深夜――。

ヴァルキュリアは暗い部屋の壁をずっと見つめていた。すぐ隣ではヒロトが小さな寝息を立てている。でも、自分には睡魔が訪れない。

また離れ離れ。

またひとりぼっち。

その未来が、ヴァルキュリアを眠らせてくれない。せっかくヒロトといっしょにいられると思ったのに……またヒロトと会えなくなってしまう……。

2

寝つけないのはもう一人いた。ミミアであった。いつものようにヒロトのベッドのそばに小さなベッドを引っ張りだして布団に潜り込んだのだが、特別暑苦しいわけでもないのに眠れない。

未来に対する不安？

それはある。ただし、自分の未来への不安ではなく、ヒロトの未来への不安だ。だが、それだけではなかった。

自分は今度もヒロトに随行することになるだろう。ガセル国の次にはアグニカ国に行くことになるのだ。でも、ワクワクしないのはヴァルキュリアのことがあるからだった。

自分はヒロトのお世話係。だから、ヒロトがどこの国へ行こうといっしょに行ける。でも、ヴァルキュリアは違う。翼を持っていていつでもどこでも飛んでいけるが、それがゆえにヒロトといっしょに行くことができない国が生じてしまう。ガセル然り。アグニカ然り――。

ミミアはヴァルキュリアが眠るベッドに顔を向けた。今夜から出発の日まで、ヴァルキュリアがずっとヒロトといっしょのベッドで眠ることになる。

でも――ヒロトの寝息は聞こえてくるのに、ヴァルキュリアの寝息は聞こえてこない。きっと眠れないのだろう。また離れ離れになる未来を思って――。

第四章　女官

1

翌朝ヒロトが目を覚ますと、ヴァルキュリアは隣で眠っていた。いつもならヴァルキュリアの方が先に起きて胸を押しつけてくるのに、珍しく今日はヴァルキュリアの方が眠っている。ヴァルキュリアが夜遅くまで眠れなくて明け方にようやく眠りに落ちたことを、もちろんヒロトは知らない。

ヒロトはヴァルキュリアを抱き寄せた。

かわいいなと思う。好きだなと思う。いっしょにいたいなと思う。でも、状況と役職がそうさせてくれない。

内憂外患という言葉があるが、ヒロト自身も内憂外患である。ヴァルキュリアのことという内憂と、アグニカとのことという外患。アグニカにヴァルキュリアを連れていけば内憂は解決するが、外患は解決されない。そもそもヴァルキュリアにどう向き合おうと、アグニカという外患は解決しないのだ。

（打つ手なし……って、だめだ、マイナスを考えるな。というか、危窮の時こそチャンスの時。チャンスが今あると思え）

ヒロトは己を励ました。

だが――。

（何のチャンス？）

わからない。おおよそ、チャンスがあるように思えない。ピンチはチャンス。危窮の時はチャンスの時のはずなのだが、今見る限り、危窮の時はただの危窮の時である。ピンチはピンチでしかない。

エクセリスとセックスをしていた時、「危窮の時は……最大の好機じゃないの……？」と自分に跨がったエクセリスに攻められた記憶が蘇る。あの時も危窮の時は危窮の時だったが、危窮の度合いが違いすぎる。

（頭をプライベートから切り離せ。おれは国務卿なんだ。アグニカとのことだけを考えろ）

ヒロトは強引に自分を内憂から切り離した。

アグニカには強いカードを握られている。だが、ヒュブリデにはまともなカードがない。

戦を起こす？

一気に攻め込んで明礬石の鉱山を奪えれば有利になる？

いや。

鉱山を奪えば、必ず奪還を企てられる。奪った鉱山の死守にどれだけ労苦が掛かるか。そもそも、鉱山を奪っても、そこから無事ヒュブリデ本国まで明礬石を運べるのか。ロジスティクスの問題を切り離して物事を考えることはできない。

ロジスティクスとは兵站のことだ。どうやって物資の配給や整備を行なうか、兵員を前線へ送り込み、また戻すかである。転じて商業では、原材料を調達して生産し、販売に至るまでの物流を管理することを云う。明礬石で云うならロジスティクスは、アグニカでの採掘から集積、そしてテルミナス河への輸送、さらにテルミナス河を下ってヒュブリデ本国へ輸送するまでの管理になる。兵站のことをろくに考えなかったためにアホな敗戦をくり返したのが、旧日本軍である。無謀なほどの戦線の拡大と兵站の無視とはつながっている。親友の相一郎が話していたことだが、日本には古代ローマに似ている部分があるそうだ。多神教的で、お風呂とお魚が好きで、そしてインフラづくりが大得意。ただ一つ、ロジスティクスをめぐって大きな違いがある。古代ローマはロジスティクスを重視したが、日本は軽視した。無謀なインパール作戦がその最も悪しき例である。充分な食料を確保しないまま、足りない分は現地調達という愚かな策に——兵站を無視した策に——走り、玉

砕した。結果、かたや数百年つづく大帝国を維持し、かたや大国に大敗を喫した。それが古代ローマと日本との、決定的な違いだ。

（鉱山奪取は現実的じゃない。となると——）

かつてピュリスとガセルの連合軍が行なったように電撃的にアグニカを急襲し、占領すること。それから和議の条件に明礬石を盛り込むこと。

急襲するとなれば、ヒュブリデに最も近いキルヒア州になる。ヒロトとも面識のあるリンドルス侯爵の領地である。山ウニをめぐる紛争で、リンドルス侯爵とは交誼を結んでいる。

（知り合いの地を襲撃するのは気が進まないけど、だからといって選択肢から外すのは間抜けだ）

キルヒアを占領できれば、山ウニの問題も解決の可能性は高くなるかもしれない。ただ、問題はリンドルス侯爵が黙ってキルヒアを占領させるかということだ。すでに手を回している可能性がある。

腕の中でヴァルキュリアが動いた。目が開いて赤い双眸がヒロトを見つめていた。

「おはよう」

ヒロトはさらにヴァルキュリアを抱き締めた。ヴァルキュリアも背中に両手を回してくれる。いつもより抱擁する力が弱いけど、でも、ヒロトを抱き締めてくれた。

（まだつながってる）

少し安心する。

「アグニカに行くまでの間、ずっといっしょにいるから」

とヒロトはもう一度告げた。ヴァルキュリアが小さくうなずく。二人きりだったらこのままセックスということになるのだろうが、そうはいかない。

「おい、ヒロト、いるか〜っ」

遠慮のない、親しみのある男の声が飛び込んできた。ヴァルキュリアと同じゼルディス氏族の一人だった。アグニカへの偵察から帰って来たのだ。早速ミミアがオセールの蜂蜜酒をヴァンパイア族に差し出す。

「ありがてえや」

と受け取って早速一杯やると、

「アグニカはヒュブリデと戦争でもおっ始めるつもりなのか？」

と突然ヒロトに尋ねてきた。

「どういうこと？」

「キルヒアにいっぱい兵が集まってたぞ。おれが見た限りでも数百人って感じじゃなかったな。二千人くらいいたんじゃねえか。トルカ港もすっげえ兵が多かったぞ。二百人ぐらいいたな」

ヴァンパイア族の目撃情報に、ヒロトは思わずうつむいた。キルヒア州はリンドルス侯爵が治める地元である。その港がトルカ港だ。トルカ港の守備兵は、普段なら二十名ほどである。十倍に増員されていたことになる。

（やっぱり先手を打たれた）

さすがリンドルス侯爵だった。ヒュブリデが電撃戦を仕掛けてくる可能性を考えて、先に守りを固めてきたのだ。

ヒュブリデとアグニカの国境には山が横たわっている。三千メートル級の高い山ではないが、非常に道が険しい。行軍して向かうのは骨が折れる。先に守りを固められたとなると、山を越えて陸から打ち崩すのは難しい。かといって、船で向かってトルカ港を襲撃しようにも、すでに増員されている。陸からも河からも、攻撃するのは厳しいということである。

（手段として、戦争を使うのは難しくなった）

もちろん、完全に選択肢から消えたわけではない。国内の明礬石のストックは、半年ほどで切れると言われている。アグニカが有利な締結を狙って数カ月後に協議をしようと持ちかけてきたら、その時には軍事的解決を図るしかなくなるかもしれない。交渉よりも軍事力にものを言わせた方が早期に解決するのなら、ヒュブリデは力による解決を選ぶ。力による解決しかなくなったことをヴァルキュリアたちに話せば、静観を決めているヴァルキュリアたちも、もしかすると協力してくれるかもしれない。

だが、現状では先延ばしの情報は上がってきていない。来ていない以上、軍事力の行使は選択肢の候補から消える。それだけ選択肢が狭まるということだ。選択肢が限定されるのは、正直よくない兆候である。外交的には選択肢がある方が有利に戦える。選択肢が少ない場合、たいていはろくな選択肢が残っていなくて不利な戦いになる。つまり、外交的に敗北する可能性が高くなるということだ。

ヒロトは顔を上げて、

「それで明礬石は？」

「あったぜ」

とヴァンパイア族の男は明るい声で答えた。

「もう三つぐらい小屋というか覆いみたいなのができてて、どんどん下から石を運び上げてたな。おれたちが来たら手を振ってたぜ」

「手を？」

意外な反応だった。アグニカは鉱山を隠したいはずだ。なのに、なぜアグニカ人がほとんど目撃することのないヴァンパイア族に対して手を？

（実はヴァンパイア族のファン？）

そんなはずがなかった。この世にヴァンパイア族のファンなどいない。恐らく、ヴァンパイア族が来ることを知っていたのだ。

坑夫が？

引っ掛かった。

（上の方から、ヴァンパイア族が来るから手でも振ってやれって通達が来てたんじゃないのか？）

上というと鉱山支配人？　鉱山監督長官？

違う。

きっとグドルーンだ。グドルーンが、ヒロトがヴァンパイア族を偵察に行かせると読んでいたのだ。ヒロトは思わずこう嘆じずにはいられなかった。

（めっちゃ戦いづらいやつ……）

2

エクセリスやソルシエール、アルヴィたちと朝食を摂りながらヒロトが改めて痛感したのは、ヒュブリデ王国の立場の悪さだった。

ヒュブリデのガセルに対する外交の温度とアグニカに対する外交の温度には差がある。ガセルに送ったのは王国のナンバーツーのヒロト。アグニカに送ったのはラスムス伯爵。ガセル伯爵は王国のナンバツーでもナンバースリーでもない。枢密院のメンバーですらない。ガセルとの対等を強く意識しているリンドルス侯爵にとっては不満だらけのものだろう。

ラスムス伯爵を派遣するのではなく、ヒロトがガセルだけでなくアグニカも訪問するべきだった？

結果論ではそうなるのかもしれない。だが、あの時点では正しい判断だった。明礬石の問題が発生していなかった時点でヒロトのアグニカ行きを決めていれば、アグニカに間違ったメッセージを発信していたことになる。

王国のナンバーツーが来るからには、ヒュブリデはアグニカとの絆を深めるつもりなのだ、破棄した軍事協定を再締結するつもりなのだ――。

それこそ、後々にアグニカとのトラブルを準備することになっていたに違いない。あの時点ではヒロトがガセルを訪問し、ラスムス伯爵がアグニカを訪問するという方針で正しかったのだ。

だが、明礬石の問題が発生してしまった。アグニカとガセルへの訪問が二カ月後なら、ここまでの不利は生じていなかったのだろうが、それはたらればの話である。そしてたらればは、未来をつくらない。

目の前にある冷たい事実はこうだ。ヒュブリデはアグニカをガセルより優先順位の低い国として扱った。ヒュブリデは半年以内に明礬石を大量に入手しなければならない。ヒュブリデが望む良質の明礬石はアグニカ、それもグドルーン女伯の領地にある。女王アストリカもグドルーン女伯も、ともに軍事協定と課税と女王としての承認を求めている——。てめえなんぞに頭を下げるか、一昨日来やがれ、と冷たく蹴り飛ばしたら、翌日になって自分が頭を下げざるをえなくなったみたいな状況だ。だからフェルキナ伯爵は敗戦処理だと指摘したのだ。敗戦処理に出向くことほど、不名誉なことはない。そしてだから、ラケル姫はヒュブリデ人の身代わりとなってアグニカまで交渉に出向こうとしたのだ。

(女王とグドルーンにいいように扱われるのは避けようがないな……)

そうヒロトは思った。ため息をつきたくなる。

意外にアストリカ女王は優しい?

そうは感じないが、正直なところはわからない。

意外にグドルーン女伯は話がわかる相手？　マギア王の妹リズヴォーンみたいに、意外と話が通じる？

あまり期待できないが、正直わからない。

二人とも、ヒロトは会ったことがないのだ。そして格闘でもそうだが、戦ったことのない相手と戦うのは難しい。言葉の格闘、すなわち交渉でも同じである。

（こっそりスパイとして潜り込んで偵察する？）

ヒロトは即座に首を横に振った。

絶対無理。

でも、知っている人間からの話は聞いておきたい。

（ああ、くそ。頭の動きが悪い。こういうのって、昨日枢密院会議を開いている時に気がつかなきゃいけないことじゃないか。おれの頭、腐ってんのか？）

自分を叱りつけたくなる。

「枢密院に女王かグドルーンに会ったことのある人って、いないかな？」

とヒロトはエクセリスに質問を向けてみた。

「ないはずよ」

「大長老は？」

エクセリスは首を横に振った。

「枢密院顧問官にグドルーンに会ったことのある者は一人もいないわ。顧問官の書記にもね。あるとしたら、ハイドラン侯爵ね」

ヒロトは思わず苦笑を浮かべた。

最初は前王モルディアス一世と、次にその息子レオニダス一世と王位を争い、ヒロトの雄弁の前に敗れた前王の従兄弟。その後、ベルフェゴル侯爵と手を組んで、自分と王に土をつけようとした男。ヒロトたちにとって国内最大の敵だ。

（ははは。会いに行っても門前払いされるな）

ほっぺたが引きつりそうになる。

ミミアがヒロトに蜂蜜酒を注いでくれた。いつもミミアはヒロトのコップが空になっていないか、気にしてくれている。世話係だから当然ということなのだろうが、それでもミミアの気遣いがうれしい。気遣いは愛と気持ちの証である。

「国王は女王かグドルーンに会ったことないのかな？　糞女とか言ってたけど」

ヒロトの問いに、

「ないと思う」

とエクセリスは首を横に振った。

「自分もそういう話は聞いておりません。我々エルフで女王か女伯に会ったことがある者がいないか、聞いてみます」

とアルヴィが応じてくれた。思ったよりも、女王と女伯に会った人物を探すのは骨が折れそうだ。きっと会ったことがあるのは、エルフよりも大貴族の方なのだろう。

「これからどうするつもり？」

エクセリスに問われて、ヒロトは苦笑して答えた。

「まずは陛下に鉱山のことを報告する。それから、女王とグドルーンに会った人物を知らないか、陛下に聞いてみる」

3

朝食の後、ヒロトはヴァルキュリアとともに部屋を出た。向かう先は国王の寝室である。

きっと王は今日も不機嫌だろう。

「別にわたしを連れていかなくてもいいんだぞ」

とヴァルキュリアが突然言い出した。

「来ないと誘拐する」

とヒロトはヴァルキュリアの手をつないだ。

返事はなかった。代わりにヴァルキュリアの手がヒロトの手を強く握って、そしてヒロトの胴体にロケットバストが押しつけられてきた。

別にわたしを連れていかなくてもいい——。

それは本心ではなく、ヒロトの本音を引き出すためのもの、あるいはヒロトに違うよと否定してほしくて言ったものだったのだろう。不安になると、人は確証が欲しくて、確証を求める言葉を口にするものだ。

「レオニダス、怒ってるかな？」

とヒロトは聞いてみた。

「怒ってたらぶん殴ってやる」

思わず笑いながら王宮内の通路を曲がる。そこでヒロトは、数メートル先で赤毛の侍女が立ち止まるのに気づいた。赤毛の侍女は、深々とヒロトとヴァルキュリアに対して頭を下げた。

見覚えのある女だった。

クリエンティア州の大貴族にして州長官マルゴス伯爵の令嬢、ルビアだった。かつてミアをいじめて宮殿追放の罰を受け、罪を償った女である。レオニダス王は宮殿に戻ることに対して否定的だったが、ちゃんとお詫びしているからとヒロトがＯＫしたのだ。

「元気してる？」

ヒロトが声を掛けると、ルビアはその場に跪いて頭を下げた。ヴァルキュリアが正体に気づいてくわっと目を剥いた。

「おまえ、またミミアに変なことをしてないだろうな」

襲いかかるような勢いで突っかかる。

「もうしておりません！　自分は間違ったことをいたしました！　もう二度といたしません！　どうかヴァルキュリア様、お許しを……！」

と、かつての態度が嘘のように低姿勢で平身低頭して答える。かつては高慢で目下の者にマウントばかりしていたが、そのマウントの牙がすっかり折れて消えてしまったようである。副大司教シルフェリスの破門宣告と宮殿からの追放、そしてキュレレの一撃は、相当大きかったのだろう。人生を変えるほどの大ショックだったのかもしれない。

ヴァルキュリアの方は、様をつけて呼ばれて攻勢を弱めた。といっても、きつい口調で念を押すことは忘れない。

「またミミアをいじめたらぶっ殺してやるからな」

「そのようなこと、いたしません！　ヒロト様のおかげでこうして宮殿に戻ることもできました！　恩を仇で返すような真似はいたしません！」

と床に額がつきそうなほど平身低頭する。

（ルビアの父も大貴族だよな。大貴族なら、アグニカに行ったこととかあるかな）

だめ元で聞いてみようとヒロトは思いついた。

「ね。お父さんって、アグニカ行ったことある？　女王とかグドルーンのこと、よく知ってる？」

「女王のことに一番詳しいのは、ハイドラン公爵です」

と、昔の爵位でルビアは答えた。ルビアにとってハイドランは伯父のような存在である。今の爵位では呼べないのだろう。

「グドルーン女伯については、一度再婚の話があって公爵が絵をお持ちだと思います。父が二年ほど前に会っております」

ヒロトは思わずヴァルキュリアと顔を見合わせた。

思わぬ吉報だった。

ハイドラン侯爵が絵を持っている――。おまけに、マルゴス伯爵は二年前にグドルーンに会っている――。

二人に会ってどれだけのものを得られるかはわからない。だが、得られるものはできるだけ得たい。戦いに勝てないとは、まったく情報がないことを言うのだ。レオニダス王に会うついでに女王と女伯に会った人物について聞くつもりだったが、途中で思わぬ収穫だった。

「今お父さん、クリエンティア？」

ルビアは首を横に振った。

「公爵閣下のお屋敷に――」

ヒロトは沈黙した。ハイドラン侯爵にとって、ヒロトは一番の敵である。グドルーンがヒロトを嫌っているように、ハイドラン侯爵もヒロトを憎んでいるはずだ。そしてマルゴス伯爵も、ヒロトのことを嫌っている。

（おれが行っても確実に追い払われる。行くだけ無駄――）

撤退しようとして、ヒロトは重要なことに気づいた。

（一人なら、追い払われる。でも――）

ヒロトは考え直して、ルビアに話しかけた。

「ちょっと頼みがあるんだけど――」

第五章　虎穴に入らずんば

1

ヒロトの代理として来たという眼鏡のソルシエールに、レオニダスは顔を向けた。いつもヒロトが来るのに、代理とは珍しい。

「用は何だ。早く言え」

とレオニダスはぶっきらぼうに命じた。

「グドルーン女伯の鉱山の件、間違いないとのことです。ヴァンパイア族が確認して戻ってきたと」

「くそ」

とレオニダスは早速愚痴った。だが、ソルシエールの報告はそれで終わりではなかった。

「それからヒロト様が、陛下はこれから叫んでください、怒ってくださいと」

「何？」

思わずレオニダスは聞き返した。

「陛下の一番嫌いな者のところに出発しましたと。それゆえ怒ってください。その上でお許しをと」

レオニダスはいらっとしながら尋ねた。

「誰のところへ出掛けたというのだ？」

2

黄色いソファに優雅に腰掛け笑みを浮かべているのは、高貴な紅いビロードの服をボタンで留めた壮年の男であった。白髪交じりの少し長めの髪に、高貴そうな鼻筋、そして白髪交じりの口髭。

侯爵に格下げとなり、今や領地に蟄居の身のハイドランであった。ハイドランはうれしい訪問客を接遇しているところだった。九十度斜向かいのソファに腰掛けているのは、クリエンティア州長官にして大貴族のマルゴス伯爵である。ハイドランとは古くからの知己だ。

「わたしは貴殿が冷遇されるのではないかと心配しておる。今、わたしに会いに来るのは世界で最も危険なのでな」

ハイドランがそう伯爵に言葉を掛けると、

「わたくしはただ古きご友人を訪ねただけのこと。政治談義など、与り知らぬこと」

とマルゴス伯爵が答える。うれしい言葉だ。持つべき者はまことに友である。

「しばらく伯爵にも密偵がつきまとうことになるぞ」

「蠅には慣れておりまする」

伯爵の気の利いた毒舌にハイドランは優雅に高い哄笑を轟かせた。気の利いた会話は楽しい。沈み込んだ気分を多少晴らしてくれる。

（これで辺境伯がさらに窮地に追い込まれて失脚してくれると、もっと気分がよくなるのだが――）

そう思ったところで、オーバルフレームの眼鏡を掛けた細身の女執事ウニカが部屋に入ってきた。

「辺境伯が見えております」

ハイドランとマルゴス伯爵の顔から瞬時に笑顔が消えた。二人にとって、辺境伯の名前は最も聞きたくないものである。特にハイドランにとっては最低最悪の名前だ。

「具合が悪いと断れ」

ハイドランは容赦なく拒絶した。

「ヴァンパイア族もいっしょでございます」

「高熱だと言え」

「マルゴス伯爵のご令嬢もいっしょでございます」

拒絶一辺倒のハイドランは、思わずマルゴス伯爵と顔を見合わせた。

「来るように言っておいたのか？」

「いいえ！　いったいいなぜ娘が来たのか、わたくしにもとんと――」

とマルゴス伯爵が焦った様子を見せる。額に汗が浮かびそうな勢いである。狼狽具合を見ると、本当に知らなかったのかもしれない。

（ならば、何のために？）

胸を動揺が走る。女執事のウニカが畳みかけた。

「閣下はヴァンパイア族のことでご失敗をなさっております。ヴァンパイア族の方が見えている以上、お会いになられた方がよいかと存じますが」

3

しばらくしてハイドランの前に姿を現したのは、確かにヒロトとヴァルキュリア、そしてマルゴス伯爵令嬢ルビアだった。不思議な組み合わせである。

「公爵閣下、突然のご無礼、お許しくださいませ」

とルビアが床に膝を突いてお詫びする。

「よいよい、昔からの仲だ」

とハイドランは笑顔を向け、打って変わって無表情をヒロトに向けた。

「わたしは具合が悪いのだ」

と無機質な冷たい声で言う。自分を蹴り落とし、さらに王位継承権を奪った男に対して、笑顔になどなれない。笑顔を向ける気もない。

「お二人から、アストリカ女王とグドルーン伯のことについてお聞きしたいのです」

とヒロトは切り出した。

ハイドランは思わず鼻で笑った。蟄居の身であっても、王都の情報は入ってくる。ヒュブリデがアグニカとの間で問題を抱えていることも知っている。そしてヒロトがアグニカへの大使に任命されたことも――。

「わたしを追放するだけ追放しておいて、立場が悪くなったら知恵を借りに来たか。厚顔無恥だな」

「殴るぞ」

ヴァルキュリアが睨む。

(虎の威を借る狐か。そのためにわざわざヴァンパイア族を連れてきたか。卑怯な男め)

とハイドランはヒロトを見下した。事実はヴァルキュリアといっしょの時間が少ないからヒロトがいっしょの時間を多くしようと連れてきただけなのだが、ねじ曲がった根性はねじ曲がった答えを導き出してしまう。人は正確に物事を見るわけではない。

「聞きたければわたしを枢密院に戻せばよい。枢密院でならば、話をしよう」

そうハイドランは突っぱねた。できないと知っていての無茶ぶりである。

「やっぱ、こいつ殴る」

とヴァルキュリアが前に出た。だが、ヴァルキュリアより先に前に、それも低く進み出た女がいた。

ルビアだった。ルビアは突然、予想外の行動に走った。いきなり二人の前に低く身を投げ出したのである。

「公爵閣下、お父様！　どうかお願いでございます！　最大のご温情を！　ヒロト様のご恩で、わたくしは宮殿で働かせていただいております！　本来ならば、放逐されても仕方のない身でございます！　女官長がわたくしの復帰を願い出た時、陛下は難色を示されたと聞いております！　あの娘の父親は貴族会議に参加していたではないかと！　でも、ヒロト様は、きっちりお詫びを済ませているのだからよいではないかとおっしゃったと聞いております！　わたくしはヒロト様の大切なお友達に非常に失礼なことをいたしましたのに、ヒロト様はご温情を掛けてくださったのでございます！　おかげでわたくしは働けることになりました！　ヒロト様はわたくしにとって恩人でございます！　わたくしにこれ以上にないご厚情をお与えくださった方に、どうかお二方の知恵をお授けくださいませ！」

沈黙があった。

ハイドランも、そしてマルゴス伯爵も、思いがけぬひたむきな請願に虚を衝かれていた。

ハイドランは子供の頃からルビアを知っている。赤子の時も、幼女の時も、少女の時も、知っている。そのルビアが――平身低頭して自分に願い出ている。

マルゴス伯爵もそばで驚いている様子だった。伯爵にとって、ルビアは実の娘である。娘がこれほどまで身を投げ出して懇願するのを見るのは、人生で初めてなのかもしれない。

「国務卿に頼まれたのか」

父親の問いに、

「頼まれてはおりません！　いっしょに来るようにお願いされましたが、今お願いしているのはわたくしの意思です！　ヒロト様は、先日もわたくしに元気でいるかと声を掛けてくださいました！　冷たく当たったりはされておりません！　そうされても当たり前なのに、わたくしのことを気にかけてくださるのです！　どうか、ヒロト様にご温情を！」

と全力で叫ぶ。

ハイドランはヒロトを見た。ヒロトも少し驚いた表情である。ヴァルキュリアもびっくりしている。

（やらせではないようだな）

マルゴス伯爵は、目を見開いて不器用にパチ、パチと閉じていた。娘の言動にまだ驚いている様子だ。やはり娘がここまで投身して懇願するのは初めてらしい。

「グドルーン伯について、まず伯爵にお答えいただいてよろしいですか？」

とヒロトが迫った。

沈黙があった。

抵抗の沈黙ではなかった。拒絶の沈黙でもなかった。マルゴス伯爵令嬢ルビアの命懸けに思えるような身の投げ出しに、まだ呑まれていたのである。

やがて、マルゴス伯爵が口を開いた。

口をもごもごさせる。少し低いボリュームで言葉が流れ出した。

「話すも何も……ただ生意気だったという印象しかない。まるで自分が女王になったかのような振る舞い方だった……。自分のことをボク、ボクと呼んでいて、妙な女だった」

真面目な返事だった。娘の懇請に応えて、まともに答えたのだ。

「部下に対してはどんな感じでしたか？」

「部下……？　ごつい護衛が二人いたことしか覚えておらん……。まるで犬のようにグドルーンには忠実だった……。部下の心はつかんでいるのだろう」

「グドルーン伯は剣の腕前は相当だと聞いております」

「それは確かだ。わたしの護衛も軽く手合わせをお願いしていたが、身のこなしは素早い。あれに匹敵するのは、ピュリスではメティスぐらいではないか」

ヒロトがうなずいている。

（貴殿など一瞬で断ち割られる）

ハイドランはそう言いたくなったが、もちろん口にはしない。

「剣に秀でる者は己を過信して戦ではイケイケになりがちなものですが、そういう雰囲気はありましたか？」

とヒロトが伯爵に尋ねる。

「そこまではわからん……。だが、あれは聡い女だぞ。本もたくさんあった。人の言葉もよく覚えていた。いろんなことを調べる女らしい。だが、底意地は――」

と否定的になる。

「意地が悪い？」

「わたしに、アストリカとどちらが女王っぽいかと聞いてきおった。いやらしいことを聞く女だと思った。あなたの方が風格があると答えたら、それはお世辞だなと言われた。『ボクが知る限り、貴殿はアストリカに会っていない』と。ならば聞くなというところだ。そうは言わなかったがな……」

と悪印象を持っている様子である。ハイドランが絵から受けた印象とは違う。だが、風評とは合っている。結婚相手にグドルーンを紹介された時、性格にいささか難ありと言われたのだ。曰く、女としての優しさを持っているとは言い難いと。

「好きな食べ物とかありましたか？」

「食べ物？　何でも食べていたような記憶があるが……。ガセルの激辛料理は食えるかと聞かれたのでわたしは苦手だと答えたら、ボクは平気だと話していたな……。残念ながら、料理はガセルの方が上だと話していた」

「ガセルの方が上……」

そう言ったきり、ヒロトは黙った。何やら考え込んでいる。何を考えているのかは、ハイドランにもわからない。ただ、一つだけ気づいたことがある。この男は、人の言葉を真剣に聞いてそこから何かを得ようとするということだ。この、真剣に聞こうとする態度があるからこそ、ヒロトは数々の難局を乗り越えてきたのかもしれない。

ありがとうございますとヒロトは頭を下げてハイドランに顔を向けた。

自分の番である。

無視する？　ささやかな仕返しをしてやる？

相手は自分の玉座への野望を阻んだ宿敵、にっくき男である。報復の一つぐらいは――。

「閣下はグドルーン伯の絵をお持ちだと聞きました」

「どこにしまったかは知ら――」

知らぬととぼけようとして、ハイドランはヴァルキュリアの殺意ばりばりの視線にぶつかった。自分の別邸を襲撃した時のあのチビの悪魔のような目つきだった。王都にある別邸の上を何度も悪魔が往復するたびに、めりめりっと凄まじい轟音を上げて別邸の屋根が吹っ飛んだこと、自分が強風に吹っ飛ばされたことは今でも鮮烈に記憶に残っている。ヴァルキュリアは、確かあの悪魔の実姉である。

ぎょっとした。王都にあった別邸を破壊されて以来、ヴァンパイア族に対しては強い苦手意識がある。何といっても、目の前の娘はあの破壊娘の姉なのだ。また呼び出されて屋敷を破壊されたのではたまったものではない。

「ウニカ」

命じると、ウニカが引き下がった。しばらくしてウニカが絵を持って現れた。

ヒロトは間近に寄って絵を見た。

黒く長い髪で、前髪がばっさり横一線に切られている。睫毛の長い切れ長の瞳で、美人である。おまけに巨乳だ。

「美人ですね」

とヒロトは感想を口にした。

「我が妻の方がよい女だった」

とすかさずハイドランは答えた。妻がこの女に劣ってたまるかと思う。妻は世界で一番よい女だったのだ。

「この絵は、お会いになった印象と同じですか？」

とヒロトはマルゴス伯爵に質問を向けた。

「よく描けておる。この通りだ」

と伯爵が答える。ヒロトはうなずき、またハイドランに顔を向けた。

「アストリカ女王にお会いされたと聞いていますが」

答えをはぐらかす？　無視する？

（誰が答えてやるものか）

「女王よりも宰相のロクロイのことを気にした方がよいのではないのか？　さんざん接見を後回しにしたと聞いておる。低く扱われた、愚弄された、そう感じて恨みを懐いておろう。こうなることがわかっていたからこそ、わたしはアグニカを大切にするべきだと言っておったのだ。意趣返しを喰らうぞ」

とハイドランは自分の正当性を主張し、ぐさっと刺してみた。

「……覚悟しています」

とヒロトは答えて、

「それで女王は？」

とまた同じ質問をハイドランに向けてきた。ヴァルキュリアがハイドランを睨む。ちゃんと答えろという無言の圧力である。

女なぞに脅される自分ではない？

さよう。

だが、目の前の女はただの女ではない。あの凶悪なチビの実姉なのだ。さすがに今度は、答えないという選択肢は採らない方がよさそうだ。妹を呼ばれたら終わりである。

「あの女は、一見物腰はやわらかい。女王のくせに、言葉づかいも丁寧だ」

とハイドランは答えた。

「丁寧?」

「ですますでしゃべる。外国の賓客に対しても、重臣に対しても、ですますでしゃべる。おかげで物腰は非常にやわらかそうに見える。女王らしい雰囲気もある。だが、中身はただの女だな。女特有の嫉妬が胸の底では燃えている。期待を裏切ると当てこすった発言をする。女の得意技だ」

「『わたしよりも先に会いたいと思っている者がいるようですね。仕える主君が違うのではありませんか』みたいな?」

とヒロトが実例で確かめてきた。

「そうだ。おまけにあの女は不安の塊だ」

「不安?」

「グドルーンにはいっぱい特約を与えて自分の玉座を承認させたと聞いている。つまり、手なずけたわけだ。だが、グドルーンは完全に服従したわけではない。わたしと会った時にも、グドルーンが謀叛を起こした時は力になってくれと頼まれた。この女は寝首を掻かれるのが不安で不安で仕方がないのだなと思った」

「寝首……」

　とヒロトが反復する。ハイドランはつづけた。

「ただ、モルディアスと同じように人の意見は聞こうとする。時々感情的になるが、それでも話を聞くことをやめたりはせぬ。そこがグドルーンとの違いだろうな。グドルーンは全部自分で決める女だと聞いている。色々と徹底的に調べさせて、全部自分で決める。部下が具申しても、ほとんど変わらない」

「グドルーンの方が利発で頭がいいんですね」

　とヒロトがまとめる。

「頭はいいだろうが、わたしからすれば二人とも同じようなものだ。どんな王であれ、己の玉座を脅かす者を消そうとするものだ。そしてそれをグドルーンが知らぬとは思えぬ。互いに対して疑心暗鬼の塊であろう。あの二人は同じ穴の狢だ。ただ、表面の色が違うにすぎぬ。中身は同じ疑心暗鬼の塊だ」

　とハイドランは皮肉交じりに言い放った。あまりしゃべらぬつもりが、ヒロトの相槌と合いの手に唆されてずいぶんとしゃべってしまった。

（もうしゃべらぬぞ。敵に塩を送ることはせぬ）

　そう決めた。

　ヒロトは一人で何度かうなずいていたが、

「グドルーンは近いうちに謀叛を起こすと思いますか？」

と尋ねてきた。

「聞かずともわかるのではないのか。わたしをさんざん破った者ならばな」

とハイドランは皮肉を返した。ヴァルキュリアが睨む。それ以上ヒロトに当てこすりやがったら、ぶっ殺すぞと目が言っている。どうも吸血鬼の女は、人間の女らしい優しさややわらかさがない。身を引くという、女らしい従順さもない。常に好戦的である。実にやりにくい。

だが、ヒロトはハイドランの気持ちに気づいていないのか、さらりと答えた。

「今、謀叛を起こすつもりかどうかならば、起こすつもりはないと思います。ヴァンパイア族がアグニカで鉱山を見つけ出した時、坑夫は手を振っていたと言います。非常に開放的です。秘計を案じて成功させようというのに、開放的というのは合いません。ただ、将来的な謀叛を考えていないかと言われると、自分にはわかりません」

憎たらしいが、やはり頭のいい男だった。状況分析はしっかりできている。だから、自分はこの男にやられたのだ――勝てるはずの国王選挙戦で。

「それで合っとるのではないか」

とマルゴス伯爵が横から口を挟む。ヒロトはマルゴス伯爵に顔を向けた。

「伯爵がお会いになった時、謀叛を企んでいるような雰囲気はありましたか？」

「謀叛を企んでいてその雰囲気を隠せぬようでは、謀叛は成功せぬ。隠せぬ者は雑魚だ」

と伯爵が金言を放つ。

「ただ——ボクは平和的な女なんだよと言っていたような記憶がある。あの挑発的な生意気な物言いをする女が、とても平和的とは思えんがな」

と伯爵が皮肉る。

「平和的な者は己を平和的と言わんものだ」

とハイドランも同意する。自分ではいいことを言ったつもりだったが、ヒロトは反応しなかった。逆に違う質問をぶつけてきた。

「グドルーン伯は、我が国に対してガセルとの有事には参戦するように要求を突きつけています。そのことについてはどうお考えですか？」

ヒロトが来た理由である。そしてその理由は、すでにハイドランは人づてに聞いている。だが、

「さてな」

と誤魔化した。答えを知っていても、憎き相手にくれてやるつもりはない。この男に温情などいらぬのだ。

「マルゴス伯爵は？　伯爵のお考えを是非」

とヒロトが下手に出る。

（答えずともよい）

ハイドランはそう密かに命じたが、

「お父様」

とルビアが促した。実の娘に言われては黙っているわけにはいかない。マルゴス伯爵が口を開いた。

「あの女は無謀な馬鹿ではない。ガセルと事を構えれば、必ずピュリスが参戦することはわかっているはずだ。リンドルスが一瞬で捕虜にされたことも響いておるはずだ」

「グドルーン伯の性格なら、逆に自分ならリンドルス侯爵のような間抜けはせぬと思うのでは？」

とヒロトは食らいついてきた。

「そこはわからぬ。だが——戦いの極意については得意そうに語っていたな……。まずは勝ち目を見出すことだと。勝ち目がわかれば、どのような者でも勝てると。勝ち目のない者にはどうするのだと聞いたら、そのような者はおらぬと豪語しておったが、果たしてどうだかな。わたし自身はメティスとの本気の勝負を見てみたいと思ったが」

ヒロトが考え込む。

やり込めるなら今だとハイドランは思った。

「貴殿は今、勝ち目のない戦いに挑もうとしておる。勝ち目のない戦いには首を突っ込まぬことだ。自分が万能だと思って首を突っ込んでおると、首がなくなるぞ」

第六章　勝機ゼロ

1

アグニカ王国と大河テルミナスを挟んで南に位置するガセル王国――。

ハイドラン侯爵がヒロトに一撃を喰らわせた頃、ドルゼルは宮殿に戻って、パシャン二世とイスミル王妃(おうひ)に報告を済ませたところだった。

襲撃(しゅうげき)する銀山の選定は終了(しゅうりょう)した。後は、どのようにして攻め立(せ)てるのか。商人を通してのさらなる情報収集の段階である。

「では、そのようにせよ」

とパシャン二世に命じられて、ドルゼルは下がった。宮殿を出たところで、ドルゼルは青空にぶつかった。ふと、ヒロトのことを思い出す。あの時のことが遠い夢のようだ。

ヒュブリデ側の目立った動きはまだ聞いていない。だが、アグニカに使者を乗せた船が向かったという報告は受けた。きっとアグニカとの交渉(こうしょう)を始めるのだろう。

交渉に向かうのはヒロトに違いない。ヒロトがアグニカに向かえば、ガセルとの差はなくなる。パシャン二世もイスミル王妃も、あまりよくは思わないだろう。

（明礬石の鉱山が我が国で発見されれば、一番よかったのだがな……）

2

ハイドラン侯爵の屋敷からの帰り道を、二頭立ての馬車が急いでいるところだった。前後には護衛の騎士が四名ついている。

二頭立ての馬車に乗っているのは、ヴァルキュリアとヒロトだった。ヴァルキュリアは馬車に揺られながら、ヒロトに頭を預けていた。隣国のマギア王国やアグニカ王国と違って、ヒュブリデの道はよく整備されている。旅人が夜に嵌まって死ぬような巨大な穴が開いていることもない。馬車が快適に進むことができる。

できるだけいっしょにいるから――。

そうヒロトは約束してくれたが、その言葉に嘘はなかった。女は、無条件に男の言葉を信じるわけではない。その言葉に行動という裏打ちがあるから信じるのだ。口先だけの男は信用ならない人物として恋愛対象から真っ先に外すのである。そして、そういう口先だけの男は二度と恋愛対象に戻らない。

ヒロトといる時間は限られている。ヒロトがアグニカに発つまでの一、二カ月だ。未来のことを考えると、胸に圧迫を感じる。でも、今一瞬は――。

もっとこの時間がつづけばいいのに……とヴァルキュリアは思った。

(ヒロトも、同じように思ってくれてるのかな……)

3

車窓から見える景色を眺めながら、ヒロトは違うことを考えていた。青く繁った小麦畑が緩やかな丘とともに連々とつづいているが、まったく目に入ってこない。見えていても見えない。

考えているのは、ハイドラン侯爵邸でのやりとりだった。

ルビアとヴァルキュリアを連れていったのは大正解だった。特にルビアは大活躍だった。まさか、あのように身を投げ出して実の父親と侯爵にお願いをするとは思ってもみなかった。あれがなければ、二人がヒロトの質問に誠実に答えたかどうか――。

ヴァルキュリアも、いい意味での誤算だった。ハイドラン侯爵の眼差しからは、常に敵意が滲み出ていた。できることなら、ヒロトの質問など一言も答えたくなかっただろう。だが、ヴァルキュリアに睨まれてある程度誠実には答えてくれた。おかげで、少しなりと輪郭をつかめた。

グドルーン女伯については、ボク女で間違いない。ごつい護衛が二人いて、本がたくさんあって、頭がいい。人の言葉をよく覚えているし、人のことを調べさせる。ガセル王国のエランデル伯爵も聡いと表現していたが、頭がいいことに間違いはない。

そして黒髪で、巨乳――。

ここが最も重要――いや、重要ではない。ガセルの方が料理が上と評していたということは、国粋主義者ではないということだ。よいものはよいと認められる心があるということである。

戦いの極意は勝ち目を見出すことと言っていたらしいが、相当自信家のようだ。ただ、慢心するような者には見えない。ヒロトのこともきっとよく調べあげて接することになるだろう。厄介な相手だ。

アストリカ女王については、ですますで話して腰が低いように見えるが、果たしてどうだか。当てこするということしかわからなかった。疑心暗鬼で相当グドルーン女伯を警戒しているようだが――。

ロクロイが意趣返しをするというのは興味深い指摘だった。ヒロトがアグニカ王宮を訪れれば、きっと塩対応をされるのだろう。

状況は別に好転してはいない。ただ、アストリカとグドルーンについては名前という記号だけで実体感のない存在だったのが、マルゴス伯爵とハイドラン侯爵のおかげで多少なりとも実体感が伴うものになった。もちろん、それで勝ち目が見えたかといえば、まったく見えていない。ヒロトが目指すのはガセルとの親交を保ったまま、近隣諸国に対するヒュブリデの存在感を維持することだが、果たして本当に可能なのか。ヒロトの目指す道ははっきりしているが、正直、道の先には敗北の崖しか見えない。

《貴殿は今、勝ち目のない戦いに挑もうとしておる》

そうハイドラン侯爵は指摘したが、その通りだ。勝機はゼロ。ヒロトは勝ち目のない戦いに挑もうとしているのだ。そして勝ち目のない戦いで勝利することは、百パーセントない。

アストリカ女王もグドルーン女伯も、ともにヒュブリデに対する優位を利用してさらに詰め寄ってくるだろう。

（使者に対して、えげつないことを言ってくるかもな……）

第七章　釘

1

十日近く後のことである。

ヒュブリデ王国より使者が到着した――。その報せに、アグニカ王国のトップスリーが女王の執務室に集まった。右の肩を露出させた鮮やかな紫色のドレスを身に着けた金髪の中年女性が、アストリカ女王。黒い口髭を生やし、黒い長衣で細身の身体を覆った男が、宰相ロクロイ。四角い岩みたいなごつい顔をした緑色の上下を着た太った男が、リンドルス侯爵である。

「ラスムス伯爵は早々に立ち去るという無礼をなしております。そのことをなじってやってはいかがですかな？」

とロクロイが挑発する。ロクロイはヒュブリデで冷遇を受けて、そのことを根に持っている。何としても仕返しをしてやりたいのだろうが、リンドルス侯爵が眼光鋭く睨みつけて、すぐさま牽制した。

「それこそ最もしてはならぬことだ。今、使者を攻撃すれば、いざ使節に会う時に必ずそこを衝かれて不利に立たされる。ヒロト殿に攻撃の材料を与えてはならぬ」

「辺境伯が来るという報せはまだ届いていない」

とロクロイが冷水を浴びせる。

「ヒロト殿は来る。この難題を解決できるのは、ヒュブリデ広しといえどヒロト殿しかおらぬ」

リンドルス侯爵は太い声でそう断言すると、女王に顔を向けた。

「皮肉は一切なさらぬことです。毒気は抜いて、普通に応対なさってください。ほんの一言でも皮肉を言えば命取りとなります。ヒロト殿は決して逃しませぬぞ」

2

トランペットの合図とともにアストリカは謁見の間に入った。一人立ちを目指すアストリカにとっては、リンドルス侯爵はうるさい男である。だが——うるさくもありながら心強くもあるのは確かなのだ。リンドルス侯爵の、人を見抜く目には何度も助けられている。

謁見の間で待っていたのは、エルフだった。人間ではなくエルフである。ヒュブリデではエルフが社会の上層部を占めている。

（格の高い者が来たとなると――）

「誉れ高き女王にお目にかかれることは、我が最高の誉れでございます。我が名はグデリス。大長老ユニヴェステルの許で働いている者。我が王レオニダス一世よりのお知らせを携えて参った次第でございます」

とエルフは丁重に挨拶して恭しく手紙を差し出した。アグニカ人の騎士が手紙を受け取ってアストリカに差し出す。

「読みなさい」

とアストリカは騎士に命じた。

「精霊の名において、誉れ高き獅子の国ヒュブリデ国のレオニダス一世より、気高き獅子の国アグニカの女王アストリカに送る。両国の新しき発展のために、我が最も信頼する家臣国務卿兼辺境伯ヒロトを遣わす。両国がともに平和と繁栄を享受することを祈願する」

とアグニカの騎士が太くよく響く声で朗読した。非常に簡明な文章だったが、リンドルス侯爵の言った通りだった。今度はヒロトを派遣すると言ってきたのだ。

新しき発展のために？

狙いはわかっている。明礬石のために。そして軍事同盟の再締結について議論するために。なんとか明礬石を手に入れつつ軍事同盟については骨抜きにするつもりだろう。

ロクロイの言うように皮肉の一つでもかっ飛ばす？　いちいちリンドルスの助言に従うのは癪に障る？

アストリカはためらった。

辺境伯は非常に手強い男だ。使者に皮肉を浴びせれば、後で大火傷をすることになりかねない。意地を張って国に不利益を招いては本末転倒だ。それは女王の仕事ではない。気に入らないが、今はリンドルスに従う方がよい。

「両国の絆を深めるためにも、大変よろこばしきことです。同時に国務卿が、誰よりも先にわらわの許を訪れることを強く願います。わらわは侮辱には慣れておりません」

両国が一つの楯となるとは、軍事協定を結ぶことを意味している。未来を切り開くとは、ガセルとピュリスの脅威に対して立ち向かうことである。誰よりも先にとは、具体的にはグドルーンより先にということである。侮辱には慣れていないとは、決して自分をグドルーンの後回しにするなという警告である。

グドルーンより先に来いと告げたのは、アストリカなりの女王としての意地だった。これくらいなら伝えても問題は生じまい。優位に立っているのはアグニカなのだ。

「お言葉、しかと我が王にお伝えいたします。女王にますますの誉れと幸せが訪れんことを。精霊のご加護がございますように」

使者は謁見の間から引き下がった。すぐにカーテンの後ろから宰相ロクロイとリンドルス侯爵が出てきた。二人とも、しっかり返答は聞いていたはずである。

「陛下、よいご返答でございました。まずは第一歩でございます」

とリンドルス侯爵が笑顔を向ける。

「誰よりも先にというのは大変ようございました。エルフの商人はグドルーンの許を最初に訪れておりました。陛下が軽んじられてはなりません。きっと辺境伯はグドルーンを先回しにするつもりでおりましょうから、よい牽制になります」

とロクロイがおべっかを使う。

宰相の言葉にアストリカは不安になった。自分が警告を発しても、辺境伯は自分より先にグドルーンを訪問するのか？　明礬石を持っているのはグドルーンなのだ。自分ではない。

不安を察して、リンドルス侯爵が声を掛けた。

「陛下、ご心配はいりません。ヒロト殿は真っ先に陛下の許に参ります。ヒロト殿は無礼な方ではございません」

「だといいのですが」

とアストリカは不安を滲ませた。

「賭けてもよろしゅうございます。陛下とグドルーンと、どちらがこの国で上なのか、この国を治めているのは誰なのか、ヒロト殿は忘れるような方ではございません。もしヒロト殿がグドルーンめを先に訪問した時には、このリンドルス、宮殿を去りましょう」

侯爵の言葉に、

「確かであろうな」

とロクロイが突っ込んだ。言質を取って、できれば追放したいという魂胆らしい。ロクロイとリンドルスは決して仲のよい間柄ではない。

「二言はない」

と侯爵は答えた。迷いのない、きっぱりした口調だった。

(それほどリンドルスが言うのなら、辺境伯はわらわを先に訪問するのかもしれぬ……)

3

リンドルスはすぐそばで女王の顔を見ていた。自分が即位させた女。自分がいなければ女王になっていなかった女。

自分に感謝すべき？

多少は。恩義を忘れてもらっては困る。しかし、それを笠に着るつもりはない。

（ともかく、状況はよい方に向かっておる）

リンドルスは好感触を覚えた。カーテンに隠れてヒュブリデの大使の手紙を聞いていた時には、思わず手を打ち鳴らしたくなった。ヒロトこそが鍵だったのだ。他の者が来ても、アグニカの国威は高揚しない。ガセルと対等にはならない。だが、ヒロトがやってくる。これでアグニカはガセルと対等になる。

問題はこれからだと思った。

（ヒロト殿を派遣したということは、軍事協定の中身を骨抜きにしようと考えているということだ。だが、そうはさせぬ。具体的に派兵の規模をはっきりと明示させて、逃げられぬようにせねばならぬ）

そうリンドルスは考えた。

（ヴァンパイア族の参戦も明記できれば最高だが、それは不可能であろう。ならば、現実的に可能なもので考えるまで。最低でも兵五千を一カ月以内に派遣するということにせねばならぬ。期日を明記せねば、一年後ということをやられかねない。ヒュブリデはそれくらいの骨抜きはしてくるであろう。そうさせぬためにも、まずは、丁重にお迎えすることだ。粗相があっては、それこそヒロト殿に粗相を衝かれて優位を失うことになる。食事も移動も、ヒロト殿に礼を尽くさねばならぬ。執事にもしっかりと言い聞かせねばならぬ）

そう決意を新たにして、リンドルスは来るべき日のことを——ヒロトとの外交戦のことを考えた。

恐らく、ヒロトとの協議においてはロクロイも出席すると言い出してくるであろう。そこでアピールしてリンドルスを出し抜くつもりでいるに違いない。ロクロイはリンドルスが王宮で力を握っていることを快く思ってはいない。いずれ自分が宮廷を仕切ろうと考えているのだろう。そのための一歩として、ヒロトとの協議に出席、場を仕切ってリンドルスを出し抜こうとするに違いない。

（だが、そうはさせぬ。この戦い、誰が誰を出し抜くという争いをしていては、それこそヒロト殿に漁夫の利を与えることになる。そういう隙は、ヒロト殿は逃さぬ方。女王と我らが三人、一致団結して戦わねば、ヒロト殿には勝てぬ……。だが、逆に三人が一体となって戦えば、勝機はある）

打ち合わせが終わって謁見の間を出ると、

「貴殿は後悔されることになるぞ。陛下は後回しにされる。きっとグドルーンも、自分を先に訪問せよと言うに違いない。訪問せずんば、明礬石は売らぬとな」

　とライバルのロクロイが冷たく突っ込んできた。この男の頭には政敵を打ちのめすことしかないらしい。

「貴殿はわしが失脚することを望んでおられる」

「別に望んではおらぬ。ただ、約束は約束だ」

　とロクロイが冷たく返す。つまり、予想が外れれば宮廷から去れということである。

（この男の頭から政争を取り去らねばならぬ。でなければ我が国に勝利はない）

　リンドルスは宰相に話しかけた。

「ロクロイ殿よ。わしが宮殿を去る、去らぬはどうでもよいことだ。それよりも、まずこの好機をものにして、我が国が盾を得ることだ。盾を得れば、ガセルとピュリスの矛から我が国を守れる」

「外れた時の前振りか？　二言はなかったのではないのか？」

　とロクロイが突っ込む。

「外れはせぬ。わしはヒロト殿に会うておる。ヒロト殿がどのように動くかは、この国の中の誰よりも一番わかる。わかった上で申しておるのだ。わしの失脚を望むのはわかるが、今は皮肉で互いを突き刺す時ではない。我ら二人、互いに政敵ということを忘れて協力せねば、ヒロト殿には勝てぬ。ヒロト殿は強敵だ。必ず何かとんでもない手を打ってくる。いがみ合ったり仲間割れをしたりしていては、それこそヒロト殿に逆襲の好機を与えることになる。我ら二人、政敵なれど、この国を支えたい、陛下を支えたいという気持ちでは同じはず。矛を収めて、わしとともにその矛をヒュブリデに向けてくれぬか?」

とリンドルスは下手に出た。

ロクロイは黙った。皮肉の矛は飛んでこない。視線を下げて、少し考えている。

「罠ではあるまいな」

と疑ってきた。

「今貴殿に罠を仕掛ければ、喜ぶのは辺境伯だ。こういう隙を逃さぬのが辺境伯なのだ」

とリンドルスは答えた。

「辺境伯に手があるように思えぬが」

「レオニダス王は、かつて王子時代にわしのことを寄生虫だ、たかりだと罵倒された。わしは『相変わらずの毒舌ですな。今に枢密院を追放されますぞ』と答えた。レオニダス王はそのことを根に持っているであろう」

「そのことを辺境伯が衝いてくると?」

「可能性はある。我が王に対して王子時代に無礼な言葉をぶつけながら、このたび、また無礼なことをいたすのか。そう問い詰める可能性はある」

リンドルスはロクロイの返答を待った。相手に付け入る隙を与えた責任を取って今すぐ辞任せよと言い出す？

かもしれぬ。ならば、この男はそれまでの男ということだ。

ロクロイは少し間をおいて、

「互助協定の破棄で、その意趣返しは終わったはずだ。そもそも隣国の重臣を寄生虫だのたかりだのと罵倒すること自体が、無礼。無礼を理由に我が国をなじる資格はない」

予想外にリンドルスに援護射撃を浴びせてきた。政争から協力へとシフトを切ったのだ。

「わしもそう思っておる。貴殿からそのような言葉をいただけて、何よりの幸甚だ」

とリンドルスは微笑んでうなずいた。それから言葉をつづけた。

「ヒュブリデに対して餌は必要だ。明礬石だけでは軍事協定に対して渋るであろう。協定を結んだ場合の餌を用意しておいた方がよいかもしれぬ」

「それで食いつくか？」

とロクロイが疑問を向ける。

「食いつくかもしれん。食いつかぬかもしれん。だが、明礬石だけでは説得は難航するであろう。軍事同盟に同意させるための餌は必要だ」

リンドルスの言葉にロクロイはうなずいた。

「確かにな。ならば、特許状の再発行の手数料を少し下げてやってもよいかもしれぬな。今年だけ全額免除でもよいかもしれぬ。もちろん、最後の最後に譲歩する段階で突きつけるが」

ロクロイの提案にリンドルスはうなずいた。

「とにかくヒロト殿は一人で三人分、四人分の働きをされる方。我ら二人、陛下のために力を合わせて全力で戦おうぞ」

4

アグニカ王国南西部インゲ州――。

リンドルス侯爵が首都バルカで政敵ロクロイと共闘を誓った頃――もう一人のエルフの使者がグドルーン邸に到着して手紙を渡したところだった。部屋には薔薇の香りが立ち込めている。

手紙を持ってきたのはヒュブリデ王国の使者。受け取ったのは、インゲ伯グドルーンである。ヒュブリデからのエルフが、グドルーンの許に辿り着いたのだ。

グドルーンは自ら手紙を開いて読んだ。

予想通りの内容だった。レオニダス王は自分に辺境伯を寄越すと書いてある。

「結構じゃないか」

とグドルーンは微笑んだ。

もちろん、同じような手紙がアストリカにも届けられていることは了解済みである。きっとその手紙にも、辺境伯が行くと書いてあるに違いない。

だが、どっちを先に？

自分？　アストリカ？

（優位にあるのはボク。そして揺さぶるなら今。揺さぶれる時に揺さぶっておかないと、勝利の女神は逃げる）

グドルーンは使者のエルフに対して口を開いた。ヒュブリデにとってはいやな釘を――喉に刺さる魚の骨を――刺しにかかったのだ。

「当然、辺境伯はアストリカよりボクを先に訪問するんだろうね？　後回しにしたら、その時点で明礬石はなしだよ。ボクは気が短いんだ」

第八章　女王か女伯か

1

約十日後——二人の使者がアグニカから戻ると、ヒュブリデ王国ではすぐに枢密院会議が開かれた。ヒロトももちろん、会議に出席した。長机の短い辺の部分にレオニダス一世が陣取る。そのすぐそば、長い辺の端っこがヒロトである。いつもの席だ。席が近いのは、王の信頼の証である。

（アストリカとグドルーンはどんな返事をしたのかな）

ヒロトも注視する中、二人のエルフは一言一句、正確にアストリカ女王とグドルーン女伯の言葉を伝えた。

《両国の絆を深めるためにも、大変よろこばしきことです。両国が一つの楯となって未来を切り開いていくことを強く願います。同時に国務卿が、誰よりも先にわらわの許を訪れることを強く願います。わらわは侮辱には慣れておりません》

それが女王の言葉だった。両国が一つの楯となってとは、両国が軍事同盟を結んでガセルとピュリスの脅威に抗することを意味している。

《結構じゃないか。当然、辺境伯はアストリカよりボクを先に訪問するんだろうね？　後回しにしたら、その時点で明礬石はなしだよ。ボクは気が短いんだ》

女伯の言葉の方が威圧的だった。後回しにすれば、明礬石は売らないとはっきりと脅している。そしてアストリカ女王もグドルーン女伯も、ともに先に自分の許を訪問することを要求している。

薄汚い張り合い？　くだらないいがみ合い？

女王が特許状を再発行する条件を提示し、女伯が明礬石を販売する条件を突きつけた時にも、すでに二人は張り合っていた。再度張り合ったとしても不思議はない。どちらが優位か、誇示せずにはいられない関係なのだろう。場外乱闘をつづける間柄らしい。場外の者からすると呆れるばかりだが――ヒロトは呆れよりも違和感を覚えた。

（ボクは気が短いんだ？）

引っ掛かる言葉だった。ガセル兵がシドナ港を襲撃しようとした時、グドルーン女伯はガセル商人に対して気前のよさを見せている。感情が高ぶる緊迫した中で、余裕を、冷静さを見せた振る舞い。それは短気を裏付けるものか？　むしろ逆ではないのか？

（グドルーンは気の短い女じゃない。「気が短いんだ」と言ったのは、有利な条件をヒュブリデに呑ませるためのレトリックだ）

そうヒロトは考えた。

（後回しにしたらという言い方も気になる。後回しにしたらとわざわざ口にしたということは、グドルーン自身も、自分が後回しにされることを予想しているんじゃないか。ある程度は覚悟しているのかもしれない）

返答を聞いて真っ先に悪罵をぶつけたのは、レオニダス王であった。

「わがままブサイクどもめ」

いつもの毒舌炸裂である。

「国益を追求することよりも、己の権威を認めさせようとするとは愚かなことだ」

と大長老ユニヴェステルも容赦ない。違う指摘をしたのは、フェルキナ伯爵である。

「これは間違いなく条件を吊り上げるための前振りです。自分への訪問を優先しなかった場合には、厳しい条件で締結させるぞという予告です」

「であろうな」

と宰相パノプティコスも同意する。

「もしそうならば、真っ先に訪問すべきはグドルーン伯でしょうな。なにせ、明礬石を押さえていますからな。後回しにして臍を曲げられて売らないなどと言われる事態だけは避けねばなりません。明礬石は買わぬという手が我々にあれば問題はありませんが、買うしか手がございませんからな」

とすかさず書記長官が反論する。身分の高いアストリカ女王を後回しにして身分の劣るグドルーン女伯に先にアプローチするということだ。形式的にはグドルーン女伯はアストリカ女王の家臣なので、先に女王に挨拶してその後、家臣と交渉するのが常套手段なのかもしれない。

ヒロトは一瞬、考えてみた。

（思い切って、買わないという選択肢で突き進んでみる？）

別に買わなくてもいいと宣言する

↓

では、売らぬ

↓

売らなきゃ楯は手に入らないよと言う

↓

明礬石が手に入らなくて困るのはどなたかなと揺さぶられる
↓
沈黙の綱引き勝負
↓
沈黙をつづけたところで、明礬石が必要な状況は変わらない
↓
結局、歩み寄る

(だめだ)

ヒロトは頭の中で首を横に振った。一瞬揺さぶることができても、最終的には終了フラグが成立してしまう。

「筋からすれば身分の高い者から訪問すべきではないのか？　女王を優先すべきだと思うが」

と大法官が書記長官に異議を唱える。

「女王優先でよいかと。女伯はあくまでも女伯。女王ではありません」

とフェルキナ伯爵が大法官に賛意する。

「わたしもそう思います」

とラケル姫も追随する。

「それで臍を曲げられてはおしまいですぞ。　グドルーン伯を優先すべきです」

と書記長官も譲らない。皆、真顔である。

たかが優先順位の話？　どちらを先に訪問するかぐらいの話で、王国の重臣たちが喧々諤々？

たかが、ではない。豊富な明礬石は、その地の財政の半分以上を霑すことができる。それだけ財政への影響力を持つ。そして明礬を使った高級染め物もまた、国家財政に対して少なからぬ影響力を持っている。そしてもっと重要なことに、王侯貴族の世界は名誉の世界である。リアル中世でも、誰が上座を占めるかという上席権をめぐって、大貴族同士で何度も醜い殴り合いが起きている。誰が国王に給仕するかをめぐっても、本気の喧嘩が発生している。国王への給仕は貴族にとって名誉な仕事だからだ。それだけ名誉は、王侯貴族の世界では重要なことなのである。誰を先に訪問するかも同じことだ。順序を間違えれば、相手の名誉を傷つけ、外交上取り返しのつかない損失を招くことになる。それゆえ、枢密院顧問官たちが真剣な顔で議論するのだ。

（明礬石のことを考えるのなら、女伯を後回しにして条件を吊り上げさせるべきではない。

女王は後回し――）

そう考えて、ヒロトは待てよという気持ちになった。ハイドラン侯爵の言葉が蘇ったのだ。

《期待を裏切ると当てこすった発言をする。女の得意技だ》

女王を後回しにしていいのか？

ヒロトは改めて考えてみた。

ヒュブリデがグドルーン女伯を先に訪問した場合、女伯は何を得るのか？

女王に対する優位？　名誉？　それは確かに。

有利な条件？　いや、それはない。むしろ後回しにされた方が女伯は有利になる。書記長官が女伯を優先すべきだと主張するのはこのせいだ。

では、後回しにされた場合、女伯は何を得て何を失うのか？

得るものは、有利な条件。

だが、失うものは？　優位？　名誉？　元より、女伯は女王ではない。女王に対して劣位にあるのだ。優位も名誉も失うわけではない。

では、ヒュブリデがアストリカ女王を先に訪問した場合、女王は何を得るのか？

面子。名誉。グドルーンに対する優位。

では、アストリカ女王を後回しにした場合、女王は何を得て何を失うのか？

得るものは——有利な条件？

失うものは？

（——面子）

女王は元々、女伯より上にある。国では最高権威である。国の高貴と名誉の頂点に位置するのが、その国の王であり、女王なのだ。その女王が、後回しにされることによって面子を失うことになる。名誉も、グドルーンに対する優位も失う。

（それはまずい）

とヒロトは直感した。アストリカ女王もグドルーン女伯も、ともに自分を先に訪問すること、そして自分を女王と認めることを要求している。

アストリカ女王が女王として認められ、先に訪問を受けた場合、面子は保たれる。グドルーン女伯に対する優位もキープされる。失うものはない。

対してグドルーン女伯が女王として認められ、そして先に訪問を受けた場合、優位が得られる。名誉も高まろう。だが、女王は大いに面子を失うことになる。名誉も、グドルーン女伯に対する優位も失うことになる。そして面子を失った女王に対して有利に交渉（こうしょう）を進めようとしても——。

「ヒロト、おまえはどう思う？　おれはそもそも、おまえを行かせたくない」

とレオニダス王が話を振ってきた。即答しようとして、ヒロトは茶目っ気を出した。

「では、自分の代わりに陛下が直々に――」

「アホか！」

とレオニダス王が全力で叫ぶ。ヒロトは笑って、それから真顔に戻った。

「アストリカ女王を先に訪問すべきです」

「それではグドルーン伯に不利な条件を結ばされますぞ！」

と咄嗟に書記長官が叫ぶ。ヒロトは微笑んで、穏やかに答えた。

「書記長官殿もご存じのように、女王と女伯では、女王の方が上です。女伯の方が下です。そのことはグドルーンも自覚しているでしょう。後回しにされたからといって、グドルーンが面子を失うわけでも名誉を失うわけでもありません。しかし、女王を後回しにすれば、女王は面子を失い、顔に泥を塗られたことになります。果たして、面子を潰された相手と交渉するのはうまくいくでしょうか？」

書記長官が黙る。ヒロトはつづけた。

「せっかくグドルーンを丸め込めたとしても、面子を潰された女王は激しく抵抗するでしょう。女王は当てこすりをする人物だと聞いています。それらのことを考えると、女王を最初に訪問すべきです」

非常に明快な返しだった。

問題は面子。面子を潰せば、交渉に響く。そしてどちらを後回しにした方が面子を失わせて外交的不利を招くのか――。

「では、女王を先に訪問することでよかろう。陛下、よろしいですな？」

と宰相パノプティコスがまとめる。

「おれはグドルーンもアストリカも嫌いだ。どちらにもヒロトを訪問させたくない」

とレオニダス王がごねる。

大長老ユニヴェステルが睨んだ。レオニダス王は大人に睨まれた子供みたいに少し小さくなってそっぽを向き、

「好きにしろ」

と答えた。

2

十日ほど後のことである。ヒュブリデの使者が、再びアグニカ王国に手紙を運んできた。

女王アストリカは、内心ドキドキしながら手紙を開いた。

辺境伯は先に自分を訪問する――。

リンドルス侯爵の言う通りだった。アストリカは思わず胸を撫で下ろした。リンドルス侯爵が強く請け合ってくれたものの、やはり不安だったのだ。後回しにされれば、自分の面子は――名誉は――傷つくことになる。大貴族に対しても体面の悪い思いをすることになる。

だが、辺境伯は自分を先に訪問すると手紙で明言した。時間が限られているゆえ、すぐにグドルーン女伯を訪問することになるがと書いてあったが、自分が先に訪問されるのならば問題はない。

それで、いつ辺境伯には来させるか。ヒュブリデは半年で明礬石が枯渇するという噂もある。一年はもつという噂もある。交渉を有利に進めるのなら、じらした方がよい。仮に半年だとして、半年近く経ってから我が王宮を訪問させる？

「じらしは蛇足になりますぞ」

とリンドルス侯爵が女王の考えを見抜いて牽制してきた。

「じらした方がむしろヒュブリデは条件を呑むのではないのか？」

と宰相のロクロイが突っ込む。だが、リンドルス侯爵は動じなかった。

「窮鼠猫を噛むだ。すぐに解決できぬとなれば、ヒュブリデは軍事力の行使を辞さぬであろう。我が国に来ることもできず、なすすべなくヒロト殿が苦しむのを見れば、ヴァンパイア族が同情して協力せぬとも限らぬ。ヒュブリデの窮地を救ったとなれば、ヴァンパイア族の名誉と威信はさらに高まろう」

そう力説して、リンドルス侯爵は言葉をアストリカに向けた。

「ヒロト殿がすぐに来たいというのならば、来させることです。こちらに来させてから、じっくり条件を詰めればよいのです。交渉事は敵地ではなく自陣で行なうのが流儀です。ヒロト殿にとってヒュブリデは自陣。早く自陣から切り離して、敵地である我が国に招く方が我が国に利ありです」

じらせばヴァンパイア族が加担するかもしれないという説明については、確かにそうかもしれないとアストリカは思った。ヒロトはサラブリア連合代表の娘と付き合っているのだ。ヒロトが苦しめば、女は同情してヒロトを救ってやりたいと思うかもしれない。そうなれば、ヴァンパイア族が協力する可能性がある。それに――敗北というのは、自分が優位に立っているからと調子に乗った時に生じるものだ。勝利の女神はそういう時に立ち去る。ヒロトを早く自陣から切り離して敵地におびき寄せた方が危険性は少ないかもしれない。

「では、ヒュブリデが早期訪問を望むのなら、そうさせなさい」

とアストリカは命じた。リンドルス侯爵が頭を下げる。

問題は辺境伯が到着してからだ、とアストリカは思った。辺境伯が来たら、すぐに会う？

それでは自分の名誉が保たれない。

ヒュブリデは今をときめく強国だ。その強国の有力者を待たせ、じれたところでようやく会えば、自分の名誉は高まろう。交渉も有利に進められるかもしれない。自分は辺境伯に膝を屈させた最初の王となるのだ。

3

アグニカ王国宰相ロクロイは、正直、辺境伯の手紙に驚いた。明礬石のことを考えるのなら、ヒュブリデはグドルーンを優先させると踏んでいたのだ。

政敵リンドルス侯爵の予告通りだった。

（あくまでも筋を通したということか）

そう思ったところで、ばったり視線がリンドルス侯爵とぶつかった。

「これで貴殿とごいっしょに仕事ができる」

とリンドルス侯爵は微笑んだ。敵だが、天晴れな男である。だからこそ、自分の政敵なのだ。

「よく陛下を優先するとおわかりになったものだ」

とロクロイは、ほめ言葉とわからぬような言い方で褒めた。心のこもっていない、冷たい調子である。

「ヒロト殿は面子を気にされたのであろう。我が女王を後回しにすれば、面子を傷つけることになる。それでは交渉が難航すると踏んだのであろう」

とリンドルス侯爵は答えた。

「異世界からの人間ゆえ、そのようなことはわからぬと思っておったが」

と返したロクロイに、リンドルス侯爵はうれしそうに答えた。

「それがヒロト殿なのだ。でなければ、王侯の説得はできておらぬ」

と自信満々の答えである。リンドルス侯爵は、心底ヒロトに惚れ抜いているようだ。それが仇とならねばよいがな……と思う。

ロクロイに、ヒロトへの称賛の気持ちはない。ヒュブリデへの恨みならある。レオニダス王が即位した後に自分が大使としてヒュブリデに赴いた時、他の国の大使が次々と拝謁を賜る中で、自分が一番後回しにされた。

屈辱だった。あの時の怒り、後回しにされた怒りがある。おまけに最後の最後で梯子を外された。先々王同士が結んだ軍事協定を破棄されたのだ。あの屈辱がある。

ヒロトに対してぶつける？

アグニカの宰相がヒュブリデのナンバーツーを罵倒すれば、さぞかし気分はすっきりするだろう。できるものならば、そうしてみたい。もちろん、個人の願望よりも国益が最優先だが――。

4

アグニカ王国南西部インゲ州シドナ近郊――。

薔薇の香り立ち込める部屋で、エルフの使者が前回と同じようにレオニダス王の手紙を手渡したところだった。グドルーンは手紙を開く前に、

「ボクが中身を当ててやろう。辺境伯はボクを後回しにする。先にアストリカのところに行く。そうだろう？」

と楽しそうに言い放った。自信満々の口調である。使者のエルフが、自分は中身を見ておりませんので……と苦笑を浮かべる。

グドルーンは手紙を開いた。思わず笑みがこぼれた。会心の笑みであった。

「ほら。ボクの言う通りだ。こうなると思っていたんだよ」

前回、ヒュブリデの使者には自分を後回しにすれば明礬石はなしだと伝えた。自分は気が短いのだと。揺さぶって果たしてどう反応するかを楽しみにしていたのだが、ヒュブリデは揺さぶりには応じなかった。辺境伯には通じなかったらしい。自分が売らないはずがないと踏んでいるのだろう。ならば、今、大使にヒュブリデには明礬石は売らないと言ってやれば、大騒動になる？

いや。辺境伯のバックにはヴァンパイア族がいる。窮鼠猫を噛むで、ヴァンパイア族の大軍を率いて押しかけられたのではたまったものではない。

「もう少し利口な男だと思っておりましたが、グドルーン様も舐められたものです。しかし、相手に舐めた真似をしてタダで終わると思っているのなら、辺境伯は相当幸せな野郎ですな」

と護衛の二人のうちの一人が後ろから言う。思わずグドルーンは鼻で笑った。

「幸せな野郎でも愚者でもないよ。逆に利口だよ」

「そうは思えませんが」

と護衛が答える。

「アストリカを後回しにすれば、面子を潰されたと言ってごねるからね。交渉するのは相当大変なことになる。それでボクを後回しにしたのさ」

「閣下が下に見られたということです」

と護衛は不満のようである。

「ちゃんと形勢判断ができてるってことさ。憎(にく)たらしいやつはこうでなきゃいけない」

とグドルーンは唇(くちびる)の端に笑みを浮かべた。ヒロトのことは嫌いだが、小物とは思っていない。あの男は大物だ。大物ゆえに気に食わないのだ。小物など、自分の力でどうにでもなる。

「でも、何もせずにお済ましになるので？」

護衛の問いに、グドルーンはにんまりと意地の悪い三日月形の細い笑みを口元につくってみせた。後回しにされておとなしく引き下がる自分ではない。

「ボクは誰かと違ってごねないけど、ボクを後回しにした代償(だいしょう)は支払(しはら)ってもらうよ。このボクを貶(おとし)めたんだからね。たっぷりと落とし前は払ってもらわなきゃ」

第九章　独り

1

風雲急を告げるではないが、アストリカ女王とグドルーン女伯に放った使者が戻ってきてから、ヴァルキュリアは空気の変化を感じ取ることになった。明らかに王宮が慌ただしくなったのだ。

いつものようにヴァルキュリアが目を覚ますと、ベッドにヒロトの姿はなかった。せっかくオッパイを押しつけて起こそうと思っていたのに、ヒロトはいない。

もう起きてる？

隣の居間の方から声が聞こえる。男女の声だ。一つはエクセリスの声。もう一つは——いや、二つか——男の声だ。

ヴァルキュリアは裸の上から軽くビキニを着けて居間に出た。白いガウンを着たヒロトがソファに座って、ぶどうを食べながらローテーブルを囲んでいた。ヒロトの隣には同じく白いガウンを羽織ったエクセリスがいる。

ヒロトの向かいには、精霊教会の司祭とエルフの役人とが座っていた。

(もうこんなに早くから打ち合わせをしてたのか……)

少し驚く。アストリカ女王とグドルーン女伯から手紙が届く前は、朝一番から打ち合わせなんてなかったのだ。いつもヒロトとのんびり朝の時間を過ごして、昼前に枢密院会議に行くヒロトを見送っていたのだ。

「とにかく今回は時間がございません。一カ月の間で準備を済ませなければなりません。アグニカとも連絡を取りますが――」

「リンドルス侯爵の執事にも連絡を取って。執事への連絡は、サラブリアにお願いしてもかまわない」

とヒロトが司祭の台詞を遮った。

ヴァルキュリアはヒロトのすぐ隣に腰を下ろした。ヒロトが気づいて、すぐにヴァルキュリアを抱き寄せる。

「急ぎなのか?」

とヴァルキュリアは尋ねてみた。

「うん。アグニカでの宿の手配とか食材の調達とか、リンドルス侯爵の執事に色々とお願いをしようと思って。侯爵はたぶん、相当忙しいからね」

　とヒロトが答える。

（そうか……。とうとう行っちゃうのか……）

　そんなしんみりした気持ちになる。ヒロトがアグニカに行くというのは前々からわかりきっていたことだが、その具体的な進行を目の前で見せつけられると、気分がしゅんとしてしまう。

「馬車の件ですが、アグニカでは馬車は王都以外は使えません。ヒュブリデと違って悪路ばかりですので――」

　とエルフの役人が断る。

「馬ってことね」

　とヒロトがうなずく。

「侯爵にお願いをして変なものをつかまれてはたまったものではありませんので、馬についても現地在住の同胞に用意してもらおうと思っておりますが、ただ、どれほどの馬を用意できるかとなると――」

　とエルフの役人が細かな話をする。

「侯爵とは会ったこともあるし、信頼関係もある。それに、もし馬で変なことがあれば、アグニカはせっかくの優位を失うことになる。侯爵は絶対いい馬を用意してくれるはずだよ。侯爵と執事に一任した方がいい」

　エルフの役人がうなずいた。待っていたようにエクセリスが口を開いた。

「馬はいいとして、食材の方はどうなっているの？」

　精霊教会の司祭が答える。

「果物については問題はないかと。苺(いちご)もさくらんぼもリンゴも終わっておりますが、桃(もも)と梨、プラム、スイカ、それからあけびも手に入ります。早ものの柿(かき)も手に入れられるかと」

「肉の方は大丈夫(だいじょうぶ)なの？」

　とさらにエクセリスが司祭に確かめる。

「リンドルス侯爵に確認(かくにん)を取っているところです。アグニカにもヒュブリデ人はいるのですが、農園を営んでいる者が多くて……。豚(ぶた)の飼育となると、ほとんどアグニカ人なのです」

　と司祭が答える。

「おれが執事に一筆書こうか？」

　とヒロトが申し出た。

「その方が助かります。やはりヒロト様ご自身がお手紙を記された方が、先方も動きますので――。ヒロト様はこの国を動かす御方ですから」

と司祭が言う。入れ代わりにエルフの役人が口を開いた。

「宿については、リンドルス侯爵が色々と準備してくださるようです。ただ、早めに人数をお知らせいただきたいと」

「二百人とか三百人は避けたい。今回は女王を訪問してすぐグドルーンを訪ねることになる。機動力が鈍くなってしまうのはよくない。コンパクトに五十人くらいで行きたい」

とヒロトが即答する。

宿か……とヴァルキュリアは思った。その宿に自分が泊まることはない。ミミアやエクセリスは泊まるのだろうが、自分は泊まれない。自分がいっしょに行けないことを意識させられてしまって、いっそう寂しくなる。

「それでも五十人というわけには……ガレー船の要員もございますので……」

とエルフの役人が渋る。アグニカに行くためには、テルミナス河を遡行することになる。夕方まで待てば東風が吹いて遡行できるが、それでは時間が掛かる。ガレー船の方が、漕ぎ手がいる分、早く到着できる。おまけに漕ぎ手は護衛にもなる。

「船はどこまで行くの？」

「サリカでございます。そこから支流沿いに陸路を北上するのが一番都には近道でございいます」

とエルフの役人が答える。

「ガレー船の要員はサリカ港に到着後、一旦サラブリアで待機することにしよう。連絡があり次第、またサリカまで迎えに来るということにしよう。それなら少なくできる」

「しかし、人員が少のうございますと、威厳が——」

「威厳はいい。最低でも百人は切って。ガレー船の要員を除いて、五十人から七十人あたりにがんばってくれると助かる」

とヒロトが粘る。エルフの役人は折れた。

「商人はいかがなさいますか？　このたびのこと、合意の後には必ず契約が発生いたします。商人を連れていくべきかと存じますが」

と司祭が意見する。

「最初に知らせてくれたから、ハリトスにしようと思ってる」

とヒロトは答えた。

「ハリトス殿は業績は問題ない方です。ただ、あの男は色々と口にする方でして……色々と押し込んでくるやもしれません……」

と司祭が少し渋る。

「そうなの？」

とヒロトがエクセリスに確かめる。

「そういう噂はあるわ。結構やり手だから。ただ、エルフの中では押しは強い方かも。あなたと衝突しなきゃいいけど」

とエクセリスは若干否定的である。

「女王とグドルーンに一度会っているというのは大きいと思う」

とヒロトは少し考えて答えた。

「ただ、女王には出禁を食らっております」

「それは何とかできる。ハリトスとの打ち合わせも用意して」

畏まりました、と司祭は承諾した。

（商人もいっしょに行くのか……）

またヴァルキュリアは少ししんみりしてしまった。

「護衛については我々の方で選んでもよろしいですか？」

とエルフの役人が顔色を窺ってきた。

（護衛か……）

ヴァルキュリアはうつむいてしまった。護衛はヒロトといっしょに行ける。でも、自分は――。

胸が事実に侵食されて疼いた。これから、ずっとこんなふうに心を削られることがつづくに違いない。

2

アグニカから手紙が届いて以来、ヒロトは朝から打ち合わせをする毎日をつづけていた。

まだ隣でヴァルキュリアが眠っている間にベッドから起き上がって着替えて、ミミアに水をもらって居間へ向かう。枢密院会議が始まるまで打ち合わせをして、昼過ぎに執務室へ。会議をこなして夕方に部屋に戻る。

出発まではまだ一カ月ある――そう考えていたのだが、一週間が過ぎるのは早かった。一週間が過ぎるとすぐに十日が来た。出発までは三週間を切っている。

二カ月後に出発するスケジュールにしておきたかった？

いや、無理。

事は急を要するのだ。アグニカの女王アストリカが訪問期日を先延ばしにしなかったのは、ヒロトにとってはありがたかった。三カ月後にと言われたらどうしようと思っていたのだ。三カ月後では、合意に達して明礬石の輸入を始めるとして、国内の明礬石が枯渇する半年後に間に合わない。ヒュブリデの織物業は麻痺することになる。もし三カ月後という話をされたら、軍事侵攻も再び選択肢に加えるつもりだった。サラブリアからガレー船を二隻ほど派遣してテルミナス河を航行させ、港を襲撃するのも選択肢として考えようと思っていた。

だが、そうはならなかった。先読み能力の高いリンドルス侯爵が、延期策に待ったをかけたのかもしれない。

ともあれ、出発まではあまり時間がない。片づけなければならないことが山積みである。その分、打ち合わせが朝に食い込むことになる。

その日も朝から、ヒロトはアグニカへ同行することになる近衛兵たちと顔合わせの真っ最中だった。立って一人一人に声を掛けて握手をくり返していく。

「アグニカではヒュブリデほど美味しいものは食べられないかもしれないけど、よろしくね」

と話しかける。

「問題ありません」

と近衛兵が答える。

「辛いのは平気？」

「少し……苦手です」

と近衛兵が苦笑する。

「大丈夫、アグニカではガセル料理は出ないと思うから。実はおれも辛いの苦手」

思わず近衛兵が破顔する。

「よろしくね」

とヒロトは手を握った。これから一カ月以上の間、運命をともにすることになるのだ。近衛兵との関係は良好をキープしておいた方がいい。

「閣下、勝算はありますか？」

別の近衛兵の質問に、

「グドルーンよりも鋭い質問をするね。実は女伯が化けてるんじゃないの？」

とヒロトが切り返すと、近衛兵たちの間で笑いが広がった。笑いは関係を和やかにする。お互いにいい印象をつくりだす。

ふいに近衛兵たちの視線がヒロトの後ろを向いた。エクセリスもちらっと振り返る。ヒロトが後ろを見ると、ビキニを着けたヴァルキュリアが居間に姿を見せたところだった。今、起きたらしい。

「ごめん、ちょっと待って」

とヒロトは近衛兵に断ってヴァルキュリアの許に歩み寄った。ぎゅっと抱き締める。

「ごめんね、予定が詰まっちゃってて」

ヴァルキュリアは首を横に振った。ずっと寂しい思いをさせているなという気持ちはある。もう少しヴァルキュリアと二人きりの時間を持てるかなと思っていたのだが、本格的に準備が始まったらそうはいかなくなってしまった。本当は温泉に行こうと思っていたのだが――。

近衛兵たちとの顔合わせが終わると、ヒロトはミミアから蜂蜜酒をもらって喉に流し込んだ。ついでに焼き立てのパンを齧る。ゆっくりと食事も摂れない。

ヒロトはヴァルキュリアに顔を向けた。少し沈んだ表情で下を見ている。いつものヴァルキュリアらしくない。アグニカへの旅のことが何度も出てきたから、自分は行けないことを何度も再認識させられて、しゅんとしているのかもしれない。

「ごめんな。仕事ばかりで」

とヒロトはヴァルキュリアを抱き締めた。ヴァルキュリアが首を横に振る。これからも寂しい思いばかりさせてしまうことになる。

いっしょにいさせない方がいい？　別の部屋で打ち合わせをした方がいい？　でも、どの部屋で？

ヒロトは今、アグニカへの使節の中心、外交の中心なのだ。ヒロトの居場所が、ヒロトの部屋が、中心なのだ。皆、ヒロトに会うためにヒロトの部屋に来る。ヒロトの部屋に来させるのが理には適っている。ただ、ヴァルキュリアには悲しい思いをさせてしまう。

（でも、ヴァルキュリアに寝室にいてくれって頼むのも、それこそ彼女を遠ざけちゃうし、一人にさせちゃうし、できるだけいっしょにいるって約束を破ることになるし……）

3

ヒロトが慌ただしい朝食を終えてすぐ、顧問官にしてエルフの剣士アルヴィが大商人の到着を告げた。部屋に入ってきたのは、エルフの大商人ハリトスと若い男だった。ハリトスより年齢は五つ年下あたりか。

「おはようございます、ヒロト様。この者は我が弟のジギス。自画自賛ではございますが、優秀な弟でございます」

とハリトスが頭を下げる。すぐにジギスも丁寧に頭を下げた。ヒロトが呼んだのはハリトスだけだが、ハリトスは弟も連れてきたようだ。ヒロトが会うのは初めてである。

「自分が意見を申し上げる立場にないことは重々承知しております。されど、商いをする者からしますと、先に訪問すべきは女王よりも女伯の方ではないかと思えるのでございます。明礬石を押さえている者を後回しにすれば、売値は高くならざるをえなくなりましょう。ヒロト様のご意見をお聞かせいただきとうございます」

とハリトスは下手に出ながらいきなり踏み込んできた。丁寧な態度だが、ヒロトへの異議申し立てである。司祭の言葉が思わず脳裏に蘇った。

《ハリトス殿は業績は問題ない方です。ただ、あの方は色々と口にする方でして……色々と押し込んでくるやもしれません……》

つづいてエクセリスの言葉も蘇った。

《ただ、エルフの中では押しは強い方かも。あなたと衝突しなきゃいいけど》

二人の懸念はこういうことだったらしい。

適当に受け流す？

いや。今後のことを考えるなら、はっきりと説明しておいた方がよい。

「商売の話をしに行くだけなら、自分もそうしましょう。されど、自分は外交の話をしに行くのです。国と国との話をしに行くのに、女王の機嫌を損ねてよい結果にはなりません」

だが、ハリトスは退かない。

「されど、女伯は条件を吊り上げます。そもそも王族には王族の誇りというものがございます。ハイドラン侯爵をご覧になれば、おわかりになるのではありませんかな？」

としぶとく撥ね返しにかかる。しかし、それしきでやられるヒロトではない。

「女王にも女王の誇りがあります。そして女王の誇りの方が王族の誇りよりも高く、厄介です。そのことをハリトス殿は身をもって思い知ったのではありませんか？」

とヒロトはやり返した。身をもって思い知ったとは、出禁を喰らったことを指している。

ハリトスは思わず沈黙した。クリティカルヒットである。

ヒロトは今だとばかりに畳みかけた。

「グドルーンは、自分は短気だと答えています。でも、短気だというのは嘘です。短気な人間が、自分の足下の港に大勢で駆けつけたガセル人に対して気前よくタダで山ウニを贈るでしょうか？　短気な人間が、ぼくという人間を憎みながら軍事協定を要求してくるでしょうか？」

「わたしが鉱山は本物かと確かめた時には、少しむっとしておりましたが」

とハリトスが答える。

「そこで短気を見せれば、ああ、本当に明礬石はあるんだなということになります。本当に短気ならば、あなたを出禁にすればいいんです――女王がしたように。その方が交渉だって有利に進んだはずです。でも、しなかった。出禁にすれば、『突っ込まれてはまずいことを聞かれたから出禁にした』と間違って解釈されてしまう、つまり、明礬石はガセだと誤って思われてしまう。その方がグドルーンには不利です。あなたにむっとした表情を見せて、そして明礬石を贈った方が遥かにいい。グドルーンの芝居が示しているのは、何があっても条件を吊り上げるという意志です。後回しにしようが先回しにしようが、グドルーンが条件を吊り上げることに変わりはありません」

ハリトスは沈黙した。目がどこでもない斜め下を見ていた。思考が頭の中をめぐっている時の表情だ。

「なるほど……」

とハリトスはようやく声を絞りだした。

「訪問の順番については理解いたしました。では、アグニカに入ってからどうなさるおつもりなのか、是非お聞かせ願いとうございます。わたしは選択肢は持っておくべきだと考えております。たとえば、女王と女伯のところへ同時に商売の話をつけに行かねばならなくなった時、わたしとジギスの二人がおれば、選択肢が限定されることはございません」

といよいよハリトスは踏み込んできた。弟を連れてきたのは、こういうことだったらしい。弟を売り込むつもりだったのだ。

「ハリトス殿。貴殿にヒロト殿の策に意見する資格はございませんぞ」

とエルフの剣士アルヴィが牽制する。ヒロトは片手でアルヴィを制した。

ジギスを連れていく？

そのつもりはなかった。ヒロトはジギスのことをよく知らない。そしてよく知らない人物は不純物に、反乱分子になりうる。端から苦戦が予想される中で、よく知らない人物を連れていきたくない。

「女伯は相当のやり手、そして女王の後ろにいるリンドルス侯爵もまた、相当のやり手です。女王とグドルーンに同時にアプローチを仕掛けたとしても、果たして両者が同じようにまったく齟齬なく同じように条件を成立させられるかというと、相当怪しい。恐らくグドルーンとリンドルス侯爵に掻き乱されて、条件の齟齬が生じるでしょう。それは必ず大問題を引き起こします。今回の訪問では、同時攻略ではなく逐次攻略が恐らく最も望ましい手です。ジギス殿には後方支援に専念して、アグニカを訪問中にあなたとのつなぎをこなしていただければと思っています」

とヒロトはきっぱりと断った。

「では、すでに策はあると？」

とハリトスが踏み込む。

「今考えているところです」

とヒロトは答えた。

「つまり、まだ策はないということですな。ならば、同時攻略の選択肢は持つべきでは？」

とハリトスが畳みかける。

痛いところを衝かれた？　確かに。痛いところを指摘された。反論するのは難しい？

あきらめてジギスを受け入れるしかない？

まさか。

別に難しくはない。相手は一つ、間違えているのだ。

ヒロトは反論を始めた。

「先に申し上げたはずです。自分は商談に行くのではなく、国家の話をしに行くのだ、外交の話をしに行くのだと。商人は政治の専門家ですか？」

最後に問いただされて、ハリトスはまたしても黙った。ヒロトは二度とハリトスが余計なことを言わぬように釘を刺しに掛かった。

「このたびの外交を成功させたいとお考えなら、政治の話は政治の専門家にお任せになることです。何度でも申し上げますが、自分は商売の話をしに行くのではありません。政治の話をしに行くのです。そして政治の話は、商人の方のご専門ではない。専門外の方が専門外のことに口出しをして退くということをしなければ、このたびのことは必ず失敗します。そうなれば、商人としてのあなたの経歴だけでなく我が国にも、取り返しのつかない大きな傷ができることになるでしょう」

ハリトスははっと息を呑み、床に額がつくほどまで深々と頭を下げた。自分が踏み込んではいけない一線を越えてしまったことに、はっきりと気づいたのである。

4

ヒロトの部屋を出ると、ハリトスは弟のジギスとともに廊下を歩きだした。

（やはり壁は高かったか……）

それがハリトスの感慨であった。弟も連れていければと思ったのだが、あっさり打ち砕かれてしまった。王国随一の雄弁という噂は、嘘ではなかった。

ただ——不安は残った。ヒロトはまだ打開策を思いついてはいない。そもそも打開策など存在しようがないのだが、現時点で思いついていないとなると、アグニカに行っても思いつくことはないのではないか。

（グドルーン女伯にいいように条件を吊り上げられて、不利な立場で協定を結ばされるであろうな）

5

ハリトスが弟とともに部屋を出ていくと、エクセリスはハリトスの背中に向かって、べ～っと舌を突き出してやりたくなった。エクセリスにとって、ヒロトは並の男ではない。年下だけど、素敵な男、本当に凄い男なのだ。自分がサラブリア州の副長官をしていた時からそうだった。だからこそ惚れたのだし、だからこそ肉体関係にまで進んだのだけれど――。

だが、ハリトスにはヒロトに対する敬意が欠けていた。いったい相手を誰だと思っていたのか。ヒロトがどれだけヒュブリデの危機を救ってきたと思っているのか。

ヒロトが常に絶対正しいとは、自分も思ってはいない。ヒロトがアグニカに行くことに対しては、今だって反対だ。でも、ヒロトが女王と女伯の両方を訪問すること、女王を先に訪問することに対しては反対ではない。ヒロトは商談をしに行くのではなく、政治の話をしに行くのだ。それならば、女王を真っ先に考えるべきだ。

（ああいうエルフもいるのね）

とエクセリスは思わざるをえなかった。エルフにもいろんなエルフがいる。どんなにエルフが優秀であっても、ハリトスのような者もいるのだ。

（尤も、絶対ヒロトには敵わないけど）

ハリトスがやり込められる様は、見ていてちょっと笑いそうになってしまった。特に最後が最高だった。外交を成功させたければ、専門家に専門の仕事を任せることだと指摘されて、ハリトスは思い切り平身低頭していた。ざまあみろの瞬間であった。

ただ――ヴァルキュリアが自分と同じようにざまあみろの感じになっていなかったのが気にかかった。

エクセリスはヒロトとともにアグニカに行くことが決まっている。だが、ヴァルキュリアは違う。自分がいっしょに行けないことをひしひしと感じて、気分が落ち込んでいるのかもしれない。

（でも、これぱっかりは……）

第十章　一得一失

1

ヒュブリデ王国西部サラブリリア州――。

州都プリマリアのドミナス城のベランダに、ヴァンパイア族の男が翼(つばさ)をはばたかせて着地した。ベランダから部屋の中に入る。

「ヒロトから預かってきたぜ」

とヴァンパイア族の男は腰に着けていた筒(つつ)を差し出した。ベージュ色のシャツとショースを身に着けた長身の眼鏡の青年が筒を受け取った。非常に利口そうな、勉強の得意そうな顔をしているが、まだ十代後半の顔だちである。

ヒロトといっしょに堂心円高校(どうしんえんこうこう)からこの異世界にやってきた異世界(ディフェレンテ)からの人間、相田相一郎(そうだそういちろう)である。

「ありがとう」

と相一郎は顔見知りのヴァンパイア族に声を掛けた。

「なあに、仕事よ」

と上機嫌に答える。

飛空便――ヴァンパイア族を使った飛脚である。ヒロトがネカ城城主ダルムールと組んで始めたものだ。お値段は弾むが、地上の飛脚よりも早く手紙のやりとりができる。契約すれば、サラブリア全域では飛空便が使える。サラブリア外へ手紙を送ることもできる。今ではエルフの商人も飛空便を契約する者が増えている。商売にとって情報のスピードは命だ。

垂れ目のツインテールのおちびちゃんが、蜂蜜酒をグラスに注いでヴァンパイア族の男に差し出した。

サラブリア連合代表にしてゼルディス氏族氏族長ゼルディスの次女、キュレレである。ヴァルキュリアは実姉だ。

「これは姫様自らとはありがたいことでございますな」

と男のヴァンパイア族が茶目っ気のある笑みを浮かべる。キュレレはにぱぁと笑顔を返した。同じ氏族の男性にグラスを手渡すと、相一郎の下半身に抱きつく。いくつになっても、キュレレは甘えん坊である。

相一郎は筒から手紙を抜き取って、州長官代理のエルフ、アスティリスに手渡した。アスティリスが素早く目を通す。

「ヒロト殿からだな。使節の人数について記してある。リンドルスの執事と連絡を取ってほしいようだな。ヒロト殿の手紙もある。豚肉の件と馬の件について委任してほしいと記してある」

とアスティリスが相一郎に手紙を渡す。いつもならダルムールが次に手紙を読む番なのだが、ダルムールは所用でセコンダリアに行っている。

相一郎は手紙に目を通した。確かにアスティリスの言う通りだ。ヒロトからの手紙と、ヒロトが執事に渡してほしいという手紙の二通が同封してある。

「おれが執事に手紙を届けてきましょうか？」

と相一郎は申し出た。ヒロトが王都で活躍していることもあって、自分もできるだけみんなの役に立ちたいという気持ちが強い。

「そうしてくれると助かるが――」

とアスティリスがキュレレの方を見た。ヴァンパイア族とアグニカの関係は微妙である。リンドルス侯爵が公式に詫びたとはいえ、ヴァンパイア族はアグニカにいい感情を持っていない。そして相一郎がアグニカに行くとなると、その間キュレレは相一郎に会えなくなる。それをキュレレがいやがるのではないかとアスティリスは危惧しているのだ。

相一郎はキュレレに顔を向けた。

「お兄ちゃん、ちょっと出掛けちゃうけど我慢できるか？　たぶん夕方には戻ってくると思うから」

「本？」

帰って来たら本を読んでくれる？　という意味である。

「ああ、読んでやる」

キュレレは指を銜えて少し考えた。

「馬車」

といきなり言い出した。

「馬車に乗るのか？」

「キュレレ、見送る」

それでわかってしまった。相一郎が乗る馬車に自分も乗るから、馬車の中で朗読してほしいと言っているのだ。

「いいよ」

相一郎が二つ返事で引き受けると、キュレレはにぱぁとかわいらしい笑顔を弾けさせた。

この笑顔を見ると、また読んでやろうという気持ちになってしまう。

解決したのを知って、アスティリスが相一郎に告げた。

「では、相一郎殿にお願いしよう。とにかく日にちがない。連絡はすべて急ぎで行ないたい」

2

港まで向かう馬車の中で、相一郎は物語を朗読していた。向かいの席にはキュレレが座って目を輝かせている。珍しく、相一郎とともに執事の許に向かうエルフも同乗している。

「国王は言いました。『最も激辛のパンをつくった者に褒美を取らせる！』」

「とらせるぅー♪」

とキュレレが上機嫌に相一郎の真似をする。かまわずに相一郎は朗読をつづける。

「パン職人たちはおおわらわです。大辛子を小麦粉に練り込んでパン生地をこねながら噎せる者。思わず手で顔をこすって目が痛くて開けられなくなってしまった者。どれくらい辛いか味見をして悶絶して仕込みができなくなってしまった者。オオタマネギを練り込んで焼いてみたものの、タマネギが焦げすぎてあまりのまずさに卒倒してしまった者。倒れる者が続出しながら、ようやく国王の前に激辛自慢のパンが並びました」

「ゲキカラ、ゲキカラ」

キュレレが楽しそうにくり返す。

「国王はまず一つ目の真っ赤なパンを手にしました。一口かぶりついた途端、口の中に辛子の炎が襲いかかりました。『ほう、これはまるでゲキカラの稲妻のようだ！』と国王は驚嘆しました」

「ゲキカラのイナズマ～っ♪」

キュレレがはしゃぐ。キュレレは辛いものが大好きである。

「二つ目のパンは緑色でした。パンの表面に緑色の粉がたっぷりとまぶしてあります。国王はえいやとばかりに噛みつきました。『ほう、これは鬼辛子か！　ゲキカラの砂塵だ！』」

「ゲキカラのサジン～～っ♪」

またキュレレがはしゃぐ。

「ガセルにある？」

と相一郎に尋ねる。

「あるかな」

「キュレレ、食べたい～っ♪」

とキュレレが目を細める。キュレレは食いしん坊である。相一郎は朗読をつづけた。

「そうやって九個ゲキカラパンを食べると、国王は最後に十個目のパンに辿り着きました。見た目、真っ白でムチムチしています。どこにもゲキカラの感じはありません。『はて、この中にどんなゲキカラが潜んでいるのであろう？』。国王はパンにかぶりつきました。が――パンはむちむちしていてほんのり甘さが伝わってきます。ゲキカラはどこにもありません。『これをつくった者は誰か？』と国王は質しました。タマネギみたいな頭の男が進み出ました。『ちっとも辛くないではないか。余はゲキカラパンを持ってまいれと命じたのだ』。すると男は答えました。『陛下。陛下はゲキカラが並ぶ中でちっとも辛くないこのパンに、きっとゲキカラの評価を下されるでしょう。それこそが、まさにゲキカラの評価のパンです』。男の頓智に、思わず国王は気持ちよさそうに呵々大笑しました。もちろん、一番のゲキカラパンには認定されませんでしたが、国王は男にご褒美をくれてやりました。ちなみに一番のゲキカラパンは、鬼辛子を練り込んだ生地で焼き上げてさらに表面に鬼辛子の粉をまぶしたものだったそうです。翌日、国王はお尻が痛くてヒイヒイ呻いたのでした。おしまい」

キュレレが手を叩く。キュレレ的には面白かったらしい。

「ガセルにある？」

と相一郎に尋ねる。

「どうかな～。あるかな～」

と相一郎は曖昧に答える。

「キュレレ、ガセル行きたい～♪　蟹食べたい～♪」

とキュレレが涎を垂らしそうな表情で言う。蟹とは、ヒロトがガセルで食べてきたムハラという激辛の蟹の煮込みに間違いない。相一郎も食べたいと思ったのだ。だが、ムハラの材料となる蟹はテルミナス河ならどこでも獲れるものではないらしく、簡単に食べに行けそうにはない。

「ガセル、行く?」

とキュレレは尋ねてきた。今日、リンドルス侯爵の屋敷に立ち寄った後にガセル国に立ち寄るか聞いているのだ。

「行かないよ」

「蟹～♪」

キュレレは能天気である。

「相一郎殿、もうすぐ到着します」

同乗しているエルフが告げた。途端に身が引き締まる。

相手はアグニカ王国の重臣の執事。相一郎よりもずっとランクは高い。自分はただの地方州の州長官の顧問官である。ヒロトの顧問官だといっても、相一郎本人が偉いわけではない。

アグニカは、明礬石をめぐってヒュブリデに対して圧倒的に優位に立っている。このたびのお願いでも、高圧的な態度を見せつけられるかもしれない。

（その時はどうする——？）

3

心配は杞憂に終わった。リンドルス侯爵の執事はあっさり相一郎を執務室に通してくれた。

「ヒロト殿のご高名は伺っております。我が主もたいそうお世話になった、ヒロト殿には充分に礼を尽くすようにと申しております。ガセルとの通商協定でヒロト殿がなされたことは、このわたくしも忘れてはおりません」

と執事は微笑とともに挨拶をする。わざわざ過去のことを持ち出すのは、相手に対する敬意の現れである。

「ヒロト殿からのお手紙をご持参いただいたとか」

「こちらです」

と相一郎はヒロトからの手紙を手渡した。すぐに執事が手紙を受け取って目を通す。

「なるほど。我が主からも、ヒロト殿のご一行に対しては万全を尽くすように言われております。使節の人数はこれくらいでよろしいということですな」

相一郎はうなずいた。

「早速宿の手配を進めましょう。馬と豚肉についてはご心配なく」

「よろしくお願い申し上げます。またたびたびお邪魔するかもしれませんが、その時には――」

「ご遠慮なく、何なりとお申しつけください」

相一郎は頭を下げてリンドルス邸を出た。

ヒロトの威光は強烈であった。二十歳にも達しない若造の自分が、四十代の執事に丁寧な言葉づかいで丁重に遇してもらえる。すべて、ヒロトのおかげである。不可能と思われたアグニカとガセルの和議を、通商協定という形でヒロトが締結させ、アグニカの面目を守ったからこそだ。ヒロトはキルヒアでは敬意を払われていると見て間違いあるまい。

ただ――その敬意はアグニカ王国の首都バルカにも、そして王国南西部のインゲ州にも届いてはいまい。ヒュブリデ王国をめぐる状況は、相一郎も聞き知っている。正直、ヒロトの前にはどでかすぎる壁が立ちふさがっている。陸上の男子棒高跳びで言うのならば、世界記録近くの高さ六メートルのバーではなく、誰も飛んだことがない高さ七メートルのバーだ。ヒロトは不利な条件で軍事協定を結ぶことになるだろう。

親友の目からしても、今回の交渉は相当厳しいものだ。ヒロトも妥協点を見つけられず、相手の要求を呑むことになるだろう。

妥協点のことを、英語でcompromiseと言う。別の言葉で、middle ground。中間地点みたいな感覚だろうか。互いに等分に譲り合ったちょうど中間点が、妥協点のイメージなのだろう。trade-offという言い方もあるが、日本語で言うと一得一失だ。一つを得て、別の一つを失う。

今回の状況は、まさに一得一失だと思う。ガセルとの友好を失って、明礬石を手に入れる。もしかすると、一得二失なのかもしれない。ガセルとの友好を失い、さらに余計な戦争に巻き込まれずに済むという国家的平穏、トラブル回避状態を失って、明礬石を手に入れる。ヒュブリデにとっては、まったく損な取引だ。レオニダス王は軍事協定を結ぶな、明礬石を手に入れろと叫んだそうだが、それは一得無失、否、三得無失を要求するようなものだ。無茶ぶりもいいところである。だが、アグニカとのトラブルから逃れようとすれば、そうなる。

一得無失はあきらめざるをえまい。何かを得るためには何かを失う以外ないのだ。ヒロトにできることは、せいぜい一得二失を一得一失に軽減することぐらいだろう。

相一郎は思わず嘆じたくなった。

（ヒロトのやつ、いったい何を考えてんだろうな……自分が行けば、どんなに不可能でも勝てるとか思ってんのかな……どんなピッチャーだって必ず負けるし、どんなチームだって絶対負けるし、負ける時って絶対来るに決まってんのに……）

第十一章　忍耐

1

アグニカ王国最大の港サリカ――。

サリカでも山ウニは商いされる。その商いの場で、いきなり怒号が上がったところだった。

アグニカ人が山ウニを売る場合、売価の八割を山ウニ税として納めることになっている。仕入れ値は一割なので利益が出ないわけではないが、かつてに比べれば儲けは少ない。それで、売価自体を吊り上げる者がシドナ港にいて、ガセル兵二百人が港に乗り込むという事件が起きたばかりである。

にもかかわらず、またしてもアグニカ商人が売価を吊り上げたのだ。浅黒い肌に青色の目のガセル人が、思わず怒号を響かせた。アグニカ商人に殴りかかる。

さらに怒号が飛んだ。数人が加勢して引き離しにかかる。

「暴力を振るってただで済むと思うな！」

とアグニカ商人が叫ぶ。

「おまえこそ、ただで済むと思うな！　訴えてやる！」

そう言うと、ガセル商人は商館を出て役人のいる建物へ向かった。憤怒の足どりで飛び込んで、いきなり怒鳴り散らした。

「いったいどうなってるんだ！　おまえらはおれたちからぼったくることしか考えてないのか！」

2

テルミナス河を挟んでアグニカ王国の南側に広がるガセル王国――。

その王国の中心地、宮殿の奥に、白いレースに四方を覆われた天蓋つきの寝台を据えた部屋がある。

寝台の中で夫の身体に跨がり、推定Eカップのつんと尖った形の美しい乳房を愛しい夫に押しつけているのは、ガセル王国王妃イスミルだった。押しつけられているのは神経質な顔だちのパシャン二世である。だが、普段の神経質な表情はどこにもない。たっぷりと妻と愛し合ったからだ。

「またいっぱいくれるんだから……」

とイスミル王妃が言う。パシャン二世が微笑む。

「でも、ヒュブリデはあまりくれなそうね。アグニカにもヒロトを派遣するなんて」

と少し恨みがましい口調である。

「所詮、血のつながりがないというのはそういうものだ。血のつながりがない者は信用できぬ」

と少し冷めた口調でパシャン二世が言う。

「あら。つながりがある者も信用できないのよ。聞いたでしょ、フレイアスのこと」

とイスミル王妃がピュリス王の姪の名前を持ち出す。

「あの子は黙ってるけど、絶対家臣たちから謀叛を唆されたのよ。たぶん、本人もその気だったはずだわ。でも、土壇場で冷静になって謀叛をあきらめたのよ」

と確信しているような口調で言う。

「もし義兄上が亡くなったら、おまえが帰国して跡を継いだ方がよいのではないのか？」

とパシャン二世が微笑んで尋ねる。夫の問いにイスミル王妃はむくりと上半身を起こし、

「あら、わたしピュリスを治めるよりもあなたを治める方が好きなの。夜、寝台の上でだ

けど」

と茶目っ気のある笑みを浮かべるなり、いきなりヒップを揺さぶりはじめた。

「んぁっ……イスミル……」

思わずパシャン二世が呻く。

「妻は寝室の暴君なのよ？　圧政を布くの♪　夫から税を取り立てるの♪　世界で一番厳しい徴税官なのよ？」

とさらに激しくヒップを弾ませる。

「イスミル……！」

パシャン二世の身体がふるえ、イスミル王妃の背中が弓なりにしなった。夫のものを受け止めながら、ピクンと身体をふるわせる。それから、夫の身体に再び乳房を押しつけた。

パシャン二世が微笑む。

「確かに世界で一番苛酷な、だが、甘美な徴税官だ……。おまえがアグニカからも取り立ててくれればよいのだが……」

「だって、国とは寝れないもの。わたしが寝床をともにする相手は、誰かさんだけなのよ」

とイスミル王妃が微笑んで、夫の唇に口づけする。

「ヒュブリデは残念だ」

「ええ、残念だわ。でも、そうなるかもと思ってドルゼルを送ったんだもの。メティスと話を進めてもらうしかないわ」

3

ガセル王と王妃が夫婦の絆を確かめ合っている頃――孤独を噛み締めている女がヒュブリデ王国にいた。女はエンペリア王宮のドームのてっぺんに着地したところだった。ヒロトの恋人、ヴァルキュリアである。ヴァルキュリアは、眼下に広がる景色に目をやった。ドームの頂上からは、昼間なら王都の町並みがよく見える。だが、今は夜。暗がりの中に無数の建物と通りが埋もれている。心は少しも晴れない。

まだ一カ月――そのつもりだったのに、あっと言う間にあと三週間になって、あっと言う間に一週間が過ぎて、あっと言う間に残り二週間になってしまった。

光陰矢の如し。

しかも、ヒロトと会う時間は短い。ヒロトは今日も朝から打ち合わせで、午前十時頃に執務室へ出掛けていった。ヒロトと手をつないで執務室まで歩いたが、本当の意味でいっしょにいられたのはその短い数分の時間だけだ。

そしてその後の、何もない、長すぎる独り身の時間がつづくことになる。

ヒロトに甘えたい？

もっと自分をかまってほしい？　もっと自分といっしょにいてほしい？　自分との時間をもっとつくってほしい？

本当は。

でも、ヒロトが忙しいのはわかっている。ヒロトがこの国のナンバーツーだというのもわかっている。

自分がわがままを言ってはいけないのだ。ヒロトは大変なのだから――。

第十二章　カウントダウン

1

　ミミアは大方出発の準備を終えたところだった。料理人も出掛けるのでミミアが鍋を持っていく必要はないのだが、やっぱりヒロト様が食べたいと言い出したら困るから……と、結局、自分の鍋も荷物に加えてしまった。ヒロト様がお気に入りの食器も荷物に加えてしまった。荷物を見たエクセリスからはもう少し減らせば？　と言われたが、譲れなかった。ヒロト様にはできるだけご自宅にいる時と同じ気分で過ごしてほしい。今回の旅行は厳しいものになるのだ。ヒロト様がヒロト様らしさを保ったままで戦うのが難しい旅になってしまうのだ。せめてお食事とお休みの時だけはご自身に戻ってほしい……。

　ともあれ、なんとか準備は終えられた。残り二週間から一週間になるのは早かった。残り十日になったらいきなり加速して、あっと言う間にアグニカ出発まで一週間を切ってしまった。

ソルシエールの方も準備は終わったようだ。でも、こっそり見ていると、持っていく服ですいぶんと悩んでいた。いい服を選んでいきたいのだろう。ミミアも、実は思い切り悩んだ。でも、その悩みも、ヒロト様といっしょに行ける幸せがあるからなのだ。

ヴァルキュリアはいつも寂しそうだった。昼間に寝室に入ると、顔面ごとベッドに突っ伏している姿をよく見かけた。

何もせずに気楽？

そんなことはちっとも思わなかった。寂しいのだ。ヒロト様といっしょに行けず、ヒロト様に対して力にもなれず、ただヒロト様が帰宅するのを待つだけなのがつらいのだ。

ミミアが夕方に寝室に入ると、ヴァルキュリアが中庭に腰掛けてぼ〜っと夕陽を眺めていることもあった。斜め後ろから見る翼を折り畳んだ背中は、寂寥に溢れていた。誰も拝観しなくなった、廃棄されかけの寺院のような雰囲気があった。

寂しくてたまらないのだ。

いっしょにいられるのもあと何日。もう少ししかいっしょにいられない。そんな声が、ずっと頭の中に押し寄せているのだろう。

ヒロト様がアグニカに行くと決まった時、ヴァルキュリアは眠れずに苦しんでいた。今でもきっとそうなのだろう。自分は気づかないだけで、本当は眠れなくて苦しんでいるのだろう。

何か言葉を掛けてあげたい？

ううん、そんなことできない。自分はヒロト様といっしょに行ける身。ある意味、特権的な立場の者だ。その自分が慰めの言葉を掛けたって届かない。逆にヴァルキュリアの感情を逆撫でしてしまう。

自分はヒロト様といっしょにアグニカに行ける。でも、ヴァルキュリアは――。

2

時間は暴力である。

残りが七日から六日、六日から五日、五日から四日……と減っていくと、ヴァルキュリアは、自分の心からどんどん灯が消えていくような感覚を覚えた。心の世界に何十本も灯っていた蝋燭が、毎日凄い勢いで消えていく。消えるたびに、悲しみに対して心が無防備になっていく。心を照らす蝋燭の灯は、悲しみから心を守る防御の灯だ。でも、その灯がどんどん消えていく。

やばい。

全部灯がなくなっちゃう。

防ごうとするけど、防げない。蝋燭はどんどん減って、世界にたった一本しか蝋燭がなくなってしまう。その蝋燭もどんどん短くなって、灯が弱々しくなっていく――。そんな気分に追い立てられてしまう。ヴァルキュリアにとって、長期間ヒロトがいなくなるのは、世界に一本しかない蝋燭の炎が消えるようなものだ。

ヒロトが王都にいるのは、出発二日前までだ。二日前にサラブリアに向かって旅立ち、船の中で一泊する。そして前日にサラブリアに到着。ドミナス城に一泊して、アグニカに向かって旅立つ――。

王都でヒロトといっしょにいられるのは、もう四日しかない。そして今日もヒロトは執務室で会議――。

ただ会えないまま時間が過ぎてしまうだけ。ただ待つだけで時間が過ぎてしまうだけ。ヒロトと腕を組んで見送って、一人でヒロトを待って、またヒロトを迎えて、夕食を食べながらおしゃべりをして、そしていっしょに寝る。

それだけの一日。でも、それだけの一日も、あと四日で終わってしまう――。

つらくて、ヴァルキュリアは一人で王都の精霊教会大聖堂に出掛けた。ヴァンパイア族に教会はないが、精霊を信仰する習慣はある。

ヴァルキュリアは堂内で一際存在感を放っている尖塔を見上げた。高さ十メートル以上の巨大な塔の上に直径一メートルの光の玉が輝いている。

精霊の灯――。

もの言わぬ光の玉。精霊教会の信仰の中心。

光の玉は何もしない。何も言わない。ただ、黙って輝くだけだ。でも、王に異変がある時に輝きを変える。多くの人の上に立つ者が過ちを犯した時には点滅する。最悪、光を失う。精霊の呪いだ。そうやって人々に警告を発し、過ちを知らせる。

精霊の灯に変わりはない。ヒロトがアグニカに行くことが間違ったことだとは、精霊は思っていないのだろう。

でも、ヴァルキュリアにとっては――。

精霊の考えることと、自分たちヴァンパイア族の考えることとは違う。人間が考えることとも違う。エルフが考えることとも違う。

ヴァルキュリアが願うのはただ一つだけ。

（早くヒロトが帰って来ますように……ヒロトとできるだけ長くいっしょにいられますように……）

3

翌日、残り三日——。

ヴァルキュリアはさらに切なく胸を締めつけられる思いを味わっていた。王都に泊まる最後の日である。明日には王都エンペリアを発ってサラブリアに向かうことになる。そしてサラブリアに泊まれば、ヒロトとはもうお別れだ。

けれども、やっぱり朝からヒロトは打ち合わせだった。豚肉関係のトップと宝飾関係のトップと武具のトップが来てヒロトに翻意を促していたが、論破されてすぐに帰っていった。

ヒロト無双だった。いつもなら、その無双ぶりをヴァルキュリアは楽しんだに違いない。でも、感情が湧いてこなかった。

こんなふうにヒロトのそばにいられるのも、あと三日しかないのだ。ヒロトの声を聞けるのも、顔を見られるのも、あと三日しかない。

ヒロトがいなくなっちゃう。

ヒロトの声が聞こえなくなっちゃう。

そんな声が頭の中に響いて、とても笑顔になんかなれない。胸が切なくて苦しくてたまらない。心の蝋燭はもう消えかけている。

女々しい？　しっかりしろ？　大人の女だろ？

好きという気持ちが強ければ強いほど、相手と離れるのがつらくなる。好きとは、もっと相手といっしょにいたいと思う気持ちのことだ。相手を好きなだけ、いっしょにいたくなる。好きなだけ、いっしょにいられないのがつらくなる。離れ離れになる時間が心をえぐる度合いが強くなる。好きだからこそ、心が大人から離れて童女のようになってしまう。女々しくなってしまうのだ。


三人が立ち去ると、ヴァルキュリアはヒロトといっしょに部屋を出た。アグニカ出発前の最後の枢密院会議である。ヴァルキュリアは執務室までの間、ヒロトと手をつないで歩いた。

ヒロトの手と自分の手。

ヒロトの手の感触。

ヒロトの手のぬくもり。

この感触もぬくもりも、ヒロトと別れたらすぐに消え去ってしまうに違いない。感触は残らない。消えた蝋燭の灯と同じ。

「ごめんな」

とヒロトはまた謝った。

「ヒロトは悪くない。ヒロトは忙しいから……」

とヴァルキュリアはうつむいた。

本当はもっといっしょの時間をつくってって言いたい。明日には出発してしまうのだ。だから、今日一日は自分と付き合って。

そう言いたい。

でも、言えない。ヒロトは忙しいのだ。この国の中心なのだ。わがままなんて言えない。言っちゃいけない。自分はもう大人なのだ。キュレレみたいな子供ではない。

執務室の前には、いつものように近衛兵が二人警備に立っていた。ヒロトを見ると笑顔になって扉を開いた。

ヒロトは執務室には入らず、振り返ってヴァルキュリアを抱き締めた。ヴァルキュリアも、ヒロトの背中に両腕を回してロケット乳を押しつける。

このままここにいて。

わたしと過ごして。

今日一日いっしょにいて。

言いたくなる。でも、言えない。代わりに聞けるのはこんなことだけ――。

「いつ終わるんだ？」

「夕方まで掛かると思う。ごめんな」

ヴァルキュリアは首を横に振った。それから、自分から腕を解いた。ヒロトはヴァルキュリアに視線でさよならを言って執務室に入った。姿が消えた途端、天空に覆いが掛けられたような、世界から光が消えたような気がした。

待っている間、ヴァルキュリアは同じゼルディス氏族の男たちとボール蹴りをしてみたが、一時間もせずにやめてしまった。

まだ昼過ぎだった。ヒロトが帰ってくるまでは、うんと時間がある。ヴァルキュリアは王都の上空を飛んでみたが、一人で飛んでも面白いものではなかった。

そもそも王都の空はヴァルキュリアの空ではない。ソルム郊外の空は自分の故郷だ。故郷の空もソルムの空も自分の空だが、王都の空は自分の空ではない。

他人の空。

ヒロトがいっしょにいるから、自分のもののように感じるだけなのだ。知らない町はどこまで行っても知らない町なのと同じように、知らない空はどこまで行っても知らない空なのだ――そこにヒロトがいない限り。それは、ちょうど彼女が彼氏の家にお泊まりに来て、留守番することになった時に似ている。彼氏がいなくなると、突然知らない家になる。他人の家、見知らぬ家、自分のものではない家。それでも居心地がいいのは、目の前に彼氏がいるからなのだ。

王都の空も同じだ。ヒロトが見えるから、知らない空も自分の空になるのである。ヒロトが見えなければ、知らない空は知らない空のままだ。眼下に見える街も、自分のものではない街だ。

サラブリアの街だって同じだ。ヒロトがいなければ他人の街。

明日、自分はサラブリアに戻る。でも、ヒロトがいなくなれば、また知らない街になる。そして自分は毎日他人の空を眺めながら過ごしていくのだ。ヒロトというたった一本の蝋燭の灯が消えた世界で――。

第十三章　公私混同

1

出発当日――。

諸々の準備を終えて、ヒロトは王都を発つ前にレオニダス王に挨拶に来たところだった。すぐ後にアグニカに出発することになる。

レオニダス王は、少しむくれているような感じだった。ちょっぴり、すねた子供のような雰囲気がある。

「くそ。おまえがいなくなると会議がつまらなくなるのだ。死刑だ」

しょっぱなからいつものものをぶっ放した。むくれていた理由はそういうことだったらしい。

「陛下もごいっしょに死刑を」

「阿呆！」

甲高い声を上げてから、声の調子を落とした。

「おれは今でも、おまえの代わりに別の者を行かせるべきではないかと思っているのだ」

「では、陛下を」

「阿呆！」

また甲高い声が飛ぶ。

それから、またレオニダス王は低い声になった。

「最悪、戦になってもかまわん。戦はせんというのがおまえの選択肢を狭めるのなら、戦になってもかまわん。アグニカみたいな国は叩き潰せ。最低でも軍事協定は骨抜きにしろ」

「全力を尽くします」

ヒロトはそう言って頭を下げた。お任せをとは言えなかった。軍事協定を骨抜きにするのが難しいのはヒロトもわかっている。劣位を覆す方法は、まったく浮かんでいない。ハイドラン侯爵とマルゴス伯爵から聞いた話も、今のところ二人の攻略には役に立っていない。わかったのは、女王が当てこするということ、グドルーンが生意気で頭がいいということ、ロクロイが意趣返しをするだろうということだけだ。ハイドラン侯爵の話は、アストリカとグドルーンのどちらを優先するかを判断する時の参考になったが、攻略の参考にまではなっていない。つまり、現状は打つ手なしである。

王の寝室を出ると、ヒロトは執務室を通って廊下に出た。見知った二人が目に入った。フェルキナ伯爵とラケル姫だった。二人が待ってくれていたのだ。

「もう馬車は用意してあるようです。連れの者も――」

とフェルキナ伯爵が告げる。もう準備は整っているということである。

「ありがとう」

とヒロトは答えた。

「策は――」

答えずにヒロトはラケル姫に笑顔を向けた。つまり、無策という返事だった。

「グドルーン伯は意地の悪い質問をしてきます。ご注意を」

とフェルキナ伯爵が申し出てくれる。

「ありがとう。帰って来たら、またあの温泉に行こう」

とヒロトは微笑んだ。

「ラケル姫も」

ラケル姫はぎこちなくうなずいた。ぎこちないのは、ヒロトの戦局が厳しいのが姫にもわかっているからだろう。枢密院会議に出席している者で、状況の悪さを理解していない者はいない。

（おれ、どんな気持ちでここに戻ってくるんだろうな）

とヒロトは思った。

惨めな気持ち？

苦渋の気持ち？

不甲斐ない気持ち？

マイナスの気持ちしか想像できない。たぶん、自分はアグニカで敗北の味を噛みしめるのだろう。そしてそれをこの宮殿で思い出すことになるのだろう。

廊下を抜けて、ヒロトはいつもの停車場に着いた。すでに辺境伯の紋章旗を掲げた馬車が止まっていた。その前に、エクセリスとヴァルキュリアが待ってくれていた。ヴァルキュリアは水青で染めたハイレグコスチュームは着ていない。ヒロトに見せる気分にはなれないのだろう。

「留守中、よろしく」

そう頼んだヒロトに、

「ヒロト殿、ご武運を」

とフェルキナ伯爵が言い、

「精霊のご加護を」

とラケル姫が愛情たっぷりの眼差しとともに言葉を贈ってくれた。

（本当に、ご加護が欲しい）

そう思いながら、

「ありがとう。姫にも精霊のご加護を」

答えてヒロトは馬車に乗り込んだ。隣はヴァルキュリアである。これから一旦サラブリアに立ち寄り、そしてアグニカを目指すことになる。敗北の地、アグニカへ――。

2

馬車でラド港に向かうまでの間、ヒロトは車内でヴァルキュリアと手をつないでいた。ヴァルキュリアは黙ってヒロトに首を預けていた。

会話はほとんどない。いつもならヴァルキュリアが明るい声を響かせて自分から話しかけてきたり、ヒロトに悪戯をしたりするのだが、そんな明るい雰囲気はない。

「ゼルディス、迎えに来るかな？」

ヒロトは話を振ってみたが、

「うん……」

と返事は鈍い。ヴァルキュリアの横顔には暗い表情が浮かんでいた。悲しみという病魔がヴァルキュリアを蝕んでいるようだった。

もう別れてしまう。

もうさよならしてしまう。

いっしょにいられるのはあと何時間。明後日にはもうヒロトがいなくなってしまう。そんな気持ちがあとからあとから押し寄せて、ヴァルキュリアの心の砂の城を打ち砕いているに違いない。打ち砕いた後には絶望と寂しさしか残らない。

みんなに無理を言って昨日一日は休みを取って、ヴァルキュリアと過ごすべきだったのかな……とヒロトは悔いた。でも、日程的にどうにもならなかったのだ。

(ごめん……)

心の中でヒロトは詫びた。

自分はきっと悪い彼氏に違いない。仕事ばかりで恋人を顧みない、悪い彼氏に違いない。

(とにかく、これからアグニカに発つまでずっといよう)

とヒロトは決めた。

(アグニカから戻ってから、政務にはすぐには復帰しないで一週間休みをもらって、ヴァルキュリアと過ごそう……)

3

ヒロトたちを乗せたガレー船は、ラド港を出港してテルミナス河を西進、サラブリアへ向かった。

ガレー船での船旅は、あまりよい印象のものではなかった。ヒロトはしばらく甲板でヴァルキュリアの腰を抱いてテルミナス河を眺めていたが、ヴァルキュリアはほとんどしゃべらなかった。こんなに元気のない彼女を見るのは初めてだった。まるでヴァルキュリアの中から光が全部消えてしまったみたいだった。

せっかくなんだからもっと元気を出せと言う？

もっと笑顔を見せろって言う？

言えない。

元気が出ない状況をつくってしまったのは、ある意味自分なのだ。ヒロトができることは、ただ黙ってそばにいていっしょに時間を過ごしてやることだけだ。

ガレー船は夕方にサラブリアまでの距離を半分近く進んで、港に到着した。明日は朝一番に出発してサラブリアに向かうことになる。

州長官の城に案内されて食事のもてなしを受けて、そして部屋に案内されたが、夜は簡単には睡魔が訪れてくれなかった。ヴァルキュリアからの寝息も聞こえてこない。

ヒロトはヴァルキュリアを抱き締めて、囁いた。

「ごめんな」

ヴァルキュリアは首を横に振った。きっと何か言いたいことがあるだろうに、ひどく我慢しているような感じだった。

(やっぱり、休み、取るべきだったな……)

4

夜中のことである。ひっと低い声とともにヴァルキュリアは目を覚ました。

いやな夢を見たのだ。ヒロトがアグニカに行くのだが、アグニカの兵士に切り殺されてしまうのだ。

自分はヒロトと一メートルも離れていない。なのに、いきなり兵士が襲いかかってヒロトの首に剣を叩きつけ、次に心臓に剣を突き刺したのだ。

《ヒロト〜っ!》

叫んだら目が覚めた。目が覚めて気づいたら、涙が出ていた。

思わず隣のヒロトを確かめた。

ヒロトは眠っていた。小さな寝息を規則正しくくり返している。

（ヒロト……）

また泣きそうになってヴァルキュリアはヒロトを起こそうとした。だが──寸前で思い止まってしまった。

ヒロトは疲れているのだ。自分が悪い夢を見たからといって夜中に叩き起こしたら、疲れてしまう。ヒロトにはできるだけいい状態でアグニカに出発してほしい。これから難事を片づけようというヒロトに対して、余計な迷惑を掛けたくない……。

ヴァルキュリアは自分の気持ちを、涙を、呑み込んでしまった。結果、呑み込んだことを後悔することになる。

5

翌日の夕方、ヒロトたちはサラブリア港に到着した。夕陽が傾きはじめた空は、一面曇っていた。薄い雲が空を遮っていて、青空は見えない。世界は無機質な鈍い灰色に覆われている。まるでヒロトたちの前途を示しているようだ。

港には、相一郎とキュレレが迎えに来ていた。キュレレは初めはにこにこしていたが、表情の変わらない姉に、少し不思議そうな表情を浮かべた。

「お姉ちゃんは少し具合が悪いんだよ」

とヒロトは嘘をついた。

「本？」

王から本をもらった？　という質問である。

「今回はない。残念！」

キュレレの目が線のように細くなる。相一郎がキュレレの髪の毛を手でくしゃくしゃにする。

すぐに相一郎たちが乗ってきた馬車に乗る。ヒロトとヴァルキュリア、相一郎とキュレレ。ミミアやエクセリス、ハリトスたちは別の馬車である。料理人たちや近衛兵たちも、州都プリマリアまで移動して、ドミナス城や近くの宿泊施設に一泊することになる。

「執事はどうだった？」

ヒロトは相一郎に質問を向けた。

「凄くよくしてくれたよ。おまえ様々」

と相一郎が答える。さらに話をつづける。

「豚肉（ぶたにく）は問題ないって。馬もいいのを用意したって。あと宿泊施設も問題ないって言ってたけど、おまえ、あけびなんか食うのか？」

「ビタミンＣが豊富なんだよ」

とヒロトが答える。

ヴァルキュリアは黙っている。昨日、馬車に乗った時からずっとこんな感じだ。船上でもそうだった。そして今でも――。

ヒロトはヴァルキュリアの肩（かた）ごとつかんで抱き寄せた。

ほら。

おれはここにいるよ。

悲しまないで。

そう言い聞かせるように自分の身体に引き寄せる。ヴァルキュリアは黙っている。やっぱり元気な表情は見せてくれない。まるで北欧の曇り空と同じで晴れ間は見えない。

「ガセルには立ち寄るのか？」

と相一郎が尋（たず）ねてきた。

「アグニカとの交渉次第（こうしょうしだい）」

「次第って、軍事協定結ぶしかないだろ」

と相一郎が突っ込む。苦笑したヒロトに、

「ゲキカラ」

とキュレレが目を輝かせた。キュレレだけは悩みのない違う時空間にいる。

「ガセルに寄ったら、鬼辛子とオオタマネギ、買ってきてくれないか？　キュレレが食べたいって言ってて」

ヒロトはさらに苦笑した。なんとも食いしん坊な妹である。たぶん、物語と激辛とがあれば、キュレレは幸せなのだろう。

6

ドミナス城での晩餐会はまるでお通夜みたいな雰囲気だった。せっかくゼルディスも駆けつけたというのに、ヴァルキュリアは世界から光が消えたような顔をしてずっとうつむいていた。笑顔という晴れ間は見えなかった。ヴァルキュリアの元気の火は、完全に消えていた。

キュレレも相一郎も心配そうだった。エルフの商人ハリトスも、気になるのかちらちらと視線を送っていた。アルヴィも盛んに視線を向けている。

　エクセリスとソルシエールは黙っていた。二人はヒロトに随行することになる。ヴァルキュリアにとっては羨ましい相手だ。声を掛けるのも憚られるのだろう。

「ヴァルキュリア殿。先日大長老からいただいた水青染めの服はどうされたのですかな？　せっかくだから、ヒロト殿にお見せになっては？」

　と州長官代理のエルフのアスティリスが気を利かせて促したが、

「いい」

　と低い声で却下した。光を失ったような、暗い低い声だった。

　これでは今夜はベッドの中もお通夜になりそうだ、とヒロトは思った。

　つらい夜になる？

　恐らく、ヘビーな夜になる。

　ヴァルキュリアは泣くだろうか？　わからない。感情表現は豊かな彼女だが、別れる前日に泣いたことはない。

　今夜、どうしようとヒロトは思った。一晩中、ヴァルキュリアを慰めることになるのだろうか。

　昨夜はなかなか眠れなかった。気がついたら眠っていたが、今夜もそうなってしまうのだろうか？　それとも、早く眠ってしまうのだろうか？

踏ん切りの悪い出発になりそうなのは確かだった。この様子だと、明日もお葬式だ。ヴァルキュリアはきっと泣いてしまうに違いない。

別れたくないとわがままを言いだすだろうか？

言えばいいと思う。黙っているよりは、吐き出した方がいい。でも、ヴァルキュリアは全部をため込もうとしているように見える。

「ヴァルキュリアよ。おまえも少しは大人になったのだ。明るい顔でヒロト殿を見送ってやらんか」

見るに見かねてゼルディスが娘に声を掛けた。だが――返事はなかった。代わりにヴァルキュリアはナイフをテーブルに置いた。

コトンとナイフを置く音がした瞬間、妙な感じがした。なんだか終わりを告げるような、妙な音だった。

（ヴァルキュリア……？）

ヴァルキュリアの唇は真一文字に結ばれていた。結ばれたまま、わなわなとふるえている。目元は伏していてわからない。だが、はっきりと感情はわかった。伏した目から一筋の滴が――悲しみの滴が落ちてきたのだ。

ヒロトは驚いて涙を――ヴァルキュリアを見た。

「泣くでない」

たしなめるゼルディスに、

「そんなこと、わかってるよ……」

とヴァルキュリアが言い返す。言い返しながら、声が涙で波打ち、ふるえる。

「なんでヒロトと離れ離れにならなきゃなんないの……？　付き合ってんのに、なんでいっしょに行けないの……？」

涙とともに嘆きの言葉が波打ちながらこぼれる。言いながら、どんどんほっぺたを滴が流れ落ちていく。涙は止まらない。溢れだした感情は洪水のようなものだ。

「駄々をこねるでない。いっしょに行けぬのはわかっておろう」

とゼルディスがたしなめる。

「わかってるよ……わたしがヴァンパイア族だから行けないのくらい……わかってるよ……でも……なんでいっしょに行けないの……？」

声がさらに涙で波打った。涙声で聞き取りづらい。滴が描いた筋が太くなって、顎から落ちた。ずっと我慢していた涙が、ぽたり、ぽたりとテーブルに滴り落ちる。

ゼルディスが困った表情を見せた。長女の思わぬ姿に困惑しているのだ。

「ヴァルキュリア……」

ヒロトは声を掛けたが、まるでそれを待っていたかのようにヴァルキュリアは両手で顔を覆って嗚咽を始めた。

子供のような嗚咽だった。今までため込んできたすべてを吐き出すような、嗚咽だった。激しい咽び泣きにヒロトは驚き、心を揺さぶられた。ヴァルキュリアがこんなふうに泣いたことは今まで一度もなかったのだ。

姉の欷泣――咽び泣きに、キュレレもぽかんと口を開けた。相一郎も驚いている。相一郎の中では、ヴァルキュリアのイメージは気の強い女なのだ。

エルフの商人ハリトスもソルシエールも口を開いていた。エクセリスとアルヴィはうつむいていた。ヴァルキュリアの気持ちがわかるのだろう。

ヒロトは、ヴァルキュリアの涙に、胸を締めつけられる思いを味わっていた。涙は気持ちの表れである。やはり、ヴァルキュリアはずっとため込んで我慢していたのだ。

ヒロトと離れたくない。

ずっといっしょにいたい。

その気持ちを抑えつけて、ため込んでいたのだ。そしてそれが出発前日になって、とうとう爆発してしまった。心のダムは決壊してしまった。それだけヴァルキュリアはヒロトといっしょにいたいと思ってくれていたのだ。

好きだから。

ヒロトのことが好きだから。

だから、泣いてしまうほど、ヒロトといっしょにいたいと思ってくれていたのだ。

アグニカにヴァルキュリアを連れていけたら――。

ヒロトは思わず天を仰いだ。

でも、それは無理なのだ。どうあっても無理なのだ。これが四カ国会議とかでレグルス共和国に行くというのなら、何も問題はないのだ。黙ってヴァルキュリアを連れていけばいい。

でも、向かうのはアグニカ――。

ヴァルキュリアはただの娘ではないのだ。サラブリア連合代表の娘なのだ。サラブリア連合代表の長女を連れていけば、ヴァンパイア族がアグニカに協力するという誤ったメッセージを発信してしまう。ガセルにはヴァンパイア族を連れていっていないだけに、ガセルに望まぬ反応を引き起こしてしまう。それはヒュブリデを混乱と不安定に巻き込むことになる。そしてそのことはヴァルキュリアもわかっている。わかっているからこそ、逆にこうして涙で爆発してしまうのだ。

ヒロトはヴァルキュリアの肩に手をやった。だが、ヴァルキュリアは泣いていた。まるで親を失った子供のように泣いていた。

（連れていけたら、ほんとよかったのに）

改めてそう思った。思って切なくなった。

連れていけたら――。そしたら、どれくらいよかったことか……。そういう時空間にいられたら、どれだけよかったことか……。

《なら、連れてっちまえよ》

ふいに悪魔の声が囁いた。突然響いた悪魔の声に、ヒロトはぎょっとした。

（馬鹿言うなよ。そんなことできるわけないだろ。第一、勝手に使節の随行者を増やしてどうすんだよ）

すぐに悪魔に対して突っ込む。

《でも、いっしょにいたいんだろ？　おまえの権限で連れていってしまえ。おまえ、ナンバーツーだろ》

しぶとい悪魔である。

（馬鹿！　公私混同だろ！）

《何を言うか。公私は混同するためにある》

屁理屈にヒロトはひっくりかえりそうになった。無茶苦茶なことを言う悪魔である。
（無理なものは無理！）
《いっしょにいたくないのか？　別れるかもしれないぞ。二人の危機》
悪魔が煽る。
（だから、連れていったらヴァンパイア族が支援するってメッセージを発信しちまうだろ！　そうなったらやばいんだよ！　おれを困らせるな！）
《連れていきたいのに連れていかないとか言ってるから、自業自得的に困ってんだろうが》
と悪魔が正論を吐く。
（無理なものは無理なんだよ！　おまえ、邪魔！）
《邪悪な魔物だから邪魔で当然》
と悪魔が屁理屈で返す。
（開き直るな！　おれを不正の道に唆すな！）
《じゃ、両方連れてけば喧嘩両成敗》
（へ？）
ヒロトは一瞬止まった。悪魔はいったい何を言っているのだろう。悪魔は時代劇の見すぎ？

（喧嘩両成敗って、意味違――）

そこでまた止まった。

（両方？）

頭がまだ止まっている。

両方……。

（両方って両方？　ヴァルキュリアとキュレレ？）

いや、そんなはずがない。

（――アグニカとガセルの両方？）

そう思った途端、頭の中が動いた。

一瞬テンションが上がって、すぐに落ちた。

（両方って、その両方か！　なら、先にアグニカに連れていくか！　その後ガセルに――）

（いや、でも、それだとパシャン二世に不信感を持たれる）

そう思った途端、考えが転じた。

（連れていくならガセルが先か……？　いや、でも、ガセルの王宮は遠いな……日程も大幅に遅れるし、やっぱりアグニカが先……いや、それだとガセルに不信感……。やっぱり両方は無……）

一進一退の中で、ヒロトははっとした。

両方連れていけば喧嘩両成敗。両国に連れていけば喧嘩両成敗――。

（別に両方宮殿じゃなくてもＯＫ？）

小さな閃きが起きた。

（それならいけるか……！）

行ってしまえ、と声がした。自分が勝手な変更をしようとしているのはわかっている。かなり強引な日程変更をしようとしているのもわかっている。それも思い切りわがままだということもわかっている。

だが、ブルース・リーも言っている。ＤＯＮ’Ｔ　ＴＨＩＮＫ。ＦＥＥＬ。考えるな。感じろ。

いいのか？

宣言直前に迷いが生じた。自分はとんでもないことをやろうとしている。国務卿としてふさわしくないことをやろうとしている。正直、公私混同である。ばりばりやってはいけないことである。それを王国のナンバーツーの自分がやっていいのか？　本当にそれでいいのか？

考えるな、感じろ。

再びブルース・リーが命じた。

行け。

さらに声がした。迷うな。走れ。突っ走れ。世界の果てまで突っ走れ。

(突っ走る)

ヒロトは飛んだ。道徳心を捨てて飛んだ。

「ヴァルキュリア、来る？」

いきなりヒロトは尋ねた。

「行けるわけないだろ……」

と泣きながらヴァルキュリアが答える。

「いっしょに行こう。陛下には手紙で報告する。ガセルとアグニカに行こう。大長老からもらった水色の服を着て、いっしょに行こう」

ヒロトはくり返した。周囲が沈黙でざわついたのがヒロトにはわかった。エクセリスもソルシエールもゼルディスもアルヴィも相一郎も、ダルムールもアスティリスもハリトスも、この人はいったい何を言い出すんだ？　と呆気に取られている。半ば、ぎょっとしている。正気か？　という顔をしている。

ヴァルキュリアが両手を顔の前から離した。泣いて赤く濡れた目がヒロトを見ている。

本当なの？　でも、連れてっちゃだめなんじゃないの？

そういう目だ。現実を信じきれていない、半分疑っている目だ。

「いや、しかし、ヒロト殿……」

いくらなんでも……という調子でアルヴィが声を上げる。ダルムールも顔がひきつりかけている。

「それ、まずいんじゃないの？　ヴァンパイア族は帯同させないってことになってるんでしょ？」

とエクセリスも突っ込む。

「確かにまずうございます」

とエルフの商人ハリトスも同調する。

「一人ぐらい、増えてもいいよね？」

ヒロトの確認を、

「だめよ」

とエクセリスが、つづいてハリトスが突っぱねた。

「よくはございません。人員の勝手な増加は――」

「国務卿権限で増やす。ただ、間違ったメッセージを発信しないように、ヴァルキュリアを連れて最初にガセルに立ち寄り、それからアグニカに行く」

とヒロトは宣言した。

「それではアグニカへの到着が――」

抗しようとするハリトスに、

「遅れるって言えば充分だよ。ガセルに先に行く。でも、ガセルはちょっと立ち寄るだけ。王宮には行かない」

「急な日程の変更は――それも個人的な理由で――」

となおも商人のハリトスが抵抗しようとする。ヒロトはハリトスに正面に向き直った。

「ごめん、ハリトス、許して！　おれ、全力で公私混同するから！」

あまりに率直な宣言に、ハリトスがひっくりかえった。派手な音を立てて椅子からずっこける。ダルムールも、へ？　という表情を浮かべている。当たり前だ。いきなりヒロトが公私混同を行なうと宣言したからだ。不道徳の宣言である。

エクセリスもソルシエールも、目をまんまるくしていた。きっと頭の中では、この人何を言ってるの？　頭を打ったの？　という感じだろう。

アスティリスは苦笑いしていた。高潔を信条とするエルフには、苦笑するしかないのだろう。

アルヴィとゼルディスと相一郎はいささか表情が引きつっていた。ヒロトの変な暴走には慣れっこでも、さすがについていけないのか。言葉も出ないのだろう。

だが——一人だけ反応した者がいた。向かい側でずっと姉が泣くのを見守っていたおちびちゃん——キュレレである。

「キュレレ、ガセル行きたい！」

突然叫んだ。

周囲をぎょっとさせる強烈な自己主張だった。ヒロトもぎょっとした。さらにキュレレの顔を見て、もっとぎょっとした。

キュレレの目は据わっていた。恐怖の三白眼である。こういう時のキュレレは、決してヒロトの言うことを聴かない。

（だ〜っ！　開けてはならないパンドラの匣を開いた〜っ！）

ヒロトは猛烈に慌てながら——無駄だと知りながら——懐柔にかかった。

「いや、たぶん泊まりになるし、仕事だから——」

「ゲキカラ！　コーシコンドー！　キュレレも行く〜っ！」

キュレレは大声で宣言した。覚えたばかりの公私混同を無理矢理使って、変な理屈で叫ぶ。

わがまま百パーセントの叫びであった。ある意味、魂の叫びであった。否、暴君の叫びであった。ヒロトは思わず顔が引きつった。

こうなってしまった以上、もはやヒロトにはどうしようもない。外交的危難にはめっぽう強いヒロトだが、できないことはこの世にあるのである。それがキュレレのコントロールだ。もはや、暴君キュレレをあきらめさせることができるのは、ゼルディスか相一郎しかいなかった。

ゼルディスを頼るか、相一郎を頼るか。

（友よ！）

ヒロトは小学校以来の親友に助けを求めた。

「相一郎」

「おれもガセルで激辛食いたい！」

思わぬ親友の裏切りに、ヒロトは盛大にひっくりかえった。

第十四章　激辛

1

僥倖は驚愕とともにやってくる。といっても、ドルゼルの家臣たちにとっては、ただの恐怖の瞬間だったに違いない。

とんでもなくでかい鳥が上空を舞っている――。その報告に騎士が外に出ると、二体の悪魔が黒い翼を広げて舞い降りてきたのだ。その翼の長さ、恐らく三メートル半以上。鷲でも二メートル半近くなので、鷲よりもでかい。翼の長さだけでも相当威圧感がある。おまけに胴体は鷲よりも遥かに巨大だった。翼がついているのは、人間の身体だったのだ。

魔神だ、悪魔だと家臣たちは騒ぎ立てていた。異形の恐ろしいものはすぐに悪魔に引き寄せられる。

うろたえるな、ヴァンパイア族だ、と騎士は叫んだが、自分の声もふるえていた。背中に日差しを浴びているせいで、影になって吸血鬼の顔はよく見えない。巨大な翼を広げて降下する姿は、悪魔の降臨である。

　騎士は、たった一人のヴァンパイア族により壊滅に陥った一万のピュリス軍のことを、敗走させられた三千のマギア軍のことを、そしてヴァンパイア族の大軍に取り囲まれたマギア王のことを思い出した。自分も、我が主もそうなるのか。剣に手をやったが、剣が届く距離ではない。なぜ弓矢を持ってこなかったのかと悔いたが、いまさら遅い。今朝、妻とはどんな言葉を交わしたのだろうか。あの時愛娘を抱いたのが最後になるのだろうか。激しい不安と恐怖心の中、上空から響きわたったのは意外な言葉だった。

「ドルゼルの屋敷だな！　ヒロトの使いで来た！　ドルゼルに会わせろ！」

2

　突然訪れたヴァンパイア族の男に、ドルゼルは度肝を抜かれていた。王都からたまたま自分の領地に戻っていたのは、果たして幸運だったのか、不幸だったのか。部下が、ヴァンパイア族が庭に来ている、伯爵を呼んでいると慌てふためいて飛び込んできたのだ。屋敷を出ると、確かに黒い翼を折り畳んだ異形の男が二人、庭に立っていた。どう見てもヴァンパイア族である。

ヴァンパイア族の男たちは、サラブリア連合ゼルディス氏族の者だと名乗った。ゼルディス氏族――つまり、サラブリア連合代表ゼルディスが氏族長を務める氏族グループだ。有力な氏族である。

「ヒロトからの伝言だ。『最大のわがままをお許しいただきたい。今週、至急お邪魔して是非激辛料理をいただきたい。特にムハラを食べたい。ヴァンパイア族の娘二人と友人一人を連れて行くゆえ、是非お願いしたい。どうかわがままをお聞き届けいただきたい。なお、自分を除いて辛さに手加減はご無用』」

伝えられた言葉にドルゼルはさらに度肝を抜かれた。

今週？

激辛？

ムハラ？

ヒロトがヴァンパイア族を連れてくる――!?

「それはまことなのか!?」

とドルゼルは確認した。

「ああ。護衛に何人かおれたちの仲間も来るぜ。おれも行くことになってる」

とヴァンパイア族の男は説明した。

断る？

まさか！

来るのは、ヴァンパイア族なのだ。しかも、連れてくると言っているのはヒロト――ヒュブリデ王国のナンバーツーなのだ。王国一番の重臣であり寵臣なのである。そのヒロトがヴァンパイア族を連れて――。

（いや、しかし、待て。連れてくるというのは誰だ？）

問題は客だ。

「それで、いらっしゃるのはどなたなのだ？」

「うちの姫様二人だ」

とヴァンパイア族の男は即答した。つまり、ゼルディスの長女と次女――。連合代表の愛娘たちである。

（これは断ってはならぬ！　サラブリア連合の代表の娘二人が来る！　これほどアグニカに対しての強い牽制はない！　ヒロト殿がグドルーンを制するために考えると言っていたのはこのことだったのか！）

とドルゼルは勘違いした。だが、勘違いにせよ、ヴァンパイア族の訪問はガセルにとって願ったり叶ったりだった。非公式な訪問という形になるのだろうが、ヴァンパイア族サラブリア連合代表の娘二人がガセルを訪問したことは、必ずアグニカにも伝わる。それがどのような力と威圧をアグニカに持つことになるか――。

（これぞわたしが待っていたものだ……！）

幸い、蟹は安定して漁獲できている。不漁を心配する必要はない。必要なのは仕込みの時間だけだ。快哉を叫びたい気分を抑えながら、ドルゼルは最高の笑顔で答えた。

「いつでも歓迎する。明々後日ならば、問題はないとお答えいただきたい」

3

三日後のことである。

ドルゼルは誇り高い気持ちで港にヒロトを出迎えていた。ドルゼルの居城は港から馬で一時間ほどのところにある。

ヒュブリデ船の甲板には、ヒロトが青い服を着て立っていた。すぐそばには、水青染めのハイレグコスチュームを着たロケットバストの美人が立っている。胸は相当に目立っている。そして背中に伸びているのは黒い翼――ヴァンパイア族である。そしてそのヒロトたちから少し離れて、垂れ目のちっこい吸血鬼と眼鏡の若い男が立っていた。

（た、た、確かにヴァンパイア族の娘だ！）

ドルゼルは思い切りガッツポーズを決めたくなった。自分はガセル王国で初めてヴァンパイア族をお迎えした貴族となったのだ。

だが、ドルゼルとともに迎えに来たガセルの騎士たちは、いささか臆しているようだった。腰が引けている様子である。ヴァンパイア族を見るのは初めての者もいる。二度目の者も、まだ慣れていない。背中に翼がある姿は、普通に見れば怪物である。

船が接岸して渡り橋が架されると、エルフの衛兵につづいてヒロトが美しいヴァンパイア族の娘と歩いてきた。そのすぐ後ろから、ちびの吸血鬼が眼鏡の長身と手をつないだまま、へんてこりんな歌を歌いながらつづく。

「ゲキカラゲキカラ、ギンギンギ〜〜ン♪」

妙にハイテンションである。だが、きっとこれがサラブリア連合代表の娘の一人に違いない。大切な賓客だ。賓客は不機嫌でいるよりも上機嫌でいる方が遥かにいい。

「ヒロト殿」

ドルゼルはしばらくぶりのヒロトとの再会を抱擁で祝した。

「急なわがままですみません」

「何の！　ヴァンパイア族の方がいらっしゃるということなら、急でもなんでも！」

と笑顔で答える。

「ムハラは？」

「もちろんご用意してあります」

ヒロトがちびの方を振り返った。

「あるって」

「ゲキカラ～～～～ッ！」

ちびが思い切り跳ね回る。子供は人間でもヴァンパイア族でも、反応は変わらないようだ。

それにしても――こんな小さい子がムハラを食べて大丈夫なのだろうか？

「お言葉通り辛さは控えませんでしたが、よろしいので？」

とドルゼルは確認した。

「キュレレはぼくより辛いの強いから。一番弱いの、ぼくだから」

そうヒロトは答えると、

「改めてご紹介します。サラブリア連合代表ゼルディス殿のご令嬢、ヴァルキュリアです」

とまず自分の隣の女性を紹介した。ドルゼルはすかさず片膝を突いて、ヴァルキュリアの手の甲に口づけした。高貴な貴婦人に対する礼である。

ヴァンパイア族に対して大貴族の自分が行なうことではない？

まさか。

相手はサラブリア連合代表の愛娘なのだ。そしてヒロトの恋人でもある。礼を尽くさずしてどうするのか。これはヴァンパイア族とのパイプをつなぐ絶好の機会なのだ。

丁寧な挨拶を受けて、ヴァルキュリアはうれしそうに頬を弾ませていた。

「同じくご令嬢のキュレレ」

ヒロトの紹介を受けて、ドルゼルははしゃぎまくっているちびのヴァンパイア族にも片膝を突いて、手の甲に口づけした。

「ゲキカラ？」

妙な質問をされた。

「ムハラは辛くて美味しいですか？　という意味です」

と長身の眼鏡が補う。ドルゼルは満面に笑みを浮かべて答えた。

「もちろん。たっぷり楽しんでください」

4

キュレレはドルゼルのお屋敷の長いテーブルに着いて目を輝かせていた。目の前にはムハラ――テルミナス河で取れた大きな蟹の大辛子煮込みがスープ皿に入っている。

(赤い！　赤い！　赤い～っ！)

キュレレは興奮した。めっちゃ辛そうである。

蟹の脚から食べるか。スープから飲むか。

ちょっと迷って、スープから行ってみた。見た目はどろどろの感じがしたのに、意外にさらっとしていて飲みやすかった。しかも、味もどろどろしている感じではなく、爽やかなのである。爽やかなのに辛い。蟹だけでなく野菜も煮込んであるのでその味が出ているのだが、キュレレにはそんな難しいことはわからない。

「おいち～～っ♪」

飲んだ直後、満面の笑みを浮かべて叫んだ。

「肉はもっと美味ですよ」

とドルゼル伯爵が促す。キュレレは蟹の脚を一本取って、パキンと割った。赤い肉の中身が現れた。脚の中も赤く染まっている。

キュレレは思い切りかぶりついた。本来はあっさりした淡白な肉の味わいに、大辛子がよく沁み込んでいる。

「おいち〜〜〜〜〜〜〜〜っ♪」

またキュレレは絶叫した。すぐ隣では相一郎が美味っ！　と声を上げている。ヒロトはスーハー言いながら食べている。護衛でやってきた同じゼルディス氏族のおじさんたちも夢中で食べている。数日前に子供みたいに泣きまくっていたお姉ちゃんも夢中で食べている。蟹は人を無言にさせるのである。

キュレレはあっという間に一匹、平らげてしまった。

「まだムハラはありますぞ」

伯爵の言葉に、

「食べる〜〜っ！」

とキュレレは訴えた。すぐに侍女がムハラの入ったスープ皿を運んできた。キュレレの前に置く。キュレレはすぐにまた蟹の脚をパキンと割って肉にしゃぶりついた。

（ピリピリしてとってもおいち〜〜〜〜〜っ♪　キュレレ、幸せ〜〜〜〜〜〜っ♪）

5

ヴァルキュリアも幸せだった。ずっと、ヒロトとはいっしょに行けない、また長い間離れ離れになってしまうと思っていたのだ。また一カ月以上、ヒロトのいない時間を過ごすことになる。それがつらくてつらくて、とうとうドミナス城での晩餐会で爆発してしまったのだ。

だが——ヒロトが連れていくと明言してくれた。エルフの商人は反対していたが、ヒロトは押し切った。

本当にいいの？

本当に行けるの？

わたしが行っちゃいけなかったんじゃないの？　わたしが行ったら、ヴァンパイア族がアグニカに協力することになるんじゃなかったの？

でも、ヒロトは最初にガセルに行き、次にアグニカに立ち寄ると断言した。その間もずっとヴァルキュリアを同伴すると——。

夢みたいだった。

一カ月以上会えずにいると思っていたのが、ずっとヒロトといっしょにいられるのだ。キュレレはガセルまででそれから帰国してしまうが、自分はヒロトといっしょ——。

自分のすぐ隣はヒロトである。そしてヒロトといっしょに、激辛料理を堪能している。外国なのに——。

夢みたいだ。でも、夢じゃない。

（ヒロトといっしょ～～♪　これからもずっとヒロトといっしょ～～っ♪）

6

ドルゼルは、ヴァンパイア族のムハラの貪り具合、特にキュレレの食べっぷりに満足を覚えていた。

目の前にいるのは、サラブリア連合代表ゼルディスの愛娘たちなのだ。父親との親交を深めるには、まずその子供たちから。愛娘たちの満足は、ヴァンパイア族との親交につながる。

噂では、ピュリスを壊滅させたのはちびだったという。

まさか、目の前のこの垂れ目の娘？　ならば、毒殺でもする？

いやいや！

そのようなことをすれば報復が待っている。部下が子供一人を半殺しにしただけで、マギア王がどのような目に遭ったか。千人のヴァンパイア族の集団に宮殿を包囲されたことを、近隣諸国で知らぬ者はいない。人間ならば地上軍を派遣する以外道はないが――それゆえ遮る手段があるが——ヴァンパイア族は空を飛んでやってくるのだ。それを遮る手段は、人間にはない。自分が愚行を犯せば、主君パシャン王を命の危機に晒すことになる。

そもそもヴァンパイア族の力の源がこの目の前の小さな女の子だとすれば、その女の子を満足させて損になるはずがないのだ。必ずガセルの利益につながる。

ドルゼルの幼い子供たちは、初めて見るヴァンパイア族にびっくりしているようだった。背中に翼があるのが不思議でならないのだろう。使用人たちも、ヴァンパイア族の姿には驚いていた。自分はヒュブリデに旅行してヴァンパイア族を何度も見ているので慣れているが、他の者はそうでもないのだろう。慣れている自分の方がおかしいのかもしれない。

「ムハラはお気に入りになりましたか？」

とドルゼルはキュレレに話しかけた。キュレレが大きくうなずく。小さい子の満足した顔、楽しそうな顔は何よりも幸せを与えてくれる。子供の笑顔は世界の宝石だ。

「食べたくなったら、またいつでもご連絡ください。少々時間は掛かりますが、ご用意いたします」

「また来るぅ～♪」

とキュレレは返事した。心の中でガッツポーズを決めた瞬間だった。ヴァンパイア族との間にパイプができあがったのだ。ヒロトからの何よりのプレゼントである。王と王妃に報告すれば、大喜びされるだろう。本当にヒロトはよい客を——それも相当よい客を——連れてきてくれた。

ヒロトは相変わらずドルゼルの隣でスーハーやっていた。ヒロトには少し辛さを抑えたものを出しているのだが、やはり辛いものは苦手らしい。それでも食べているのは美味しいからだろう。

ようやくムハラが終わると、口休めに桃（もも）が出てきた。ヒロトが夢中で貪る。桃は舌について大辛子をクリーニングしてくれるのである。

「ヴァンパイア族の方に気に入っていただけたようで、何よりです」

とドルゼルはヒロトに囁（ささや）いた。

「キュレレは辛いもの大好きだから。本当に突然（とつぜん）ご連絡したのに、これだけ準備をしてくださってありがとう。料理人の方にも感謝の言葉を」

「伝えます」

とドルゼルは微笑（ほほえ）んで答えた。

「ヴァンパイア族の方を連れてこられることはないだろうと思っていたので、驚きました。いったい何が？」

と探（さぐ）りを入れる。

「キュレレが食べたい食べたいという話になって……」

とヒロトが苦笑する。

「アグニカの件があるのでは？」

とさらに衝いてみる。

「この後、アグニカに参ります。女王とグドルーンと真面目な話をしてこなければなりません」

明礬石の話だな、とドルゼルは思った。

「ヴァルキュリアは連れていきますが、ヴァンパイア族がアグニカに味方するという意味ではありません。実は――」

とヒロトが個人的事情を耳打ちする。思わずドルゼルは笑ってしまった。まさか、ヒロトにそのような事情があろうとは――。

「モテる男は大変ですな」

とからかう。

「ガセルにヴァルキュリアを連れていくべきでした。失敗しました」

とヒロトが詫びる。そしてつづけた。

「ただ、キュレレはアグニカには行きません。キュレレが来るのはガセルだけです」

非常に政治的な、否、軍事的な意味合いを持った発言だった。キュレレがピュリス軍を壊滅させた張本人だとするなら、キュレレが行かない意味は一つだけ。ヴァンパイア族はアグニカに味方しない。

しかし、キュレレはガセルにはやってきた。そして、今夜泊まることになる。それはアグニカに対して次のようなメッセージを発信することになるだろう。ヴァンパイア族は、ガセルに対して味方になりうる――。

それでもドルゼルは、

「まさかアグニカと同盟を結ばれるのでは？」

と探りを入れてみた。明礬石の情報は入っている。

「我が王は望んでいません。自分も望んでいません。もしガセル王との約束に反して結ぶことがあったとしても、お忘れにならないでいただきたい。我が王も自分も、それは不本意であること。そしてキュレレはガセルを訪れるが、アグニカには訪れないということ。この二つをお忘れにならないでいただきたい。そしてもし結ぶことがあった場合は、自分が直接王と王妃に対してお話に参ります」

これはアグニカと軍事同盟を結ぶ伏線だな、とドルゼルは察した。その詫びの意味もあって、ヒロトはヴァンパイア族の娘を二人連れてきてくれたに違いない。ヒロトなりの誠意だ。やはり、ヒロトは信頼できる。

それでも、

「我が国は、貴国がアグニカと深い絆を結ばぬことを願っております」

とドルゼルは表明した。

「自分も非軍事的な絆にとどまることを願っています。自分は、パシャン王もイスミル王妃も好きなのです」

とヒロトも返した。

「不当な値上げのことについても是非お願いを」

とドルゼルは念を押した。もちろん、裏でメティスと軍事作戦について協議していることは秘密である。

「次にまた同じようなことが起きたら、戦になりますか？」

ヒロトの小声の問いに、

「その可能性は否定できません。アグニカは不誠実だということで不満がたまっております。実は他の港でも値の吊り上げが起きておりまして、商人がアグニカの役所に駆け込んだらしいのですが、商人同士の話は商人で解決せよの一点張りで……。訴えるところがないと不満たらたらでした」

とこぼしてみせた。

「訴える……」

ヒロトが黙った。

自分の言葉が通じた？

ずっと思案しているところを見ると、通じたようだ。

「訴えるところがあれば、不満たらたらにはならない？」

とヒロトは尋ねてきた。

「それは、少しは。ただ、訴えてもすぐには解決せぬようでは、不満は爆発するでしょうな」

7

その夜――ヒロトはドルゼル伯爵の居城で用意された寝室のベッドの上で、寝転がっていた。ヴァルキュリアは数日前とはまるで別人のように、優しい慈愛と幸せに満ちた表情でヒロトに胸を押しつけて側臥している。

これからもヒロトといっしょ。ずっとずっとヒロトいっしょ――。

そんな幸せな気持ちが溢れだしている。

「ヒロトとガセルに来ちゃったぞ♪」

とヴァルキュリアが言う。言いながら笑顔が溢れている。言い方にもはにかみと喜びが混じっていて、かわいらしい。王都エンペリアで出発までのカウントダウンをしていた時とは大違いである。

「相一郎は今日もまた朗読かもな」

「きっとそうだぞ。キュレレは欲張りだからな」

とヴァルキュリアが答える。それから、ヒロトのほっぺたにキスをした。ヒロトのことが愛しくて、そしていっしょにいられるのがうれしくてたまらないらしい。

ヒロトも、ヴァルキュリアの笑顔はうれしかった。ミミアやソルシエールやエクセリスといっしょにいるのも凄く幸せだけれど、ヴァンパイア族は感情表現がとてもストレートだ。愛情表現も然り。好きな時には、表情と行動でダイレクトに示してくれる。自分を好きなんだなってことがひしひしと伝わって、男としてうれしくなる。

公私混同と叫んで、無理矢理ヴァルキュリアを連れてきてよかったとヒロトは思った。相変わらず打開策は決まっていないのにあまりブルーにもヘビーな気分にもならないのは、すぐそばにヴァルキュリアがいるからだろう。ヴァルキュリアのおかげで、感情の安定性が底上げされているのだ。

　ヴァルキュリアを連れてきたことについては精神的な効果もあったが、政治的にもあった。特にキュレレを連れてきたのがそうだった。ガセルとアグニカとの間に差をつけてドルゼル伯爵を説得することができた。伯爵も、ヴァンパイア族との間にパイプをつなぐことができて満足そうだった。ヴァルキュリアだけでは、こうはならなかったに違いない。あの時相一郎が「おれもガセルで激辛食いたい！」と空気を読まずに叫んだおかげである。予想外の訴えにはひっくり返ったが、結局あれのおかげで父親のゼルディスもアグニカ行きとお泊まりを許可したのだ。相一郎殿も行きたいと言っているのなら、まあ、よいのではないかと。おかげでドルゼル伯爵との関係はさらに密になっている。ただ――百パーセント幸せか、百パーセント満足かと言えば違っている。

　ガセルに対しては、伏線は張れた。軍事同盟を結んだとしてもそれは不本意であること、本当は軍事同盟を結びたくないことを改めてドルゼル伯爵に伝えることはできた。パシャン王との関係の悪化は最低限に抑えられるだろう。そのためにも、イスミル王妃に頼まれた山ウニの不当な値上げについても片づけなければならない。ドルゼルは、商人が不当な値上げに対してまともに取り合ってもらえなかった、訴える場所がなかったと話していた。訴えてもすぐに対応がなければだめだという話だったが、詰めれば切り口が見つかるかもしれない。

問題はアグニカだった。軍事協定を結ぼうとするアグニカに対して、どう立ち回るか。目指すのは骨抜きだが、アストリカ女王もグドルーン女伯も、具体的な兵の数を指定してくるだろう。それをどこまで削減できるか。

（できれば五千人で抑えたい。それよりもっと削減できればいいけど、それでは明礬石を売らないと突っぱねられるに決まっている。今のところ、五千人で妥協できれば御の字。今のままだと、一万で呑まされる可能性が高い）

アグニカはヒュブリデに対して無敵のカード――明礬石を握っているのだ。

ヒロトは、誰が行っても同じことだという指摘を思い出した。その指摘は、ガセルに来ても同じだった。対策を考えれば考えるほど、明礬石の壁にぶつかる。

（おれ、本当に負けるのかもな）

と考えて、自嘲してしまった。

（かもなって、かもなじゃないじゃん。負けるの、確定じゃん）

8

翌日、ヒロトはドルゼル伯爵に別れを告げて船に乗り込んだ。ドルゼル伯爵はキュレレに、

「是非またお越しを。事前にご連絡いただければ、またご馳走いたしましょう」

と話しかけていた。

「キュレレ、来るぅ♪」

とキュレレは笑顔でくり返し、ヒロトたちとは違う船に乗り込んだ。ドルゼル伯爵たちガセルの者が少し腰の引いた様子で手を振る中、船は離岸した。キュレレと相一郎を乗せた船はテルミナス河の下流へと――ヒュブリデ王国へと向かう。そしてヒロトとヴァルキュリアを乗せた船は、対岸のアグニカ王国へ向かう。

いよいよ本丸だ。

だが、アストリカ女王とグドルーン女伯を説得するものは見つかっていない。ほとんど丸腰のまま向かうことになるのだ。

（パシャン二世とイスミル王妃との関係悪化は、たぶん最低限食い止められた。でも、それ以外はまったく何も変わってない）

つまり、アグニカに対しては圧倒的に不利なままだ。そしてその不利が覆される未来はまったく見えてこない。恐らくユニコーンと同じでこの世に存在しないのだろう。

ヴァルキュリアはヒロトのすぐ隣に立って、幸せそうな表情を浮かべていた。ガセルまでで終わりではなく、アグニカまでいっしょに行けるのがうれしくてたまらないのだ。

護衛のゼルディス氏族の男のヴァンパイア族たちも上機嫌だった。

「いやあ、昨日の飯は美味かった。蟹が最高だった」

「三匹も食っちまったぜ。キュレレお嬢様は四匹食ってたけどな」

と笑みを浮かべている。

「アグニカも美味い飯があるといいがな。けど、お嬢様にひでえこと言いやがったところだからな」

と表情が険しくなる。ヴァンパイア族の中に、アグニカへの反感は残っている。ヴァルキュリアの容貌についてアグニカ商人が放った誹謗への怒りは、そう簡単に拭い去られるものではない。

アグニカのサリカ港が近づいてきた。埠頭があって、その先に商館が見える。商館は、常時外国の者がそこに駐留しているという証である。それだけ恒常的に商売があり、流通量も大きいということだ。

エルフの商人ハリトスがヒロトのそばにやってきた。

「商館、あるんだね」

ヒロトが話しかけると、

「レグルスとピュリスのものです。ピュリスはサリカ港から木材を輸入しているのです」

とハリトスが説明する。

「ただ、我がヒュブリデの商館はありません。元々、アグニカとはそれほど大きな取引はありませんので――。扱うとしても、木材か蜂蜜か蜜蝋ぐらいなもので……時々現地にヒュブリデから人を遣って、どういう状況か手紙を送らせるんです」

とハリトスの説明がつづく。

テルミナス河の川の匂いが、甲板にも流れていた。風がほんのり吹いている。

だが――ヒロトは引っ掛かりを覚えた。

（なんだろう）

何が引っ掛かっているのかわからない。わからないまま、サリカ港の商館がどんどん迫ってくる。赤い三角屋根の商館である。

（ヒュブリデの商館はなしか……）

反芻したところで、頭の奥で何かがざわついた。

商館。

手紙。

（商館……？）

何か引っ掛かる。なぜ引っ掛かるのだろう。わからない。

商館。

手紙。

（……手紙？）

頭の中で、小さく閃光が走った。一発、二発。そこで連鎖が止まる。

商館。

手紙。

（あ……！）

さらに閃光が大きく爆発した。一発、二発、三発、四発と連鎖がつづいていく。

軍事協定。

明礬石。

《おまえには無理難題をぶつけてやる！ ありがたくちょうだいしろ！ 明礬石は手に入れろ！ だが、軍事協定は絶対に結ぶな！》

レオニダス王の命令。

《グドルーンよりも先にわらわの許を訪れることを強く願います。わらわは侮辱には慣れ

ておりません》

　アストリカ女王の言葉。

《後回しにしたら、その時点で明礬石はなしだよ》

　グドルーン女伯の言葉。

《あの二人は同じ穴の狢だ》

《勝ち目がわかれば、どのような者でも勝てると》

　ハイドラン侯爵とマルゴス伯爵の言葉――。

　地表数キロにわたって大地が割れ赤いマグマが噴き出したように、頭の中をアイデアのマグマが噴き出した。赤い閃光となって頭の中を龍のように駆け抜ける。

　笑みが、まるで皮膚を突き破ろうとするかのようにヒロトの頬にこぼれだした。ニヤニヤ笑いが止まらない。

「何がおかしいの？」

　エクセリスの問いに、ヒロトはまた笑みで答えた。すぐに言葉が出てこない。

　ヒロトはまず、ハリトスに顔を向けた。

「本国とのやりとりって、いつもどうしてるの？　飛空便は使ってる？」

「ヒュブリデにいる場合は――」

とハリトスが答える。ヒロトはうなずいた。それから、ヴァルキュリアに顔を向けた。

「アグニカから飛空便で手紙を送ったり、アグニカまで手紙を届けてもらったりするのって、可能かな？」

「急用なのか？　急ぎだったらいつでも送らせるぞ」

とヴァルキュリアが答える。

「ううん、今のところはないんだけど、おれじゃなくてエルフが飛空便を使って手紙を送りたい、届けてもらいたいって言っても、送ってもらえるのかな？」

とヒロトはさらにヴァルキュリアに確かめた。

「そりゃ、契約してたら――」

「お父さん、契約しないって断る？」

「ううん……遠いから条件次第だとは思うけど、ダルムールが絡んでてちゃんとお金がもらえるのなら――」

ヒロトはうなずいた。

「確かめてもらっていい？　返事が来るまで、サリカに逗留するから」

ヴァルキュリアが同じゼルディス氏族の男を呼び、すぐに一人が飛び立っていった。

これでアグニカからでも手紙を送れる？

たぶん。

でも、狙いはそれではない。もっと違うことだ。ゼルディスからの返事によって確定となるが、いける感じがする。

「おれ、決めたよ。通商協定だけを結ぶ」

とヒロトは宣言した。隣でハリトスが呆気に取られた表情を浮かべる。

「無理でしょ？」

とエクセリスが返す。あなた何を馬鹿なことを言ってるの⁉　という口調である。だが、ヒロトははっきりと首を横に振った。

「通商協定だけを結ぶ。それ以外は結ばない。それから、女王とは衝突する」

第十五章　混乱

1

陛下、お許しください。自分は公私混同します――。

ヒロトの手紙は、ヒュブリデ王国の中心部に混乱をもたらしていた。一読して、

「何ぃっ！」

と甲高い声を上げたのは、もちろんレオニダス王である。

「どうなさったので？」

とそばに控える宰相パノプティコスが尋ねる。

「ヒロトはアホか！　何を考えとるのだ！」

と叫ぶ。パノプティコスは王から手紙を受け取って目を通した。右眉がぴくりと動く。

《ムハラという蟹料理を食べるため、キュレレとヴァルキュリアをドルゼル伯爵のところに連れていきます。ヴァルキュリアはアグニカにも連れていきます。公私混同でございま

す。陛下、お許しを》

意味不明だった。

ガセルとアグニカ両国にヴァンパイア族を連れていって、ヒロトは何をしようというのか。それでアストリカ女王とグドルーン女伯を説得できる、有利な交渉に持ち込めると考えているのか？

不可能だ。

実に解せぬ手紙だった。蟹料理というのが一番よくわからない。しかも、ヒロトは公私混同だと言い切っている。おおよそ、そのような不道徳と縁のないヒロトが、公私混同？

すぐさま枢密院会議が招集された。大長老ユニヴェステルも大法官も書記長官もフェルキナ伯爵もラケル姫も、ヒロトからの手紙を読む。

全員、目が点になった。

「陛下には事前にお伝えしていたので……？」

と尋ねたのはユニヴェステルである。

「聞いとらん！　ヒロトめ、何を考えておるのだ！　ヴァンパイア族に糞女二人を襲わせるつもりか！」

とレオニダス王が叫ぶ。

「グドルーンはアグニカのメティスという異名を持つ女。たとえヴァンパイア族でも、簡単に手玉に取ることはできませぬぞ」

と書記長官が突っ込む。

「仮にヴァンパイア族を使ってグドルーンを人質にしたところで、敵地だ。自殺行為にしかならん」

とパノプティコスが吐き捨てる。

「何かお考えがあるのでは……？」

と示唆するフェルキナ伯爵に、

「何の考えだというのだ⁉　ガセルとアグニカにヴァンパイア族を連れていって、いったい何になる？」

と大法官が突っ込む。

「何か手を――」

と言いかけて、ラケル姫が首を横に振った。

「ヒロト様も混乱されていらっしゃるのでしょうか……？」

2

ヒロトの公私混同はヒュブリデに混乱をもたらしたが、ガセルには多少の混乱と喜びをもたらしていた。

ドルゼル伯爵からの報告を受けたパシャン二世は、一瞬呆然とした表情を浮かべた。すぐ隣で両手を合わせて笑みを浮かべたのはイスミル王妃である。

「サラブリア連合代表の娘二人ですって。あなた、これは思わぬ贈り物ですわ」

とイスミル王妃の声は明るい。

「しかし、アグニカにも連れていくとある」

とパシャン二世は慎重を崩さない。だが、イスミル王妃の声は依然として明るい。

「連れていくのは長女の方だけですって。次女はきっと兄上の国を困らせた娘。マギアを撃退した娘ですわ。空の力が手に入るかどうかは別として、ヴァンパイア族とつながりができるのは我が国に有利なことだわ」

「しかし、ヒロトはアグニカ王宮にヴァンパイア族を連れていくぞ」

とパシャン二世はやはり悲観的である。

「あら、手紙に書いてあったでしょ？　彼女が離れ離れになるのを悲しんだから、急遽連れていくことにしたって」

「方便ではないのか？」

「手紙に書いてあったでしょ？　アグニカと軍事同盟を結ぶとしたら不本意なことだって」

「口先では何とでも言える」

とやはりパシャン二世は悲観的である。

「ええ、口先ではね。でも、次女を連れていくのといかないのとでは大違いだわ。ヒロトはアグニカとの間にヴァンパイア族とのつながりを築きたいとは思っていない。でも、我が国に対しては違う。次女はまだ小さいのよ？　小さい子がドルゼルのところに泊まったのよ？　信用していない相手に対して、父親が幼い子供の宿泊を許すと思う？」

妻に問われて、パシャン二世は黙った。少し斜め下を向いて考え込んでいる。妻の言葉が心に沁み込んだのだ。

「次女がドルゼルの屋敷に泊まったことは、必ずアグニカへの力になるわ」

妻の力説に、

「そうなると、アグニカはますますヒュブリデとの軍事同盟を結ぼうとするのではないか？」

とパシャン二世は懸念をぶつけた。なかなか鋭い指摘である。イスミル王妃は美しい眉を寄せた。

「どっちにしても、軍事協定は避けられないわ。ヒュブリデは明礬石が欲しいもの。アグニカと軍事協定を結ぶことになる。それでヒロトは、ヴァンパイア族とガセルとの絆を築いて、アグニカの暴走を止めるつもりなのよ」

「それならアグニカにヴァンパイア族を連れていく必要はないのではないか？　我が国との間にもヴァンパイア族とのつながりを結ばせ、アグニカとの間にもヴァンパイア族とのつながりを結ばせて我が国とアグニカを同時に牽制するつもりではないのか？　あるいは、明礬石を素直に売るつもりなら、ヴァンパイア族とのつながりを用意すると交渉するつもりではないのか？」

夫の懸念に、イスミル王妃は首を横に振った。

「牽制の可能性がないとは思わないけど、ヴァンパイア族とのつながりを交渉に使うのは無理だと思う。だって、連れていくのは容姿を馬鹿にされた娘なのよ？　アグニカと仲良くしたいなんて言うはずがないわ」

「容姿？」

とパシャン二世は聞き返した。妻は女の実感を込めて力説してみせた。

「アグニカの商人がサラブリア連合代表の長女の容姿を悪く言ったの。それでリンドルスが出てきて謝罪までしたのよ。一応、謝罪は受け入れたってことになってるけど、だからって恨みは消えないわ。自分のことをブサイクだなんて言った国と仲良くしろって言われても、絶対いやよ。ありえない」

3

ヒロトがヴァンパイア族を連れてくる、先にガセルに立ち寄った――。

その報せはグドルーンの許にも届いていたが、グドルーンは心を乱されることもなく、蝋燭の灯の下でヒロトについての報告書を読み直しているところだった。彼女のすぐ左側には護衛の二人も控えて、グドルーンが読み終えた報告書を一枚一枚読んでいる。彼女なりの部下への教育である。

グドルーンが理解する限り、ヒロトは超がつくほどの現実主義者であり、未来予想図の提示の達人だった。決して現場を無視した改革ばかり思いつくような、無責任な理想主義者でも改革主義者でもない。ヒロトのベースは徹底的な現実の把握にある。その上で、実際に双方の主張が実現した時に何が起きるのか、未来を描写してみせるのだ。そしてその未来予想図に、多くが沈黙する。

　ヒロトはまた、妥協点を見つける達人でもあった。おおよそ折り合わないと思った双方のリアルを捉え、双方の主張が実現した場合の未来を描写してみせた後に、双方が本当に望んでいることをえぐりだし、双方が納得できる唯一の妥協点、合意できるポイントを見つけ出すのだ。

　ピュリスとの和議の時にも、ピュリスの主張通りにすれば、かえって国境紛争が継続されること、両国の国境が不安定になることをヒロトは指摘している。その後で、国境の不安を取り除きたいというのが、両国の本質的な願いだとヒロトは指摘。不安を取り除くための対策として、相互不可侵協定を提案している。

　マギアとの賠償問題にしてもそうだ。ヒロトは密告者を放置した場合、いかなる問題が両国の間に残りつづけるのか、特にマギアを揺さぶりつづけるのかを指摘している。そして、三つの妥協点を提示している。

・賠償請求の破棄→マギアにプラス
・密告者の情報→ヒュブリデにプラス
・平和基金の設立→両国にプラス

ヒロトは要求の中から本質を、本質的に望んでいることを取り出し、その本質的な要求を満足させるものや形を提示するという手法を採っている。それがヒロトのやり方だ。

今回はどうだろうか？

・アグニカ……ヒュブリデの楯が欲しい↓ガセルに対する楯を本質的に望んでいる

・ヒュブリデ……明礬石が欲しい＆軍事協定は結びたくない↓余計なことには巻き込まれたくないが、明礬石は手に入れたい

この両者のどこから、妥協点を見いだすことができるのだろう？　誰が妥協点を見いだせるというのだろう？　はっきりしているのは強者がアグニカであり、弱者がヒュブリデだということだ。そしてこのパワーゲームでは、弱者は強者に従う以外、道がない。

それがヒロトにもわかっていたのだろう。ヴァンパイア族の同伴も、ガセルへの訪問も、弱者ゆえの戦法だ。

ガセルとの有事にヴァンパイア族を参戦させることを約束させるために、ヴァンパイア族の娘を連れてきた？

笑止。そのような未来はありえぬ。そうなってくれれば最も理想的だが、それは決して

現実化しない幻想だ。ガセルは必ずアグニカに攻め入ってくる。その時のために強力な楯が必要だ。ヴァンパイア族の楯こそ最強で最も望ましいものだが、ヴァンパイア族はアグニカに絶対に協力しない。ヒロトはただ、弱者ゆえに少しでも武装しておきたいというところなのだろう。

（ヴァンパイア族を連れてくるのは、いつでもヴァンパイア族がヒュブリデについていること、戦争となればヴァンパイア族も参戦を辞さないことを匂わせるためだな。虎の威を借る狐だ。ガセルを訪問したのは、ガセルと軍事同盟を結ぶと見せかけて我が国を揺さぶるつもりだな。軍事協定の要求を撤回するのなら、ガセルと軍事同盟を結ぶことはしないと、そう言うつもりだろう）

そうグドルーンは睨んだ。

（気に入らないやつだ。ボクらが吸血鬼の傘を欲しがっているもんだから、自分は逆に吸血鬼の傘とガセルの傘で来たか）

思わず苦笑する。それだけヒロトは追い込まれている、後がないということだ。

ヒロト恐るるに足らず？

まさか。

油断大敵である。敗北はいつだって油断から始まる。ヒロトは憎らしい相手だが、優秀であること、そして大物であることに間違いはない。憎悪だけでは相手を打ち砕けない。

相手の力量に対する敬意なくして、勝利はない。

（あいつは何をしてくるかわからない。力ずくも辞さないし、奇策も弄する。先手、先手を打たないと、勝てる試合も負ける）

ならば、どのような先手を打つか？

（打つとしたら――奇策）

4

アグニカ国女王アストリカも、ヒロトがガセルに立ち寄ったことを王の執務室で知ったところだった。

報せを聞く前に、ヒロトから手紙が届いていた。ヴァンパイア族を連れていくゆえ、出発が数日遅れると。ただし、ヴァンパイア族の同行に他意はないと。

他意はないと言っているが、それはガセルへの配慮であって、実際はヴァンパイア族がアグニカに味方するということではないのか。

アグニカ宮殿は沸き立った。希望的観測を持つ者、逆に否定する者が入り乱れた。その騒ぎが収まらぬ中、今度はいやな急報が届いてしまったのだ。

女王の執務室には宰相ロクロイとリンドルス侯爵も同席していた。ヒロトがヴァンパイア族を連れてガセルに立ち寄った報せについて相談するためである。

「まさか、ガセルと何やら算段を決めたのではないでしょうね？」

とアストリカは重臣に不安をぶつけた。ヒュブリデはガセルと秘密協定を結んだのではないかという疑念がある。ヴァルキュリアを連れていくと寸前で変更したのも、ヴァンパイア族を使って自分たちを脅すためではないのか。

「ありえますな……」

と不安を煽るロクロイを余裕で否定したのは、リンドルス侯爵だった。

「ご安心召されい。ヒロト殿お得意の揺さぶりでございましょう。マギアと賠償問題を解決する時にも、ヒロト殿はヴァンパイア族と温泉に出掛けております。マギア側はヒュブリデがデスギルド連合と同盟を結んだのではないかと疑心暗鬼になりましたが、ただ親睦のために温泉に出掛けただけでございました。今回も同じでしょう。きっとただの親睦です」

「されど、ヴァンパイア族もいっしょだったのですよ？」

とアストリカが詰め寄る。

「ガセルへの配慮でございましょう。このたびヒロト殿はヴァンパイア族を伴うとご連絡されている。このままではヴァンパイア族はアグニカに味方してガセルには味方せぬとガセルに受け取られかねない。そこで親睦も深めてガセルに立ち寄ったのでしょう。ヒロト殿は弁舌ばかりが目立ちますが、配慮の人でもございますからな。それに、ドルゼル伯爵とは非常に親密な間柄。何か美味しいものでも食べに寄ったのでしょう」

とリンドルス侯爵はまるで動じていない。

「だが、ヴァンパイア族を連れてくるというのはどういうことなのだ？　ヴァンパイア族は我が国に味方せんかったはずではないのか？　まさか、ヴァンパイア族で我々を脅すつもりではあるまいな？　我が女王を――」

訝しむロクロイに、

「ヒロト殿はそういう荒っぽいことをする方ではない」

とリンドルス侯爵が否定する。

「では、なぜヴァンパイア族を連れてくるのだ？　我が国に味方するのでなければ、威圧以外の何物でもあるまい」

「だから、配慮の人だと申したではないか」

とリンドルス侯爵はいささか声を荒らげた。

「ガセルにヴァンパイア族を連れていけば、ヴァンパイア族はガセルに味方すると思われる。ガセルもそう捉えて我が国を攻めるやもしれぬ。それを危惧して、我が国にも連れてきたのであろう。つまり、釣り合いを取ったのだ。手紙には個人的な都合とあったが、それはそういうことであろう」

ロクロイは黙ったが、納得している様子ではなかった。アストリカ自身も、疑念を振り払えない。なんといっても、ヒロトは策士なのだ。

「辺境伯が到着したら、すぐ拝謁を許すのか？」

ややあって確かめてきたロクロイに、リンドルス侯爵は首を横に振った。

「いや、様子を見たい。まずはロクロイ殿に接見をお願いしたい。陛下とわしとは、垂れ幕の後ろで盗み聞きしていよう。その上で次の出方を決める」

第十六章　無策

1

アグニカの首都バルカ到着の前日――。

夕方、エクセリスは今日の宿に到着したところだった。予想に反してまだリンドルス侯爵は迎えに来ない。

リンドルス侯爵が王都の外でヒロトを迎えれば、侯爵が下手に出たことになる。それは国の優位を失うことになると侯爵は考えているのだろう。

それでも、宿については不満がない。ベッドのシーツも清潔で、何の問題もない。

宿は貴族の屋敷だったが、屋敷の使用人たちはヒロトといっしょに馬に跨がったヴァルキュリアに目を白黒させていた。ヴァンパイア族を見るのは生まれて初めてなのだろう。ヴァルキュリアが、わざと翼を畳んだり広げたりをくり返している。注目されるのがうれしいらしい。

「どうだ、きれいだろ？　毎日手入れしてるんだぞ」

とヴァルキュリアが翼の開閉をくり返しながら、アグニカ人の使用人に話しかける。もちろん、答えるアグニカ人はいない。びびっているアグニカ人の姿に、ヒュブリデ人たちの間で笑いが漏れる。ヒュブリデ人たちは、ヴァンパイア族には慣れっこである。

「ヒロト、ぎゅ～っ♪」

ヴァルキュリアがいきなりヒロトの背中に乳房を押しつけた。ヒロトがゾクッと身体をふるわせる。テンションが上がったらどこでも愛情表現をするのがヴァンパイア族の女である。

「リンドルスは来てないのか～？」

とヴァルキュリアが明るい声で城のアグニカ人の執事に尋ねた。

「バルカでお待ちでございます」

「ヒロト、きっとリンドルスは体重が増えすぎて動けないんだぞ」

ヴァルキュリアの冗談に、思わずアルヴィが、ソルシエールが、ミミアが、そして他の者たちが噴き出す。いつもの光景だ。

ヒロトの方は交渉の準備を進めている。ゼルディスの許へ確認に向かったヴァンパイア族の男は、ヒロトが満足する答えを持って帰って来た。

ダルムールが扱うこと。金額が充分であること。遠距離になるので専用の部屋に泊まれること。その三つがクリアーされるのなら飛空便はＯＫということだった。

ヒロトとは、今後について二人きりで話をした。

《通商協定で押すのは無理でしょ？》

ヒロトにはそう言ったのだが、

《いけるから》

というのがヒロトの答えだった。

《相手は軍事協定を望んでいるのよ？　それが明礬石の条件なのよ？》

《説得するためには軍事協定はいらないんだよ。ない方が説得できるんだ》

無茶苦茶な言い分である。

《あなた、どう説得するわけ？》

ヒロトはにたにたと笑って説明してくれたが――。

（でも、女王と激突するだなんて）

正直不安を拭えない。本当にそれで大丈夫なの？　という気持ちが強い。あまりにヒロトは楽観的ではないのか。そんなに簡単にグドルーンを説得できるとは思えない。グドルーンはヒロトのことを嫌っているのだ。恐らく論理は通用しない。

ヴァルキュリアを連れてきたことがどう奏功するのかはわからない。外交的にはなんら影響を与えないだろうと思う。

だが、ヒロト個人にはよかったような気がする。ヴァルキュリアには華がある。自分とは違う華がある。明るい華がある。ヴァルキュリアには、周囲を明るくするオーラがある。そのせいか、ガセルを旅行した時よりもアグニカを旅行している今の方が、ヒロトは笑顔が多いように感じる。

ただ――グドルーンとの交渉にはまったく影響しないだろう。ヴァンパイア族が五人いたくらいで、グドルーンが態度を軟化させるとは思えない。逆に硬化させる可能性が高いとエクセリスは思っている。ヒロトはガセルで激辛料理を味わってヒイヒイ唸っていたが、女王と女伯との交渉でさらに激辛の結果にヒイヒイ唸ることになるだろう。

2

エルフの大商人ハリトスは、ヒロトの部屋から出てきたところだった。聞きたいことがあると呼び出されたのだ。

ヒロトに最初に質問されたのは、ヒュブリデでは港での取引において、不当な値上げに対してどんなふうに訴(うった)えることができるようになっているのかだった。

ヒュブリデの場合、訴えを起こす場所は高等法院の港湾(こうわん)出張所になっている。裁判官は全員エルフで、スタッフもエルフである。人間は賄賂(わいろ)を受け取るからだ。

訴えのベースは帳簿(ちょうぼ)である。商人たちは必ず帳簿をつけている。その帳簿の提出をエルフの裁判官たちが要求できる。裁判官たちは帳簿を見て、元の仕入れから値段がどうなっているのか追いかける。そして不当な吊(つ)り上げだと判断できれば、不正な吊り上げが発生する前の値で取引を行なうように、その分の差分を支払(しはら)うように裁判所が命令するようになっている。

ヒロトはアグニカの商人たちもちゃんとした帳簿をつけているのか尋ねていた。つけているとハリトスは答えた。帳簿なしに商売はできない。

ヒロトはアグニカのシステムについても尋ねてきた。アグニカでは、サリカとシドナの港湾税関に訴えることになっている。そこに訴状(そじょう)を提出することになっているが、ヒュブリデほど厳格に、しかもスピーディに処理されるわけではない。まともに取り合ってもらえないことも多い。正直、法的な部分においてはアグニカはヒュブリデよりも数段劣(おと)っている。訴状を提出しても、不当な値上げに対してはあまり動いてもらえない。もしグドルーン女伯のような地元の実力者と太いパイプがあるのならば、動いてもらえる可能性はあるだろう。だが、訴えられている商人がグドルーン女伯と強いつながりを持つ大商人スワギルのような者の場合、いくら訴えても無駄ということになる。

ヒロトには、ヒュブリデのエルフはアグニカとトラブルにはならないのかと聞かれた。もちろん、トラブルはあるとハリトスは答えた。ただ、ヒュブリデの場合、アグニカがあまりに不当な値上げをした場合、エルフ全体で商売上の報復を行なう。エルフの商人全体が制裁を科すのだ。そのおかげで、ガセル商人とアグニカ商人のトラブルに比べれば、ヒュブリデ商人とアグニカ商人のトラブルは少ないのだ。

同じことをガセルができるようになる？　とヒロトに聞かれたので、無理でしょうと答えた。ガセルの商人は、ヒュブリデのエルフほど強い横のつながりを持っているわけではない。

ヒロトには、不当な値上げをどうやって防止すればよいのかも質問された。

《悪用されぬようにせんと、いかんでしょうな。仮に前回の値よりも二倍以上値上がりした場合と規定してしまうと、たとえば永遠に一・五倍をつづけてどんどん値上げしていきますからな。それでも、法に触れることにはなりません。人間というのは常にあくどい抜け道を考えるものです》

とハリトスは説明した。ヒロトは何度もうなずいていた。

色々と聞いてくれるのはうれしいが、正直、なぜそのようなことを聞かれるのか、ハリトスには理解できなかった。

ヒロトがガセル王妃と重要な約束をしたことは知っている。だが、今その約束について考える時だろうか？　今は、アグニカのことを考える時ではないのか。

その疑問はヒロトにぶつけた。だが、ヒロトの答えは、

《大丈夫。たぶんいけるから》

だった。

《ガセルもアグニカも満足できる方法を考えていらっしゃるのなら、間違いなく二兎を追う者は一兎をも得ずになりますぞ》

とハリトスは忠告した。だが、ヒロトは微笑んで返した。

《両乳を狙う者は両乳を揉む》

策はあるのですか？　と尋ねると、ヒロトは笑って答えた。

《無策という策がある》

第十七章　平行線

1

アグニカ王国の首都バルカに到着する朝――。

ヒロトはベッドで目を覚ましたところだった。すがすがしい朝の始まりである。すぐ隣では、ヴァルキュリアが裸の乳房を押しつけて眠っている。

アグニカに出発する前は、ヴァルキュリアの乳房の感触を味わっている暇はなかった。まだヴァルキュリアが眠っている中、密かに起き出して打ち合わせを始めていたのだ。

でも、今はまだゆっくりする時間がある。ヴァルキュリアの、幸せいっぱいで安らぎに満ちた寝顔を堪能することもできる。

今日はいよいよ戦いの舞台だ。といっても、本丸ではない。本丸はグドルーン女伯である。

ゼルディスの確認は取れた。好材料はそろっている。ただ、現時点での状況は、状況だけで考えるのならよくない。それをどうひっくり返せるか。

不可能？

十日前ならば。でも、十日で状況は変わった。変わったきっかけは、ヴァルキュリアを連れてきたことだ。どこからどう見ても百パーセント公私混同だったが、その公私混同が思わぬ結果を招いてくれた。

ガセル王と王妃に対して、うまい言い訳ができた？

ドルゼル伯爵に対しては説得できた。ガセル王と王妃が納得してくれるかはわからない。納得してくれることを願うばかりだ。

では、キュレレをドルゼル伯爵の屋敷に連れていったのは、アグニカに対してよい牽制になった？

そこは微妙だ。逆に警戒させた可能性はある。現時点では、それが交渉を難しくしている状況は生まれているだろう。元々が絶望的な状況だっただけに、実質的には何も変わっていないと考えてもいいのかもしれないが、アグニカ側は突っ込んでくるに違いない。

キュレレを連れていくべきではなかった？

否。

そもそも、べきだった、べきではなかったという問題ではない。キュレレを説得するのは不可能だったのだ。連れていくしか選択肢はなかったのだ。

結果、キュレレは大喜びをして帰っていった。ドルゼル伯爵とも話ができた。そして、アグニカの不当な値上げを抑制するための貴重な糸口を得ることができた。それだけでも収穫ありと考えたい。

ヴァルキュリアを連れてきた恩恵は計り知れない。毎日気持ちのいいオッパイの感触を味わえる。これがすべて――いや、すべてではない。ヴァルキュリアはしょっちゅう冗談を言うし、よく笑うので場が明るくなる。エクセリスやソルシエールはヴァルキュリアほど明るいわけでも冗談が多いわけでもない。悪戯を仕掛け、しょっちゅう笑顔を見せ、しょっちゅう笑い声を響かせるのはヴァルキュリアである。

ヒロトの作戦は、エクセリスとアルヴィとヴァルキュリアの三人にしか話していない。ヒュブリデの使節一行は、今回は敗北への旅行だと思っている。でも、ヴァルキュリアはムードメーカーになってくれている。それだけでも充分な貢献だが、一番重要なのは、もしヴァルキュリアを連れてきていなければ、ヴァンパイア族を派遣してゼルディスに確認することはできなかったということだ。予想外の恩恵だ。

ただ、その恩恵はまだ結実していない。アグニカとの結果にはつながっていない。皆、蕾の状態だ。蕾を満開にさせるのがこれからのヒロトの仕事である。そしてその第一弾が、女王アストリカとの謁見である。

女王はすぐにヒロトに拝謁を許す？

わからない。許されたところで、突きつけられる条件は予想がついている。女王の後ろにはリンドルス侯爵がいるのだ。侯爵はヒュブリデを訪問した時にも、軍事協定がまだ生きているかどうか、執拗に確かめていた。

先々王同士が結んだ軍事同盟を復活させよ。互いに有事の際には兵を出し合うと約束せよ。その際、ヒュブリデは要請があり次第、一カ月以内に一万の兵を派兵せよ。

きっとそう告げてくるに違いない。あのリンドルス侯爵が、兵の数と期間を設定しないわけがないのだ。期間を設定しなければ、そば屋の出前の返事みたいに「今出るところです」とうそぶいて何カ月も先延ばしにすることができる。だが、リンドルス侯爵がそば屋の出前を許すはずがない。

（アグニカは強硬に出てくるはず。そしておれも、強硬に主張する）

もちろん、その行く先は——衝突。

2

白と赤茶色の入り交じったマーブル模様の大理石が、高さ三メートルの門柱を飾っていた。その奥に見える大きなファサードのある二階建ての建物も、同じ白と赤茶色のマーブル模様である。その前で騎乗して待っている岩のようなでかい顔の男は、リンドルス侯爵に間違いない。

ヴァルキュリアは馬に跨がってヒロトに胸を押しつけながら、ようやくバルカ宮殿に到着したところだった。エンペリア宮殿でエルフの役人が馬の話をしていたことを思い出す。道が悪いから馬車は無理、馬での移動になりますと話していたが、その馬に、今自分が乗っている。

アグニカに入ってもう十日になるのに、まだ夢なのかなと思ってしまう。

自分がヒロトといっしょにいる。

ヒロトといっしょに異国を旅している。

夢なのかな？

夢？

ううん、夢じゃない。

ヒロトは自分といっしょにいる――。

（ヒロト♥）

胸の奥から愛情がはちきれそうになって、ヴァルキュリアはロケットオッパイを押しつけた。ヒロトが大好きなロケット乳で何度も背中をつついてやる。ヒロトがゾクッと上半身をふるわせる。

（くす。気持ちよくなってる）

ヒロトが反応するとうれしい。ヒロトが喜ぶとうれしい。ヒロトのことが大好きだから――。

アグニカとのことがどうなるのかはわからない。ヒロトの作戦は聞いたけれども、どうなるかはヴァルキュリアには読めない。

でも、うまくいかなくたって、自分がヒロトを嫌いになることは絶対にない。ヒロトは自分を連れてきてくれたのだ。自分の一番の願いを叶えてくれたのだ。それだけで充分だ。

3

リンドルスは、馬上でヒロトを出迎えたところだった。ようやくヒロトが来たのだ、と感無量である。これでガセルと対等になった。

だが、戦いはこれからだ。ヒロトは雄弁の徒。アグニカの未来のためにも、戦い抜いて勝利を勝ち取らなければならない。

「ご無沙汰しております、ヒロト殿」

とリンドルスは笑みを浮かべた。

「ご無沙汰しております。ようやく参りました」

とヒロトも微笑んだ。アグニカとガセルの通商協定――和議交渉――を通して、二人の間には信頼関係が生まれている。

リンドルスはヴァルキュリアに顔を向けた。

「ヴァンパイア族もごいっしょとは、大変光栄でございますな」

「別におまえの国のこと、許したわけじゃないからな。わたしはおまえは嫌いじゃないってだけの話だ」

とヴァルキュリアが突っぱねる。

（威圧……？）

リンドルスは注意深く、目の前のヴァンパイア族の娘を――その後ろの男のヴァンパイア族を――観察した。ヴァンパイア族は全部で五人。娘とその護衛四人である。

五人でも威圧可能？

可能といえば可能かもしれない。だが、ヒロトがそのような手を使うだろうか？　ヴァンパイア族に命じて女王を捕らえ、命惜しくば明礬石を無条件に売れと言うだろうか？　明礬石を持っているのはグドルーンなのに？

（せぬな……）

では、グドルーンに対してならばする？　グドルーンは国内でも名うての剣の名手だ。最強と言う者もいる。そのグドルーンが名だたる武人であること、屈強な二人の護衛がいつもつき従っていることは百も承知のはず。確かにヒロト殿は力で制することもあるが、それは相手が先に剣を抜いた時のこと。このたび、我らは剣を抜いていない）

威圧ではないとリンドルスは判断した。ヴァンパイア族の娘を連れてきたのは、言葉通り個人的な事情なのかもしれない。

「ガセルを訪問されたとお聞きしましたが」

とリンドルス侯爵は探りを入れてみた。

「友人のところにね」

とヒロトが答える。

「何か美味しいものでもございましたか？」

とさらに探ると、

「ムハラっていう蟹料理がね」

とヒロトは即答した。ムハラなら、リンドルスも知っている。

（わしの見立てに間違いはないようだ。ヒロト殿は、恐らく個人的なつながりで訪れた、そういうことのようだ。ガセルとヴァンパイア族との同盟は結ばれてはおらん）

安心したところで、

「陛下にはいつ？」

とヒロトが質問を向けてきた。

「陛下もヒロト殿のご到着を楽しみにしていたのでございますが、少し体調を崩されておりまして。代わりに宰相の方が――」

「女王でなければ話はしない。女王は誰よりも先に自分を訪問するようにと言われた。先に宰相にお会いしては、二番目になってしまう」

とヒロトが突っぱねる。

「その点については陛下よりお許しをいただいております」

「では、リンドルス殿に」

とヒロトは矛先を向けた。

「わたくしもそうできればうれしいのですが、宰相にさせよとの陛下のお達しでございますので」

　とリンドルスは丁寧に固辞した。

「なるほど。おれがどう出るか、様子見をしたいってことね」

　とヒロトはど直球を投げた。リンドルスは微笑んだ。さすがヒロトである。こちらの意図は見抜いている。ならば、こちらも直球を返す時だ。

「思いますに、グドルーンからは、自分を後回しにすると明礬石は寄越さぬと言われているのではありませんかな？　もし陛下に真っ先にお会いになってしまうと、明礬石が得られなくなってしまいます。そのことも、陛下は危惧されていらっしゃいます。宰相にお会いになったのであれば、グドルーンにとっては陛下の次にと後回しされたことはなくなります」

　ヒロトは粘る？　あくまでも女王をと固持する？

　意外にヒロトは粘らなかった。

「では、まず宰相に。その代わり、一つだけお願いがあります」

　とヒロトは踏み込んできた。

「商人ハリトス殿の出入り禁止を解いていただきたい。解除されぬ限り、宮殿には入りません。明礬石のお話もする以上、商人の同席は必要です。是非、解除をお願いいたしたいのです」

ハリトスは、女王から出禁を食らっている。リンドルスは即答した。

「では、わたくしの責任で、宮殿に出入りできるように取り計らいましょう」

4

ヒロトを部屋に送り届けると、リンドルスは王の執務室に戻った。早速事の次第を女王アストリカと宰相ロクロイに話す。

出入り禁止の件については、女王は了解した。女王が確かめたのは、むしろ別のことだった。

「本当に威圧ではないのですね？」

「間違いありません。ガセルとヴァンパイア族との間にも同盟は結ばれてはおりません」

とリンドルスは女王に確言した。

「しかし、様子を見抜かれていたとなると、貴殿と陛下がカーテンの後ろにいるのもバレてしまうのではないか？」

とロクロイが突っ込む。

「わしもそう思う」

とリンドルスは認めた。

「まずいではないか。やめた方がよいのではないのか？」

「やめぬ方がよい。これはお互いわかっている猿芝居なのだ。それも必要な猿芝居だ。それに、正面向かって会う前に一度見ておいた方がよい。今後の交渉を有利に運ぶためにもな」

とリンドルスは返した。

「だが、見抜かれていたのではどうにもならぬ。いっそのこと、陛下にもご出席いただいた方がよいのではないか？」

とロクロイが提案する。すぐにリンドルスは反論した。

「ヒロト殿は交渉の達人だ。初対面の者が戦える相手ではない。まずは様子を見て戦い方を知っておくことが必要だ」

「しかし――」

抵抗するロクロイを、リンドルスはねじ伏せた。

「陛下には予定通りわしといっしょに盗み聞きしていただく。どのような男なのか、陛下には見ていただかねばならぬ。それこそが、この交渉を勝利に導くための大前提だ」

5

一時間後――。

宰相ロクロイは、謁見の間にてヒロトを接見しているところだった。ヒュブリデで会った時もそうだが、若い男である。男というより、少年だ。

ヒロトを目にすると、レオニダス一世に受けた仕打ちとその怒り、恨みが蘇ってきた。諸国の大使の中で一番後回しにされた屈辱が蘇ってくる。ヒロトに仕打ちを受けたわけではないが、坊主憎けりゃ袈裟まで憎いである。レオニダス王の一番の家臣に対しても、どす黒い感情が込み上げる。

たっぷりと皮肉を込めて応対してやる？

いや。

今は相手の出方を窺う時なのだ。それに相手はヒュブリデ随一の雄弁の男だ。迂闊に絡んでしっぺ返しを喰らってはまずい。

思い切り不利な状況で交渉に来たはずなのに、ヒロトは不自然に思えるほどからっと明るい表情を浮かべていた。顔の表情もすっきりしている。敗勢を覆すのは無理と悟ってあきらめたのか。

ヒロトの少し斜め後ろには、商人のハリトス、そして護衛のアルヴィが控えていた。ともに場馴れした様子だが、ハリトスの方は不安が見える。

「はるばる参りましたヒュブリデの国務卿兼辺境伯ヒロトでございます。先日は我が王のためにお越しくださりありがとうございます」

とヒロトは頭を下げた。

「宰相のロクロイだ」

とロクロイは答えた。レオニダス一世の仕打ちをちくりと刺してやりたい気分に駆られるが、押しとどめる。

「我が女王は貴殿が来ることをとても楽しみにされていた。本日は貴殿に会うことはできぬが、いずれ拝謁を賜れよう」

とまずは形式から入る。

「親書は充分に拝見いたしました。是非ご説明をいただければと参りました」

とヒロトが下手に出る。

(反論から入ると思ったが、意外だな)

ロクロイは少し驚いた。

罠？

わからぬ。だが、先手を取れるのは何よりだ。ロクロイは先制攻撃に掛かった。

「我々が申し上げることは簡潔だ。まず同盟ありき、課税ありきであること。同盟と課税の基盤の上に、特許状の再発行がある。この大原則は決して崩されぬ」

最初から突っぱねに掛かったのである。

交渉の余地ありとヒロトに思われてはならない。ヒロトにはまずあきらめてもらわなければならない。それに――ヒュブリデでの仕返しもある。あの地で自分はよく扱われなかった。王にもなかなか謁見できず、さらに軍事互助協定の破棄を突きつけられた。あの屈辱の報復もある。この程度の報復ならば、恐らく問題にはなるまい。

ヒロトは軽くうなずいた。

ショックを受けている？

そのようには思えない。自分が強硬に出てくるのは読んでいたはずだ。その上で反論を練り上げてきたはずである。

（どのように返す？　どうあがいても不利だぞ？）

さあ、来い、とロクロイは心の中で手招きした。わたしが弾き返してくれる。返り討ちにすれば、我が名誉となる。

ヒロトが口を開いた。

「我が王の願いも簡潔です。力によって結ばれた同盟は、真の同盟とはならない」

力によってとは、アグニカによって強制されたという意味である。

（やはり拒絶から来たか）

すかさず言い返す。

「力による拒絶も拒絶とはならない。我々より先にガセルを訪問されたこと、我が女王は胸を痛めておりますぞ」

「大切な仲間がガセルの激辛料理を食べたいと言い出したので連れていったまでのこと。胸を痛める必要はありません」

とヒロトがしれっと答える。

「ガセルとの同盟は、特許状の永遠の喪失へとつながるものとご覚悟いただきたい」

とロクロイは釘を刺した。

「我が王が望むのは、力の絆なき絆。真に互恵的な絆。片務の、壊れやすき絆ではなく、双務の絆。我々は互恵的な通商協定を求めます」

ヒロトが一気に踏み込んできた。力の絆なき絆とは、軍事同盟や軍事協定を前提にしない絆ということである。片務とは片方だけが義務を負うという意味、双務とは互いに義務を負うという意味である。ヒュブリデが一方的に義務を負わされるのは御免蒙るということであろう。「真に互恵的な」という言い方も、そのことを示している。互いに対してメリットがある状況になっていない、つまり、互恵的になっていないとヒュブリデは主張しているのだ。あくまでも軍事協定のない、純粋な通商協定だけを結びたいらしい。明磬石だけを寄越せということのようだが、そんな虫のよい話を快諾するような愚かな宰相はいない。

「我が女王が提示したものは、すでに真に互恵的なもの。そうでないかのように言われるのは、甚だ遺憾。我が女王は気分を害されるであろう」

さらにロクロイは突っぱねた。やりとりは女王もリンドルス侯爵も聞いているはずである。

（リンドルスよ、よく聞くがよい。わたしもこれくらいの反論はできるのだ。自分だけが辺境伯と抗しうるとうぬぼれるな）

ヒロトは黙っている。

（効いたか？）

まさか。考えているだけであろう。ヒロトはいったいどう返してくるのか。互恵的ではないことを証明するのか。一方が軍事的なメリットであるのに対して、一方が通商上の、経済的なメリットであることを並べて、互恵的ではないと言い張るつもりか。それならば、ともにメリットがあることを指摘するまでだ。

だが、ヒロトはその手を使わなかった。

「我が王が求めるのはあくまでも互恵的な通商協定。我が王の意が理解されぬのは甚だ遺憾。女王にはよくお伝えいただきたい。時を改めて、また拝謁を願いに参ります」

と平行線のまま、ヒロトはあっさり引き下がった。

引き下がるのは計算外だった。ヒロトなら粘ると思っていたのだ。だが、粘らずにヒロトは退いたのである。

(これがヒュブリデの至宝か？　これが、雄弁で数々の敵を打ち砕いてきた男か？　まだ戦いは序盤だぞ!?)

6

女王の執務室にアグニカ王国のスリートップが集まった。女王アストリカ、宰相ロクロイ、そして重臣のリンドルス侯爵である。

「もっと粘ると思っていたがな」

と最初に口を開いたのはロクロイである。

「小手先調べというところなのか。だが、小手先でもヒロト殿(どの)はもっと鋭(するど)く迫(せま)る方(かた)。決してあきらめぬ方。なぜかくもあっさりと退いたのか。しかも、あくまでも通商協定とは……」

とリンドルス侯爵も唸る。侯爵にも予想外の反応だったらしい。

侯爵がつづける。

「どうも解(げ)せぬ。軍事協定を否定すれば、明礬石が手に入らぬことは百も承知のはず。にもかかわらず、軍事協定を否定して通商協定で押してくるとはどういうことなのか。レオニダス王が強硬に突っぱねているのか」

「まさか、明礬石の鉱山が見つかったわけではありますまいな」

とロクロイは疑念を提示した。

「それならばヒロト殿が来る必要はない。ヴァンパイア族を連れてくる必要もあるまい。ヒロト殿が来たからには、明礬石の問題は解決しておらぬのだ。ヒュブリデは何があっても明礬石は手に入れたいと思っているということだ。だが、あくまでも通商協定というのが……」

とリンドルス侯爵が沈黙(ちんもく)する。そこが解せぬと言いたいようだ。

「最初に強硬な態度を見せておいて、それから態度を軟化させて我が国から譲歩を引き出すつもりでは？」

とロクロイは己の意見を開陳してみせた。リンドルス侯爵はうなずいた。

「それは考えられる。ただ――それで引き出せる譲歩は限られている」

「派遣する兵は千で手を打とうというつもりではあるまいな」

とロクロイは疑念を示した。

「最低でも五千だ。それ以下は絶対に受け入れられん」

とリンドルス侯爵が強い口調で断言する。女王アストリカはずっと黙っている。

「陛下、いかがでしたかな？」

と侯爵が話を向けた。

「若いですね。でも、利発そうな感じではありました」

「ええ。しかも、あの男は闘士です。あのメティスの化け物相手に一人でも啖呵を切る男です。若さに騙されてはなりませんぞ」

とリンドルス侯爵が念を押す。

「ヒュブリデは交渉を成立させたくないのですか？　あれほど同盟を拒んで、必要な果実が手に入ると思っているのですか？」

とアストリカが畳みかける。ロクロイは唸った。通商協定で押して明礬石が手に入るはずがないのに、なぜ通商協定で押してきたのかがわからない。

リンドルス侯爵が口を開いた。

「わしが知っているヒロト殿なら、こうすれば互いに損失が生じ、こうすれば互いに利益が生じるということを解き明かして互いが納得する着地点へと誘導するものなのだが、今日のヒロト殿はただ一方的に拒絶するだけだ。いつものヒロト殿ではないような感じがする」

そう言ってまた黙る。ロクロイも黙っている。

侯爵が口を開いた。

「わしが一つ、探りを入れてみよう」

7

リンドルスは自分の部屋にヒロトを招いた。先鋒がロクロイ、次峰がリンドルスという形である。もちろん、部屋には盗聴のための小部屋がある。女王アストリカと宰相ロクロイも盗聴の小部屋に入っている。

「わざわざお越しいただいて申し訳ない」

とリンドルスはとびきりの笑顔を向け、改めてヒロトと握手した。

「こうして再びお会いできて、わたしはとてもうれしいのです。ヒロト殿にはガセルとの通商協定の際にはよくしていただきましたからな。今回もいい話ができると信じております。きっと両国が深い絆を結ぶ好機になるであろう、これも一つの定めであろうと感じております」

と和やかな笑顔から入る。敢えて「深い絆」という言い方をしたのは、探りを入れるためである。

「その絆に力は必要ありません」

とヒロトは冷水を浴びせてきた。

のっけからの否定だった。ヒュブリデ側は思ったよりも固い。

「力は絆の礎。ピュリスとの絆も力があってこそのものではありませんか？」

とリンドルスは揺さぶりに掛かった。

「リンドルス殿の言う力と自分の言う力、言葉は同じ『力』であっても、中身が違います」

とヒロトは長い反論を始めた。

「和議を結ぶ時の力と、同盟を結ぶ時の力とは違います。ピュリスと和議を結ぶ時には、力があればこそ対等な和議を結ぶことができた。つまり、和議の時の力は、あくまでも対等の前提です。けれども、同盟を結ぶ時の力は、同盟を結んだことによって生じるもの。すなわち、和議の結果です。和議の前提と和議の結果は同じものではありません。両者を同列に論じることはできません。我々は前提としての力は求めますが、結果としての力を求めているわけではありません」

　とヒロトは突っぱねた。

　鮮やかであった。力は絆の礎ゆえ、力を否定することはできぬという論法で迫ろうと思ったのだが、簡単に弾き返されてしまった。実にヒロトらしい反論だ。小部屋で聞いている二人も、ようやくヒロトがヒロトたる所以を感じているに違いない。

　だが、それで完全に覆されるリンドルスではない。優位は我が国にあるのだ。リンドルスは口を開いた。

「しかし、今我々が結ぼうとしている同盟において、我々が、種類は違えど等分の利益を得ることになるのは間違いないのではありませんかな？　かたや、力を得る。かたや、石を得る」

「我が国が求めているのは、そもそも通商協定です。それに、両国が得る利益自体が対岸の隣国を刺激し、かえって損失を招くものならば、その同盟は内容を見直すべきです」

とヒロトは返してきた。対岸の隣国とはガセル王国のことである。軍事同盟を結べば、ガセルの態度を硬化させてよろしくない結果を招くと主張したいらしい。

（面白くなってきたぞ）

久々にヒロトと論を戦わせる快感を覚えながら、リンドルスは反論した。

「国とは他国との関係の上に成り立つもの。国は単独では成立しえません。どの国も同盟の盾がなければ、国は他国の矛に晒されることになりましょう。平和と繁栄を享受するためには、同盟の盾によって矛を弾き返すことが必要なのです。ヒュブリデはヴァンパイア族と、ある意味、同盟の盾を有しておられる。そしてそれが平和と繁栄につながっている。その盾に我が国の盾が加われば、ますます平和と繁栄は互いに昂まりましょう」

国と国同士が連合してつくる盾は否定できぬ、という反論である。だが、その反論がまたしてもヒロトの長い反論を引き起こした。

「ガセル王と王妃は、先日、山ウニが五倍の値段で売られたことに対して強い怒りと不満を懐いていらっしゃいました。ガセルに対して、相当の不信感を覚えておいでのようです。同盟の盾では、ガセル王の怒りと不満から国を守ることはできません。国がそもそも同盟を宿命づけられているのだとするならば、ガセルもまたさらに強き同盟の盾を手に入れるからです。そしてその盾は、貴国と我が国が築き上げた共同の盾に対して、牙を剥く矛となりましょう」

つまり、アグニカがヒュブリデと同盟を結べば、ガセルとピュリスが同盟を深め、襲いかかってくるということである。ヒロトがつづける。

「貴国と我が国とが同盟を結べば、『ヒュブリデはガセルが不満を懐いても不満の解消には動いてくれない。アグニカの肩を持つ。自分たちが実力行使に出ればヒュブリデに弾き返されてしまう』。そう考えてガセルはピュリスとの同盟をさらに強化することになるでしょう。それは貴国と我が国という塊に対して、ガセルとピュリスという塊が正面からぶつかってくることを意味します。二つの塊が全面対立、全面対決することになるのです。全面対立が導く未来は、全面衝突です。いずれ双つの塊は全面衝突し、全面戦争へと発展するでしょう。ヒュブリデはそのような危険に国を投げ込むことを潔しとしません」

リンドルスは微笑んでヒロトを見つめていた。

これがまさにヒロトだった。リアルを見事に浮き彫りにしてみせて、問題点をはっきり浮き上がらせる。それがまさにヒロトだ。

「しかし、同盟してもなお全面衝突に至らぬように立ち回れる人こそ、まさにヒロト殿ではありませんかな」

とリンドルスは微笑で反論を返した。

「ガセル王は非常に用心深く、神経質な方です。我が国が貴国と同盟を結べば、ヒュブリデは信用ならぬと判断して、いくら自分が言葉を掛けようとも聞いてくれないでしょう。雄弁は万能ではありません。雄弁は、えてして血のつながりに敗れるものです。つまり、身内であるピュリスの方が、力のある言葉を持つことになるのです」

とヒロトも返す。

（変わらぬか）

ヒロトはやはりあくまでも通商協定のみで押すつもりのようだ。

「お話はよくわかりました。しかし、同盟なくして明礬石は手に入らない。それも紛れもない事実です。明礬石が示しているのは、双方考え方を改めて、ともに生きていくことを考えることが必要だということです」

とリンドルスは諭しにかかった。つまり、軍事同盟を結んで、その同盟下で互いに国を運営していくしかないということである。軍事同盟を拒絶せずに受け入れよということだ。

ヒロトはもう口を開かなかった。リンドルスなりに探りを入れてみたが、想像以上にヒュブリデとのギャップは大きかった。アグニカとヒュブリデの考えは平行線のままだった。ロクロイと会った時から変わらなかった。

「同じ考えを共有できず、非常に残念です。我が女王の意志は堅く、いくらヒロト殿でも説得することは難しいでしょう。今のままでは、我が女王にお会いになることはできません。ヒロト殿なら、柔軟にご対処していただけるのではないかと期待しておったのですが……」

　とリンドルスは突き放した。軍事同盟を拒絶する限り、女王には謁見できない。そう告げたのである。

「互いに距離と時間が必要なようです。陛下に拝謁できなかったのは残念ですが、我々はすぐにもバルカを辞してシドナに向かいます。グドルーン伯にも会わねばなりません」

「お会いになっても何も変わらぬと思いますぞ」

　とリンドルスは釘を刺した。

「ええ、変わらないでしょう。グドルーン伯も、ガセルとの有事の際にヒュブリデ軍が参戦することを条件に据えていますから。でも、我が王の願いは通商協定です。軍事協定ではありません」

　とヒロトは答えた。まるで玉砕を決め込んだような、決裂へと突き進むことを決意したかのような物言いだった。

「それではグドルーンは首を縦に振らぬでしょう。明礬石は手に入りませんぞ」

　リンドルスの忠告に答えず、ヒロトは微笑み、部屋を出ていった。平行線のまま、両者は別れたのである。

リンドルスはため息をついた。かつてリンドルスがレオニダス王に対して放った毒舌を使って揺さぶってくるのではないか——その可能性もリンドルスは考えていたのだが、ヒロトはまったく使わなかった。説得よりも平行線を、物別れを選んだのである。

小部屋から女王アストリカと宰相ロクロイが現れた。リンドルスは首を横に振って、女王に告げた。

「ヒロト殿に妥協する意思はございません。わたしの知っているヒロト殿は柔と剛を併せ持った方ですが、今回のヒロト殿は剛しかございません。レオニダス王からよっぽどきつく言われているのでしょう。レオニダス王は、よほど我が国が嫌いなようですな。しかし、どんなに剛で貫こうと、明礬石は手に入りませぬ。いずれ、屈することになりましょう」

第十八章　見る者と見られる者

1

　グドルーン女伯が治めるインゲ州に向かう馬上で、エルフの商人ハリトスは、前途多難だなと思わず胸の裡でつぶやいた。

　状況が非常に厳しいのは理解している。絶望的なレベルだということもわかっている。それでも、何度も国の危機を救ってきたヒロト殿ならば、もしかして——という期待があった。

　期待は見事に打ち砕かれた。

　宰相との謁見にも立ち会ったが、ヒロトはレオニダス王の主張をくり返すだけで、妥協や妥結の気配はなかった。

　喧嘩別れ。

　平行線。

ヒロトの言動から窺い知れたのは、ヒロトが妥協するつもりがないこと、明礬石のために軍事協定締結に踏み出すつもりがないことだった。ヒロトはまるで決裂へ向かっているように感じる。これが、王が最も頼りにするヒュブリデの至宝なのだろうか？　至宝ではなく、ヒュブリデの失望、否、絶望ではないのか。

同じエルフの騎士アルヴィの話では、宰相に謁見している時、二人がカーテンの後ろで話を聞いていたということだった。アルヴィは、アストリカ女王とリンドルス侯爵ではないかと話していたが、果たしてそれが交渉に使えるか。いざ女王に会った時に、盗み聞きしていましたねと突っ込んでカードして使えるのか。恐らく使えまい。

宿に宿泊した時、ハリトスはヒロトに確かめた。

《通商協定で押すのは無理です。軍事同盟を結ぶつもりはないのですか？　結ばぬ限り、明礬石は手に入りませんぞ》

ヒロトの答えは簡潔だった。

《軍事同盟は結ばない。あくまでも通商協定を結ぶ。それでいけるから》

なぜ通商協定の一点張りでいけるのかどうか、説明はなしだった。ないまま、ヒロトからは、

《同じ小箱を用意しておいて。三つあれば充分だから》

と頼まれた。何に使うのかと言われると、贈り物だと答えた。何を入れて贈るつもりなのだろうか。初めてヒロトに同行するハリトスには、ヒロトの頭の中身はわからない。ヒロトはいつだってヒュブリデの国益を第一に考える人物だったはずだ。そのヒロトが――ヒュブリデの国益のために動いていない。レオニダス王の無茶な命令を――無茶な考えを――ただ実行するだけの傀儡に堕している。王の御用聞きに堕している。明礬石確保を目指すハリトスにとっては、実に絶望的だ。

だが――恋人のヴァンパイア族は上機嫌のようだった。ヒュブリデがどうなろうと、明礬石がどうなろうと、ヒュブリデの織物がどうなろうと、好きな男といっしょにいられればそれでよいのだろう。

（グドルーン女伯を訪問しても結果は見えている。また平行線。決裂して終わりだ）

2

エクセリスも馬上で不安を覚えていた。

通商協定で押す。そして、女王とは衝突する――。

その言葉通り、ヒロトは通商協定で押して、平行線のまま終わった。ハリトスはずいぶんと不満だったようだ。

作戦を知っている自分でも、その気持ちはわかる。本当に大丈夫なの？　という気持ちになる。

ヒロトはグドルーン女伯を甘く見ているのではないか。ヒロトのプランではグドルーン女伯は説得できないのではないか。通商協定で押せば、間違いなくグドルーン女伯は突っぱねる。半年間謁見を禁止されるという事態にも発展しかねない。そのことをヒロトに言うと、ヒロトはこう答えていた。

《だから小箱を用意するんだ》

3

ヒロトが先にアグニカの首都バルカを訪れたこと、ヴァンパイア族の娘を連れてきたこと、女王アストリカには会えず宰相ロクロイに謁見したことは、密偵によりグドルーンの許に知らされていた。ヒロトは通商協定の一点張りだったらしい。

それに対して巨漢の護衛二人は辛口だった。

「辺境伯というのは、もっと利口な男だと思ってたんですがね。辺境伯ではなくて、白痴伯ですな」

と一人がかなり辛辣な皮肉を浴びせる。

「それを言うなら、偏狭伯だろう。なんで通商協定で押せると思ってるんだか。明礬石はこっちが握ってるんだぞ」

ともう一人の護衛も呼応する。

「グドルーン様にも、通商協定で押し通すつもりじゃないだろうな」

「そのつもりだろう。そして即、交渉を打ち切られる」

グドルーンは二人の護衛の毒舌に答えずに、沈思黙考していた。ヒロトへのプランは事前に考えていた。千人の騎兵と一万人の兵を有事に派遣すること。もちろんヒロトは軍事協定を骨抜きにしようとしてくるはずだ。ならば、兵士の数を五千人に半減させる代わりに五千人規模の兵士を我が国に駐屯させよ。そう交渉するつもりでいたのだが、ヒロトの主張は予想外だった。

「何か引っ掛かることでも？」

一人の質問に、ようやくグドルーンは口を開いた。

「おまえたちも報告書は読んだだろ？　辺境伯は一度も愚策を犯したことがないんだよ。あの男は勇気と奇策と正攻法の人間であっても、愚策の人間じゃない。きっと何かある」

ボスの言葉に護衛二人は黙り込んだ。確かに、辺境伯は一度も愚策を犯していない。

「何か奇策でも？」

一人が問いかけたが、グドルーンは答えなかった。

「吸血鬼にグドルーン様を襲わせて、それで脅して言うことを聞かせようって考えてんですかね」

もう一人の問いにもグドルーンは答えない。

（そんな馬鹿なことはしないはずだ）

とグドルーンは速攻で答えを出していた。

ヒロトが自分の本拠地に自分を連れ込めるのなら、人質脅迫作戦は成功するかもしれない。だが、ヒロトは故国を遠く離れた敵地にいるのだ。自分を襲撃して恐喝したところで、四面楚歌。完全なる防備というのは存在しない。いずれ自分の味方に打ち破られるのは目に見えている。その結果がどれだけ望まぬ悲惨なものになるのか、想像できぬ辺境伯ではあるまい。いつもリアルな未来予想図を描写してみせている男なのだ。

ならば——なぜ通商協定を？

リアルな未来を予想するのが得意な男に、なぜ通商協定で押し通した場合の未来が見えていないのだ？

（見えていないのではなく、そこに可能性があると見ているのか？）

どんな可能性が？

わからない。

（当てようとするな。まずは敵の立場で考えよ）

グドルーンはヒロトの立場で、ヒロトの気持ちを考えてみた。

（辺境伯は、後回しにされてボクが怒っている、必ず後回しの報復をするはずだと踏んでいるはずだ。ボクにすぐ会うことはできないだろうって考えているはずだ）

敵の予想を外してすぐに会う？

それは自分を安売りすることになる。自分を、簡単に会える人物だと思わせてはならない。

いっそのこと、二カ月接見を先延ばしにする？

いや、それは愚策だ。ヒロトはヴァンパイア族を伴っている。そしてヴァンパイア族は直情径行——とても短気なのだ。後回しにしたことを理由に二カ月も接見を延ばせば、必ずキレて襲撃される。そうなれば、交渉での優位を自分が失うことになる。

アストリカがしたように、軍事協定の承認が謁見の条件だと突き放してやる？

あの女と同じ手というのは気に食わないが、それも一つの選択肢だ。だが、それで果たしてヒロトが折れるかどうか。通商協定を主張しているということは、通商協定で勝機があると見ているのだ。謁見の条件に据えたところで、恐らくヒロトはそれをクリアーする方法も考えているだろう。

（通商協定でどうやってボクを説得するつもりなんだ？）

わからない。グドルーンが知っているヒロトは、あくまでも書面でのヒロト、報告で読み知っただけのヒロトなのだ。実物の、リアルなヒロトが抜けている。

（いきなりぶっつけ本番というのは厳しいかもしれないね）

とグドルーンは思った。剣の勝負でも、一切太刀を見ずにぶっつけ本番で相手と戦うのは、やりづらい。相手の攻撃の種類や攻撃のタイミングがわからず、苦戦する。

（接見の前に会っておくべきだ）

とグドルーンは考えた。それも秘密裏に。ヒロトには悟られずに——。

思わず笑みがこぼれた。

ヒロトが予想していない奇策を思いついたのだ。

「どうなさったんで？」

尋ねる護衛に、グドルーンは茶目っ気のある笑みを向けた。

「戦は質のよい情報を握る方が有利に立つ。言っている意味がわかるだろ？　敵を打ち破るためには、まず敵を知らないとね」

　護衛二人が口を半分開いた。

「まさか……グドルーン様ご自身が斥候をなさるんで？」

　グドルーンは笑顔でうなずいた。

「バレますよ」

「兜をかぶっていくよ」

「それじゃありません。薔薇の香りです。やつが本当に頭のいいやつなら、薔薇の香りで気づきますよ」

　護衛の指摘に、グドルーンは目をパチパチさせた。自分で自分の腕を嗅いでみる。いつも薔薇たっぷりの入浴を済ませているので、身体に薔薇の香りが染みついている。

「おまえたちも入るか？」

「おれたちも薔薇の入浴をして三人で向かうんですか？　野郎二人が薔薇の香りをぷんぷんさせてたら、その時点で気づかれますよ。グドルーン様ご一行だって」

　と護衛に否定される。グドルーンは少し考えて、口を開いた。

「やつの宿泊先は？」

4

すでにインゲ州に入っていた。エルフの騎士アルヴィは馬上で揺られながらずっと考えていた。アルヴィの前には、ヒロトと、ヒロトにうれしそうに爆乳を押しつけるヴァルキュリアが見えている。

（グドルーンは絶対まともに会おうとしないはずだ。最低でも一週間、もしかすると一カ月謁見を先延ばしにするかもしれない。自分の方が有利に立っているのだ。焦って会う必要はない。逆にヒロトは早急に会って話をつけなければならん）

ヒロトが不利なのは変わらない。

（今回もヒロト殿は通商協定で押すはずだ。だが、グドルーンが話を聞くつもりかどうか。アストリカと同じように軍事協定を呑まなければ会わないと言われれば、ヒロト殿の手は限られてしまう）

今回もまた通商協定で玉砕を目指す？

グドルーン相手に玉砕すれば、もう手はなくなってしまう。となると、通商協定を引っ込めるしかない。

ヒロトにはそのことをぶつけてみたが、

《今回も通商協定で行く》

それが答えだった。

山の方からシドナの町に入ると、テルミナス河の匂いが吹き上げてきた。シドナはテルミナス河に面する大きな港町だ。グドルーンの屋敷に向かうには、シドナが一番いい。

宿の手配はすでに済んでいた。案内してくれているのはグドルーン配下の騎士である。

自分たちヒュブリデ人に意地悪するのではないかとアルヴィは危惧していたのだが、意外にグドルーン配下の騎士は礼儀正しかった。ヴァンパイア族がいたからというのもあるのかもしれない。騎士は、明らかにヴァルキュリアたちにぎょっとしていた。

《ヒロトに悪さしやがったら、ぶっ殺すからな》

ヴァルキュリアに言われて言い返そうとした騎士は、ヴァルキュリアの両側からぬっと踏み出した筋肉ムキムキのヴァンパイア族の男性に沈黙していた。よりによって四人の男のヴァンパイア族は、翼を広げていた。威嚇である。

《今の、威嚇だから。この後、攻撃に入るから。反撃して怪我をさせると百人単位で仲間を呼ぶから、気をつけて》

ヒロトは他人事のように忠告していた。だが、忠告は守られたようだ。もしかすると、ヒロトがヴァンパイア族を連れてきたのはこのためだったのかもしれない。

ただ――ヴァンパイア族の威圧は一般の騎士には効いても、グドルーンには効くまい。

もちろん、通商協定の一点張りも――。

5

先導しているアグニカ人の騎士が、石造りの立派な屋敷に入った。これから泊まる宿らしい。きっと貸し切りだろう。

（ようやく着いたぞ）

とヒロトは安堵を覚えた。馬の旅は疲れる。

先に下馬して、それからヴァルキュリアの下馬を手伝う。ヴァルキュリアが甘えるようにヒロトに抱きついてきた。またロケット乳がヒロトの胸に密着してひしゃげる。

（絶対わざとだ）

ヴァルキュリアはさらに両腕をヒロトの背中に回して胸をこすりつけた。

（故意確定）

思わずヒロトもヴァルキュリアを抱き締めてオッパイの感触を味わった。後ろでエクセリスが咳をした。

やばい。嫉妬の咳だ。

ヴァルキュリアといっしょに屋敷の中に入ると、高貴な花の香りがした。

「いい匂いがするね」

とヒロトはくんくんと嗅いだ。

「薔薇か？」

とヴァルキュリアが聞く。

「薔薇ね」

とエクセリスが答える。薔薇の香りがする屋敷に宿泊することになるとは、珍しい。何かのおもてなしだろうか？

まさか。自分たちはグドルーン女伯にとっては敵なのだ。

屋敷の主人が出迎えに屋敷の奥から姿を見せた。禿げ頭の小太りした男である。

「お連れしたぞ」

と案内の騎士が言い、禿げ頭の主人はヒロトに頭を下げた。

「今日はちょうどよい日でございます。薔薇の香りづけをする日に当たっておりまして、午前中、薔薇を敷きつめていたのでございます。よい香りでございましょう？　ささ、どうぞこちらへ」

と主人が挨拶して歩きだす。一階の通路を抜けて階段へ向かおうとすると、ちょうど階段から三人の騎士が下りてくるところだった。

後ろの二人はかなりごつい。レスラーみたいな体格である。その二人と比較するとスリムめの騎士が先頭だった。

ヒロトは階段を上がる手前で立ち止まった。ヒロトとヴァルキュリアのすぐ脇を、三人の騎士が抜ける。さらにエルフの騎士アルヴィの横とハリトスの横を、エクセリスの横を、そしてヴァンパイア族二人の横を、ミミアとソルシエールの横を抜けて屋敷を出ていった。

「主人、今の騎士は？」

とヒロトは主人に尋ねた。

「お屋敷の騎士です。何も問題がないか、念のためにいらっしゃったみたいで。いちゃもんをつけられて、それで交渉に響いてはよくないとおっしゃって」

と主人が答える。お屋敷とはグドルーンのお屋敷のことだろう。主人が階段を上がりだした。

ヒロトの部屋は二階だった。手前に食卓となるテーブルがあって、その奥にベッドが並んでいる。

「では、わたしは他の方々をご案内してまいりますので」

と主人が引き下がった。

（変な騎士たちだったな）

とヒロトは思った。引っ掛かる三人組だった。問題がないか確かめるためなら、普通は二人を派遣しておしまいではないか？　それもヒロトが来る前に確認の作業を終わらせるのではないのか？　自分が主人なら、少しヒロトたちを待たせて先に騎士を帰している。この屋敷にも裏口はあるはずだろう。

だが、なぜヒロトが来る前に作業を終わらせなかったのだ？　なぜ三人？　鉢合わせになったのは偶然か？

どうも引っ掛かる。

（偵察……？　意図的に鉢合わせになった……？）

そんな考えが脳裏をかすめたところで、ミミアが真顔でヒロトに歩み寄った。何か言いたそうな顔をしている。

「ヒロト様、さきほどの方――」

「し～っ！」

とヒロトは指を立てた。ミミアに顔を近づけるように手招きする。エクセリスも早速ヒロトに近寄った。ヴァルキュリアも集まる。ヒロトがひそひそ声で囁いた。

「盗聴の小部屋が隠されているかもしれないから」

ミミアが慌てて部屋の中を窺う。アルヴィが壁に近づいて、拳でドンドンとやりはじめた。

「それで?」

とヒロトはミミアに質問を向けた。

「さきほどの方、きっと女です。歩き方が男ではありませんでした。男の方と女の方は、歩き方が少し違います」

とミミアは小声で言い放った。俗に男女平等と言うが、男女の骨格は違う。特に男の骨盤と女の骨盤は違っている。男の骨盤の方が安定性が高いのである。そしてその分、歩き方に違いが出る。

「本当?」

ヒロトの問いにミミアがうなずく。

「先頭の騎士?」

エクセリスの問いに、ミミアはうなずいた。ミイラ族は普段、白い包帯だけを巻いている。男女同じ服装なので、人間に比べて体格や体つきや歩き方に目が行くのかもしれない。

「先頭の騎士、いい匂いがしたぞ」

とヴァルキュリアも補足する。ヒロトはあまり感じなかった。ヴァルキュリアの方が人間より嗅覚はいいのかもしれない。

「いい匂い……」

ヒロトは一瞬考え込み、それからニタ〜ッと笑みを浮かべた。

6

屋敷を出た三人の騎士は、上空から舞い降りてきた巨大な二羽の鳥と鉢合わせになった。思わずぎょっとして立ち止まる。

鳥ではなかった。魔神——警戒のために上空から偵察していた男のヴァンパイア族が二人、ちょうど戻ってきたのだ。二人は三人の騎士と入れ違いに屋敷に入った。

三人の騎士は後ろ姿を見送った。それから隣の建物に入った。すぐに兜を脱ぐ。先頭の騎士の兜の下から現れたのは、長い黒髪を結った切れ長の目の女の顔——グドルーンであった。二人の巨漢の騎士はグドルーンの護衛である。

グドルーンは、空から降下する二人のヴァンパイア族の姿を思い出した。廊下で二人のヴァンパイア族とすれ違った時にも迫力があると感じたが、空から降下する姿はそれ以上だった。人をぎょっとさせる威圧感がある。まるで獅子や虎に遭遇したような感覚だった。ヴァンパイア族に会ったのは初めてだが、なぜヴァンパイア族が恐れられるのか、その片鱗を見たような気がする。背中に翼のある姿はまるで悪魔である。

「ヴァンパイア族の連中は、我々を待ち伏せていたわけではなかったようですね」

護衛の言葉に、

「男はなかなか迫力があるね。一度、勝負してみたいね」

とグドルーンは澄まして答えた。澄ましたのは、ヴァンパイア族にぎょっとしたことを護衛に悟られないためである。

「すげえ腹筋でしたよ。並の身体じゃない。ありゃ、筋肉の塊ですな」

「女もいい腹筋をしていた」

とグドルーンも護衛の言葉に同意する。それからヒロトの話題を振った。

「辺境伯は思った以上に子供の顔だったね。あんなに若いとは思わなかったよ」

「自分もです。もう少し大人かと思っていました」

「おまけに華奢だ」

とグドルーンは護衛の言葉に付け足した。酷評だったが、こっそりヒロトに会うのは楽しかった。秘密の軍事作戦を実行しているような興奮があった。

憎き男と対面した気分は、相手の若さへの驚きの方が大きかった。憎悪や怒りよりも、驚きの方が強かった。からっと明るい表情も印象に残った。

あれが、自分の敵なのだと思う。自分が敵意を懐く男。自分が対する男——そして自分に跪くことになる男。「この野郎!」と憎悪する相手のはずなのに、ワクワクする。相手は、今をときめく辺境伯なのだ。今の世界で恐らく最も雄弁な男、アグニカにとって最強の敵なのである。剣を鍛えてそれなりに極めた者として、揺さぶられずにはいられない。武者震いとまではいかないが、それに近いワクワクはある。

「急がないと」

ともう一人の護衛が急かし、グドルーンと巨漢たちは鎧を脱ぎ置いた。下にはブリオーとタイツを着けている。

「エルフがいますから、音には気をつけないといけませんな」

護衛の言葉に、

「やつらは耳がよいと言うからね。注意して入るよ。部屋に着いたら、一切しゃべるなよ」

グドルーンは部屋の隠し扉を開けて、地下通路に下りた。岩と土の薄暗い通路である。通路の先は隣の屋敷につながっている。地下道を抜けて、屋敷に戻った。隠し階段を上がって、最後にヒロトたちが泊まる部屋に隣接する盗聴用の小部屋に出た。覗き穴から、中の様子を探る。

　すでにヒロトたちは集まっていた。何やら、女たちと顔を寄せ合ってひそひそ声で囁いている。おかげで声は聞こえない。

（盗聴されることは読んでいるか。何を話している？）

　エルフの騎士が壁に向かって近づいた。ドン、ドン、ドンと拳で叩く。盗聴用の小部屋がないか、確かめているらしい。

　グドルーンのいる小部屋に向かっても、ドンと叩いた。それから、エルフの騎士がヒロトの許に戻った。何やら囁いている。

（まさか、今のでバレたのか？）

　わからない。

　マギア王国もそうだが、アグニカ王国にもエルフはいない。アグニカは人間だけの国である。エルフの耳がどれだけよいのかは、あまりデータがない。

「よし。じゃあ、夕食まで休憩しよう。でも、その前に愛の告白を」

　とヒロトは妙なことを言い出した。ひそひそ声ではないので、今度はちゃんと声が聞こえる。

（愛の告白？）

グドルーンは思わず聞き耳を立てた。それを待っていたようにヒロトは突然、大音声で叫んだ。

「壁の向こうの人！　明日、あなたに会いに行きたいんだけど！　商人のハリトスを連れて、行くつもりなんだけど！　承諾なら二回手を叩いて！　それか梨を二個、届けて！」

護衛二人が血相を変えてグドルーンを見た。グドルーンは——自分ではどんな顔をしたのかわからなかった。たぶん、呆気に取られた顔をしていたに違いない。だが、呆然という感じではなかった。込み上げそうになったのはむしろ、

（クッ……）

笑いであった。

（ククク……！　ククク……！）

抑えようとしても、笑いが込み上げてきてしまう。声にこそ出してはいないが、頭の中は爆笑である。

（ククク、狸め！　気づかぬ振りをして気づいていたのか……！　噂通りの男だ……！　さすが辺境伯と言うべきか……！　興奮するぞ……！）

何たる男。

自分は甲冑で顔も姿も隠してすれ違っただけなのに、あの一瞬だけで見破ったのか。そして見破ったことをかくも大胆に、かくも茶目っ気を込めて壁越しに自分に向かって言い放つとは——。

ヒロトは、そこに隠れていらっしゃるのはグドルーン様ですね、などと露骨な言い方はしていない。だが、隠れているのがグドルーンだとわかっている。わかっているからこそ、あなたに会いに行きたい、商人のハリトスを連れていきたい、承諾なら梨を二個届けてと叫んでいるのだ。

なんたる諧謔。なんたる余裕。なんたる意表。これがピュリスの名将たちを前に立ち回った男の姿なのか。憎たらしい相手だが、天晴れではないか。

「グドルーン様。いかがなさいますか？」

ひそひそ声で護衛が尋ねる。

「確かに切れ者だね。どこで見破ったのか、興味がある」

とひそひそ声でグドルーンは返した。胸の奥は興奮している。予想以上の強敵と壁越しに相まみえたことに、興奮している。自分の中で剣士の血がざわついている。

「梨を送るんですか？」

「見抜かれて自宅に招待するなど、間抜けすぎる。グドルーン様の格が落ちる」

と一人の護衛に対してもう一人の護衛が反論する。護衛たちが言い合う中、グドルーンは考えていた。

(やつの一番の武器は、この鋭さか。この鋭さがあればこそ、劣位の状況を対等な状況に一変することができるのか。今だってそうだ。完全に劣位にあったはずなのに、今この瞬間ではボクと対等な状況になっている。いや、対等じゃないかもしれない。ボクが梨を送ってもボクは優位に立てない。見破った者と見破られた者ということで、むしろボクの方が分が悪くなる)

思わず笑いが込み上げた。

(ククク……敵はこうじゃなきゃいけない。面白いねえ……。さすが辺境伯だよ。憎らしい男はこうじゃなきゃいけない。でも、ボクは優位を渡さないからね)

ニタニタ笑いが止まらない。最初にすれ違った時に感じたワクワクは、紛れもなく本物だったようだ。

ヒロトは強敵だ。恐らく自分が今まで会った中で一番の強敵だ。だからこそ、ヒュブリデに襲いかかった数々の危難を弾き飛ばしてきたのだ。

「ずらかりますか？」

「挑発されて、ボクが何もせずに帰ると思うかい？　ボクはグドルーン伯だよ？」

部下の問いに、グドルーンは不敵な笑みを浮かべた。王の血を引く自分が、一撃を食らって退くわけにはいかない。

「売られた喧嘩は買ってやるよ」

7

ヒロトはずっと返事を待っていた。だが、待てど暮らせど返事は来ない。

自分の推測が間違っていた?

まさか。

ミミアは、三人のうち先頭の騎士が女だと言っていた。ミミアの指摘通りなら、三人組は男の巨漢と女の組み合わせだったということだ。ヒロトが宿泊する場所に粗相がないか確かめるために派遣されるとしたら、恐らく下っぱだ。よくても中堅どころである。巨漢二人と女一人の三人組は、あまりに不自然すぎる。

マルゴス伯爵は、グドルーン女伯には忠実な二人の巨漢の護衛がいたと話していた。おまけに薔薇の香り——。ヴァルキュリアは、先頭の女とすれ違った時にも薔薇の香りがしたと話している。

以上をつなぎ合わせれば、答えは一つしかない。あの先頭の騎士は、グドルーン女伯だったのだ。グドルーンがいつも薔薇の香を身体に沁み込ませているから、バレないように屋敷に薔薇を敷きつめさせたのだろう。

だが――返事はなかった。

「違っていたのでしょうか？」

とソルシエールが不安そうに言う。

「当たってると思うよ。たぶん、グドルーン女伯は接見する前におれの顔を見ておこうと思ったんだよ。アストリカ女王と同じようにね。あの時もアルヴィが、二人の人間が潜んでいるって言ってた」

「二人いました」

とアルヴィが証言する。

「バレたから尻尾を巻いて逃げたのか？」

とヴァルキュリアが聞く。

「様子見するのが目的なら、退散したのかもしれない」

ノックの音がヒロトの答えを追いかけるように鳴った。

ヒロトの呼びかけに応えた？　梨を持ってきた？

「お報せを持って参りました」

主人の声だった。エルフの剣士アルヴィが近寄り、扉を開ける。もちろん、別の騎士が剣に手を掛けている。用心のためである。ヒロトたちはアウェイにいるのだ。

入ってきたのは、小太りした禿げ頭の主人一人だった。後ろに騎士の姿はない。

「さる御方から連れてくるようにと」

さる御方——意味ありげな言い方だった。高貴な方を示す時の言い方である。ヒロトはピンと来た。グドルーン女伯だ。

「こっちに来ないの？」

とヒロトは返した。

「ヒロト様お一人だけでいらっしゃるようにと。エルフの護衛一人を連れてきてもかまわないが、部屋には入れぬとのことでございます」

「ヒロトに悪さをするつもりか？」

とヴァルキュリアが警戒して噛みつく。

「名誉に懸けて危害は加えぬゆえ、ご安心されるようにとのことでございます。お一人でいらっしゃらぬのなら、もう会わぬと」

考えたな、とヒロトは少し感心した。見破られて攻守は逆転している。今一瞬に限るなら、優位と劣位はひっくり返っている。見破ったヒロトが優位に立ち、見破られたグドルーン女伯が劣位に立っている。さらにグドルーン女伯がヒロトの部屋を訪ねれば、女伯の劣位が増す。

交渉事は自分のホームで行うのが基本だ。敵地で行うものではない。ヒロトの部屋はアウェイだ。おまけにヴァルキュリアたちヴァンパイア族もいる。その分、よりアウェイの度合いが増す。ヒロトの部屋に踏み込めばアウェイの中のアウェイで戦うことになる。それでは分が悪いと判断して、敢えてヒロト一人だけを呼び出して自分のホームで戦うことにしたのだろう。

確かにグドルーン女伯は智慧者だ。頭がいい。しかし、だからといって屋敷まで連れていって正式に謁見すれば、女伯の優位性は失われるのではないのか？

「遠いの？　さる方のお屋敷まで行くの？」

とヒロトは尋ねた。

「すぐそこでございます」

主人の答えに、ヒロトは、小箱をとハリトスに要求した。ハリトスが小箱を準備する。ヒロトは大急ぎで羊皮紙に書いて、小箱にしまい込んだ。それからアルヴィに顔を向けた。

「ついてきて」

「ヒロト」

心配そうにヴァルキュリアがヒロトの腕をつかむ。

「大貴族が名誉に懸けてって言ってるんだ。おれを殺したら最悪の不名誉になるよ。それに、おれ、好きな女の子を残して死ぬ趣味ないし」

ヒロトはウインクして、アルヴィとともに部屋を出た。ミミアとソルシエールの心配そうな目が追いかけた。エクセリスはずっと静観の眼差しを向けている。ハリトスは困惑している。

ヒロトはアルヴィを従えて、主人の後ろを歩いて階段を下りた。一階の通路を抜ける。幅は二メートルほどだが、少し薄暗い。

この道は死へと通じている？

まさか。

そんな不安も胸騒ぎもない。ただ、どこへ連れていかれるのか、少しワクワクするだけだ。

屋敷を出た。すぐに右折して隣の建物に入る。

（ここ!?）

すぐそこでございますという主人の言葉に嘘はなかった。本当にすぐそこだった。

主人は幅一メートルほどの通路を抜けて部屋の前で立ち止まった。扉は閉まっている。

「護衛の方はここでお待ちを。中に入ったら、扉は閉めずに開けたままになさってください。その方が護衛の方も安心でしょう」

と主人が説明する。それから、扉を叩いた。

「連れて参りました！」

入れ！　と男の声がして主人が扉を開けた。

「ヒロト殿、お気をつけを」

とアルヴィが声を掛ける。

「ちょっと冒険してくるよ。金貨の入った宝箱でもあるといいね」

とヒロトはウインクして、ＲＰＧで初めての部屋を探索するような気分で小箱を携えて中に入った。

部屋は暗かった。

分厚いカーテンに遮られて、昼の光はほとんど入っていない。日差しは扉からヒロトを照らす光だけである。

ヒロトはすぐ左手に強烈な気配を感じた。

さきほど出会った巨漢の騎士が二人、門柱のように立っていて、その奥、暗がりの中で人影らしきものが座っていた。暗くて顔はよく見えないが、恐らく女だ。

（なるほど。自分は姿を見せず、おれだけが姿を見られるっていうやつか）

見られる／見られぬ者と、一方的に見られる者――。

見る／見られるの非対称性によって優位を確保しようという戦法だ。グドルーン邸に呼べば正式な謁見ということになり、グドルーン女伯の優位性が失われる。そこでまずヒロトをすぐ隣の建物に来させ、つづいて自分だけが一方的にヒロトを見られる場所に置くことによって、ヒロトに見抜かれて失った優位性を取り戻そうというわけだ。確かに頭のいい女だ。

（ン？　この香りは――）

ヒロトは鼻から息を吸い込んだ。

薔薇の香りだ。

（やっぱり薔薇の香りづけをする日だっていうのは、嘘だな。さる方がお忍びで来たことを気づかせないために、敢えて嘘をついたんだ。間違いない）

「聡い男だね。ボクは愛の告白なんかしないんだよ」

と女はいきなり否定してきた。

「お初にお目に掛かります、薔薇の香り麗しきグドルーン伯。梨を二個届けてくださるのかと期待しておりました」

とヒロトは茶目っ気のある笑みを浮かべて答えた。フンとせせら笑いが応える。

「その箱は？」

「中身は内緒。開けてみなければわからない」

とヒロトは意味深に答えた。だが、グドルーン女伯は関心を持たなかったようだ。

「よくボクを見抜いたと褒めてやろう。どうやって見抜いたのか、白状するのが君の任務だよ」

「正式に謁見をいただいた時に」

とヒロトは切り返した。

おとなしく謁見を許可してくれる？

まさか。自分がグドルーン女伯の立場なら撥ね除ける。優位性をキープするなら、ここは拒絶の一択だ。

「憎らしい男には先に通告してやろう。君は最大の過ちを犯したのだ。ボクを後回しにした。女王には会っていないから後回しにしていないと理屈をこねるつもりなら、あきらめた方がいいよ。ボクに屁理屈は通用しない。君は、後回しのツケを払わなければならない。くだらん山ウニ税を勝手に決めた代償もね」

ヒロトの予想通り、グドルーン女伯は突っぱねてきた。しかも、いきなりの通告である。山ウニ税を絡めてきたところには、ヒロトに対する敵意を感じる。

（先制攻撃で来たか……）

優位なまま戦いを進めるためには、油断せずに一気に畳みかけるのがよい。優位にあるからといって余裕をぶっこいて反撃されるのは、多くのフィクションで間抜けな悪役が示していることである。フィクションだけではなく、リアルも同じだ。

「自分は代償の話をしに来たのではありません。もちろん、軍事協定の話に来たわけでもありません」

とヒロトは簡単に説明した。

「通商協定の話をしに来たのなら、二度と君はボクに会えない。明礬税は買値の八割。ガセルとの有事の際には、ヒュブリデは有事発生一カ月以内に兵一万と騎士千人を派遣すること。呑むか呑まないか、一発勝負だよ。条件を変更しようとしたり条件を拒絶したりすれば、もう二度と君はボクに会えない。二秒で答えな」

「正式に謁見を賜った時にお答えしましょう」

ヒロトは即答した。

グドルーン女伯が謁見を拒絶する条件に、回答を回避したらというものはない。通商協定と真っ向からぶつかって謁見を難しくするのは得策ではない。

「答えないのは通商協定を考えているからだ。通商協定だと答えれば、君は二度とボクに会えなくなる。君はそれほど賢者ではないね」

「化けの皮が剥がれてすっきりしております」

とヒロトは答えた。

「ふん。白々しい嘘をつく男は嫌いだよ」

言うと人影が立ち上がった。後ろにあった扉を開けて、一方的に部屋を出る。

（え？　もう終わり!?）

驚いている場合ではない。

「贈り物を！」

とヒロトは小箱とともに騎士に歩み寄った。一人が剣に手を掛けてサポートに回る。護衛が初顔合わせの相手を無条件に信用することはない。アルヴィたちが警戒したように、護衛たちもヒロトを警戒している。

「中身は？」

「開けてみなければわからない」

とヒロトは答えた。それから、補足した。

「グドルーン伯は自分の命を奪わなかった。自分もそのつもりはない。自分が来たのはあくまでも交渉のためだ。交渉の中に殺害も致傷も入っていない」

巨漢の騎士が小箱を開ける。一瞬変な顔をした。中を確認してさらに変な顔をする。

「これだけか？」

「これだけ」

「たいした贈り物だな」

皮肉を浴びせて、巨漢の騎士は小箱を閉じた。それから、もう一人に小箱を手渡した。渡された騎士が先に扉の向こうに消え、もう一人はヒロトを睨みつけてから扉の向こうへ歩いていった。

ヒロトはぽりぽりと頭を掻いた。

実に一方的な会見だった。会見というより、ただの呼び出しである。生徒が叱られるために教師に呼び出されたようなものだ。立場は教師が上、生徒が下である。つまり、グドルーン女伯は終始、優位を保ったということだ。ヒロトはグドルーンの優位性を打ち崩せなかった。

「これはてこずるな」

ヒロトは敢えて口に出して、廊下に戻った。

「いかがでしたか？」

とアルヴィに声を掛けられる。

「恥ずかしがり屋さんみたい。暗がりの中に隠れてた。顔は見えなかった。でも、一目惚れしたね」

ヒロトがイスミル王妃に言った冗談を思い出して、アルヴィが笑う。ヒロトはイスミル王妃に対してこう言ったのだ。

《一度も会ったことないけど、一目惚れした。グドルーン、結婚しよう！》

ようやくグドルーン女伯に会えたことになるが、顔はまだ見ていない。

勝算はない？

いけると思ったのは誤算？　勘違い？

いや。

顔を見ることはできなかったが、予想以上に早く対面することができた。芽は充分にある。

「感触は？」

ヒロトはアルヴィに顔を近づけて、口許を覆って囁いた。

「たぶん三日で片がつくと思う。きっと短期決戦になるよ」

第十九章　小箱の贈り物

1

屋敷に戻ってきたグドルーンは、ガラス張りの多角形の部屋のソファに腰を下ろしたところだった。護衛の二人は立ったままである。

「座っていいよ。おまえたちも疲れたろう」

そう言ったが、いいえと首を横に振ったきり座ろうとはしない。律儀な二人だ。自分が少女だった頃から仕えてくれている忠臣である。

「お会いになったご感想は？」

と護衛の一人が質問を向ける。

「おまえたちはどう思った？」

「確かに切れ者です。どうやって見抜いたのかは明かしませんでしたが、相当に観察力がある。抜け目のない男です。決して馬鹿ではありません。ロクロイに対しては通商協定の一点張りで押したようですが、グドルーン様に対しては最後に濁していました。グドルーン様に会えなくなるのは厳しいようですね」

と一人が感想を伝える。グドルーンはうなずいた。

「おまえは？」

「わたしは護衛のエルフが気になりました。あの男、なかなかできますな。恐らく小部屋の位置には気づいていています」

「ボクとどちらが強い？」

「愚問です。グドルーン様でしょう」

と護衛が即答する。

「それでグドルーン様はどんなご感想を？」

ともう一人の護衛が促す。

「ボクは、聡明さと愚鈍さが同居している印象を受けたね。ボクを見破る観察力もある。それを口にしてボクにぶつける度胸もある。通商協定だと言わずに危機を回避する判断力もある。それだけ頭のいい人間でありながら、なぜ軍事協定を拒むのか。なぜ通商協定だけでボクを説得できると思っているのか。正直、理解に苦しむね。あの男の頭には穴ぼこが開いていているんじゃないかい？」

「むしろ、ないように思いますが」

と護衛が即答する。付き合いが長いだけに遠慮はない。

（穴ぼこはない、か……つまり、わざとやってるってことか……）

ヒロトは愚策を犯したことがないと言ったのは、グドルーンの方である。

いったいヒロトは何を狙っているのだろう？

通商協定では自分が首を縦に振らないのは、ヒロトも百も承知のはずだ。明言こそしなかったが、ヒロトは通商協定だけを考えている。軍事協定を考えてはいない。宰相ロクロイへの返答でもそれは明白だ。

わからない。

（いったい何を考えている……？）

自分を煙に巻いて混乱に陥れ、その隙を衝くのが狙いか？

わからない。

ますます小憎らしい相手？

小憎らしいという言葉は該らない。確かに、グドルーンにとっては憎き相手だ。勝手に母国とガセルとの和議を取りまとめ、不要な山ウニ税を課した。山ウニの収益は、グドルーンにとっては今後ガセルとの戦に備える上で必要な資金源だったのだ。その資金源に打撃を与えた大馬鹿者――。

だが、敬意を払うべき強敵でもある。自分を見破った眼力。そしてそれを冗談を交えて壁越しに伝える才気――。

並の男ではない。ピュリスの名将とやり合ったのは伊達ではない。若さに目を奪われて侮れば、痛いしっぺ返しを喰らう。相手は剣士ではないが、外交においては最も手強い剣士なのだ。

二人の巨漢の護衛より少し細身の騎士が一人、部屋に入ってきた。ヒロトを出迎えた部屋に隣接する小部屋で聞き耳を立てていた男である。グドルーンに耳打ちする。

「これはてこずるな。そう言ったんだね？」

グドルーンの確認に、細身の騎士がうなずく。

「下がっていいよ」

細身の騎士が部屋を出て行くと、グドルーンは満足の笑みを浮かべた。ヒロトはうっかり本音を洩らしてしまったようだ。

「それで、贈り物は？」

とグドルーンは二人の巨漢に顔を向けた。

「たいしたものは入っていません」

「金目のものかい？」

護衛は首を横に振った。

「がっかりされます。正直、肩透かしです」

「いいから開けな」

護衛が小箱を開いた。

グドルーンは一瞬、目が点になった。中に入っていたのは、羊皮紙一枚だった。

「それだけ？」

「これだけです」

「中は？」

護衛は黙って羊皮紙を突き出した。読んで、グドルーンはさらに目が点になった。記されていたのは、次のものだけだったのだ。

一.

二.

三.

四.

　これから箇条書きにしようという書き出しだけである。

「正直、ふざけてるのかと……」

　突然グドルーンは笑いだした。ヒロトの答えを思い出したのだ。

「おかしいですか？」

「言ってたろ。『開けてみなければわからない』。通商協定の中身も同じだって言いたいんだよ。でも、開けてみてもわからないじゃないか。馬鹿だね」

　と嘲笑する。

「きっと中身を知りたければ、自分と会えって言うつもりだよ。もう少し知恵が回ると思ったけどね。贈り物が聞いて呆れるじゃないか」

　とさらに嘲笑を重ねる。

「お会いになりますか？」

　護衛の問いをグドルーンは一笑に付した。

「冗談じゃない。ボクはこの地の王だよ？　王には簡単に会えないのさ」

2

部屋に戻ってきたヒロトは、グドルーンとのやりとりを説明したところだった。ヴァルキュリアもエクセリスもソルシエールも商人のハリトスもヴァンパイア族の男性も、皆、真面目な顔で話を聞いていた。ミミアだけが一人、蜂蜜酒の準備をしている。最初にヒロトに、それからエクセリス、アルヴィ、そしてハリトスに蜂蜜酒の入ったグラスを手渡していく。ミミアが王都エンペリアから持ってきたものだ。

ありがとう、とヒロトはグラスを受け取ってオセール産の蜂蜜酒を喉に流し込んだ。グドルーンとやりあっただけに美味い。

ヒロトの話を聞いて、

「自分だけ暗闇に隠れるとは、ふてえ野郎だ」

と批判したのはヴァンパイア族の男性だった。武人肌だけに、正々堂々ではなかったところが気に入らないのだろう。ヒロトはすかさず冗談を飛ばした。

「みんなと違って恥ずかしがり屋なんだよ。ちなみにおれも恥ずかしがり屋」

「嘘つけ」

と笑いながらヴァンパイア族の男性がヒロトに突っ込む。ヒロトも笑う。笑いはいつでも場を和ませてくれる。

「数字しか書いていなかったように見えましたが」

と突っ込んだのはハリトスである。

「そ」

「いったいどういうおつもりで？　あのようなものでグドルーンを説得できると？」

「二つ目の小箱を用意してくれる？」

とヒロトは頼んだ。

「今度はまともな贈り物をなさるのでしょうな」

心配そうなハリトスの質問に、ヒロトは満面の笑顔を向けて首を横に振った。

「今度も半端物」

3

夜が宿を訪れていた。何も明るい未来が起きそうにない、静謐な夜である。エルフの商人ハリトスは、暗い寝室の中で天井を見上げていた。なかなか眠気は襲ってこない。

不安？

ヒュブリデを発ってからずっと不安はつづいていた。宰相ロクロイとの謁見で通商協定の一点張りで通した時も、大丈夫か？　という気になった。そして今、その気持ちは強まっている。

ヒロトがグドルーンに贈った小箱に忍ばせた手紙に何が記載されていたのか、ハリトスは知っていた。

一.

二.

三.

四.

確か、そう記してあった。あとは空白。ただ番号が書いてあっただけ。

いったいヒロトは何をしたいのか。何をするつもりなのか。あれでグドルーンを説得するつもりなのか。空欄にしておいて、「あとは女伯が好きな条件をお書きください」とでも言うつもりなのか。

そんなはずはない。ヒロトは今回も通商協定で押すつもりだ。軍事協定は考えていない。

軍事協定を結ぶ以外明礬石を手に入れる方法はないというのに、なぜ頑なに軍事協定を拒むのかわからない。

問題を解決するつもりはあるのか。明礬石を手に入れるつもりはあるのか。我が国を貶めるつもりなのか。

（これで明礬石が手に入らなければ、いったいどのように責任を取るおつもりなのか……）

4

エクセリスも不安な夜を過ごしていた。ヒロトから聞いてはいるが、それでもグドルーンの反応を見ていると、本当に大丈夫なの？　という気持ちになってくる。本当にそれでいけるの？　だめなんじゃないの？

予告通り、ヒロトは宰相ロクロイとは衝突して物別れに終わった。最も話が通じやすいリンドルス侯爵とも、平行線に終わった。グドルーンに対して明言することは避けたが、ヒロトは通商協定しか考えていない。

エクセリスがヒロトから聞いた説明は、通商協定だけで押すということ、そしてその通商協定の中身がどういうものかということだけである。

《説得するためには軍事協定はいらないんだよ。ない方が説得できるんだ》

そうヒロトは話していたが、グドルーンは初っぱなから通商協定を否定している。最初から軍事協定を突きつけている。代償の支払いも要求している。そして何よりも、ヒロトを憎んでいる。ヒロトの説明に果たして耳を貸すのか。雄弁は敵対的感情を前には通用しない。

（グドルーンは簡単にはヒロトには会わないはずだわ。軍事協定を言わない限り、ヒロトに会うことはない。アストリカ女王と同じ。会えないことには、ヒロトには勝機がない）

あんな小箱で大丈夫なの？

心配になってエクセリスは確かめた。ヒロトの答えは、グドルーンは随喜の涙を流すと思うよ、だった。

そんなはずがないのだ。小箱ではグドルーンは説得できない。ヒロトに会ってはくれない。たとえ会えたとしても——。

（絶対うまくいかない気がする……）

5

ヒュブリデのエルフの騎士アルヴィも、ベッドの中で天井を見上げていた。相手が様子を見るために偵察に来たことをばらしてヒロトが優位に立ったはずなのに、グドルーンはヒロトを個室に呼び出して自分は姿を見せないことで優位を取り戻していた。

正直、強敵だと思う。頭も相当切れる。マギア王の妹リズヴォーンよりも遥かに強敵だ。

だが、ヒロトは三日で片がつくと話した。短期決戦になると。

自分にはその未来はまったく見えない。ヒロトにはいったいどんな道筋が見えているのか――。

6

――翌日のことである。

ヒュブリデ王国国務卿兼辺境伯ヒロトより、グドルーンに再び贈り物が届けられた。ものは昨日とまったく同じ小箱だった。

「ボクが当ててみせよう。きっと手紙が入っている」

巨漢の二人が、馬鹿でかい身体で小さな箱を開ける。果たして現れたのは、羊皮紙一枚だった。紙には次のように記されていた。

シドナ、サリカ、トルカの港に
　　ヒュブリデの法が適用される
　ヒュブリデ人のエルフが駐留する
　　つけることなく

まるで歯の抜けた老人の口の中みたいだった。原本ではすべて文字を記載しているのだろうが、グドルーンに届けられたものは、故意に文字を抜いたものである。

（謎々のつもりか？）

グドルーンは思わず笑みを浮かべた。会えないと知って、ヒロトは手紙での作戦に切り換えてきたらしい。

「何ですか、これは？」

「ふざけてんですか？」

二人の護衛の突っ込みに、グドルーンは笑った。

「謎が解けたよ。昨日のものと合わせろということだよ」

そう言ってグドルーンは羊皮紙に書き足した。

一. シドナ、サリカ、トルカの港に
二. ヒュブリデの法が適用される
三. ヒュブリデ人のエルフが駐留する
四. つけることなく

二人の巨漢は目をパチパチさせた。

「シドナとサリカとトルカでヒュブリデの法が適用されるってことですか？　何のために？」

「さっぱり意味がわかりませんね」

と二人の巨漢が口々に言う。

「エルフの駐留も意味がわからん」

「辺境伯っていうのは、人をイライラさせる達人ですか？」

二人の言葉にグドルーンが笑う。

「きっと本人が言う通商協定の全文だろうね。通商協定って書いていないのが憎らしいじゃないか」

「グドルーン様がああおっしゃったから」

と護衛の一人が突っ込む。ヒロトもそれなりに用心をしてきたということだろう。だが、用心したところで、軍事協定を持ち出さぬ限り交渉のテーブルには着けない。自分が通商協定では会わないと宣言したものだから、ヒロトは小出しに条文を出すという戦術に出たらしい。

それで自分を説得できると？

まさか。自分は小物ではない。きっとこれは、ヒロトなりの茶目っ気なのだろう。

「グドルーン様は意味はわかりますか？　我が国の港でヒュブリデの法を適用させてエルフを駐留させると言っているようですが、それがいったい何の意味なのか……」

と護衛が呻く。グドルーンは微笑んだ。

「辺境伯は下手な謎解きが好きらしいね。きっと明日も同じものを持ってくるよ」

「突っ返しますか？」

護衛の問いに、グドルーンはきっぱりと言い放った。

「ものを見てからね。悪ければ、最低一カ月は会わない。ヴァンパイア族を連れてきて、ボクに会わせろって力で脅してくるかもしれないけど、軍事協定を含まない限り会わないって突っぱねるだけさ」

第二十章　悪夢

1

ヒュブリデ王国、東部――。

王族でありながら王位継承資格を剥奪された男、ハイドランはゆっくりと部屋で目を覚ましたところだった。

蟄居していても情報網を通じて王都の情報は入ってくる。ヒロトは公私混同と宣言してヴァルキュリアを連れていったそうだ。軍事協定を結ぶ以外手はない、ヴァンパイア族の空の力をアグニカにも適用するしかないといよいよ観念したか。

(だからわたしはアグニカと手を結ぶべきだと言ったのだ)

とハイドランは皮肉を覚えた。

エルフも愚かなことだ。自分が親アグニカ路線を突き進むと警戒してレオニダスを王に推挙したが、その後で結局アグニカと親交を深める以外道はない事態に陥っている。このようなことがあるからこそ、自分を王にすべきだったのだ。

（愚かとはこういうことだ）

エルフもレオニダスも、そしてヒロトも己を恥じるがよいと思う。自分はこうなる未来を恐らく知らぬうちに見抜いていたのだ。その自分を王位から遠ざけた己の愚行を、大いに恥じるがよい。

2

ヒュブリデ王国の中心、エンペリア宮殿――。

国王レオニダスは午睡から目を覚ました。いやな夢を見たのだ。アグニカと軍事同盟を結んだ後にガセルとピュリスが宣戦布告する夢だった。テルミナス河は航行が難しくなり、肝心の明礬石は手に入らない。そればかりか、ピュリスが王都エンペリアに攻めあがってくる。

《ヒロトはどうした！　ヴァンパイア族はどうした！》

レオニダスは叫ぶ。

《ヒロト殿は戦死されました！》

《そんな馬鹿なっ!!》

そう叫んだところで目が覚めたのだ。最悪の目覚めだった。

（くそぅ……なんでこんなろくでもない夢を見るのだ……！　死刑だ……！）

レオニダスは夢に対して死刑を宣告した。きっとすべてはヒロトが変な手紙を寄越したからだ。

正直、不安でたまらない。大商人ハリトスからは手紙が届いていたが、ヒロトは自分が命じた通り、軍事協定は結ばないと宣言したそうだ。

思わず、アホ！　と叫びそうになった。律儀におれの言う通りにするやつがあるか！　それでは明礬石が手に入らぬではないか！

最初に撥ね除けておいて後で折れるつもりなのか。ヒロトに任せると言ったのは自分だが、待つのはつらい。きっと未来にはいやな結果が待っている。高値で明礬石を購入することになり、軍事協定も結ばされるだろう。ヒュブリデはアグニカに依存しながら生きることになってしまうのだ。そして、アグニカとマギアのトラブルに巻き込まれて掻き回されるに違いない。

（くそ～っ！　糞女二人め～～～っ!!）

3

ヒュブリデ王国精霊教会副大司教シルフェリスは、王国最大のエンペリア大聖堂の中心で高い尖塔の前に跪き、精霊の灯に祈りを捧げているところだった。

すでにヒロトはアグニカに到着している。女王には会えなかった、宰相ロクロイとリンドルス侯爵に会ったが、ヒロトは通商協定で押したという報せが、大商人のハリトスから届いている。

今は恐らくグドルーン女伯の屋敷を訪れた頃だろう。

すぐに拝謁を許される？

恐らく、否だろう。ヒロトは相当苦戦するに違いない。

シルフェリスは目を開いて精霊の灯を見上げた。精霊の灯の輝きに変化はない。

国に揺らぎはない。

精霊は、ヒュブリデはアグニカと軍事同盟を結ぶべきだと言っているのだろうか。アグニカに膝を屈するべきだと言っているのだろうか。

わからない。

（亡きモルディアス王は最もヒュブリデが輝いた時の君主。でも、息子のレオニダス王はヒュブリデが凋落していく時の君主となるのかも……）

そうシルフェリスは思った。アグニカとの軍事同盟を引き換えに明礬石を手に入れても、ヒュブリデが輝きを増すことはないだろう。ヒロトも力を失っていくかもしれない。

4

ヒュブリデ国宰相パノプティコスは、王の執務室で手紙を読み直しているところだった。大商人ハリトスから届いた手紙では、ヒロトは軍事協定は結ばない、通商協定だけを考えていると宣言したそうだ。

昨日届いた手紙には、首都バルカでの顚末が記してあった。

正直、このたびのヒロトについてはまったくわからない。ヴァルキュリアを同伴してアグニカを訪問するという公私混同。そして、軍事協定は結ばない、通商協定だけを結ぶという、ある意味高飛車な否定。ヒロトは破滅へ向かっているように思える。通商協定の一点張りでアグニカと妥結できるわけがないのだ。

とうとうヒロトも焼きが回ったのかもしれない。

——いや、焼きが回るような男か？　どんな時にも機を窺い、冷静な男が——。だが、冷静な男が公私混同をするだろうか？

（いや。しかし、わたしの知っているヒロトは公私混同をする男ではない）

サラブリア州長官代理のアスティリスの報告では、キュレレと相一郎はドルゼル伯爵の許から戻ったそうだ。激辛の蟹料理を食べて帰って来ただけのようだ。

なおさら、疑問が強まる。ヒロトはいったい何をしに行ったのだ？　何をするつもりなのだ？

ドルゼル伯爵の許には、アグニカと軍事協定を結ばざるをえなくなったと釈明に行ったのかもしれないと思っていたが、その後のアグニカへの軍事協定の拒絶で、自分の読みとつながらなくなった。

いったいヒロトは何を考えているのか。ただ掻き回すつもりなのか……。

5

大長老ユニヴェステルは、エルフ長老会本部の自室に戻ってきたところだった。ヒロトに対しては、至急ヴァルキュリアを連れ戻せという手紙が送られたはずだが、届いていないようだ。ハリトスからの手紙には、ヴァルキュリアが随行していること、二人がいちゃいちゃしていることが記されていた。

公私混同の意味は、ユニヴェステルも理解していない。

ヴァンパイア族の娘が恋しかった？　離れ離れになるのがいやだった？

ヒロトは個人的な都合で動く男ではない。何か狙いがあるのだろうが、その狙いがわからない。ヴァンパイア族を連れていけば自動的に誤った政治的メッセージを発信することになるのは、ヒロトが一番わかっていたはずだが――。

やはり、ヒロトは悪手を使うつもりなのだろうか。ヴァンパイア族の力で女王と女伯を脅して、軍事協定なきまま明礬石を手に入れるつもりなのだろうか？

（だが、それは愚策。ヒロトは愚策を繰り出す男ではない）

ならば、いったい何のために――？

6

亡国北ピュリスの姫君ラケルは、フェルキナ伯爵とともに遅い昼食を摂りはじめたところだった。桃と梨から食べはじめる。

出水中のウルリケ鉱山に奇跡でも起きないかと子供みたいな期待も懐いてみたのだが、

やはり出水は直らなかった。つまり、アグニカから明礬石を手に入れるしかないということだ。

「蟹料理というのは、やはり姫様がおっしゃる通りムハラでしたね」

とフェルキナ伯爵が話しかけてきた。北ピュリスがまだあった頃、ラケルはムハラを食べたことがある。激辛だが美味な料理だった。弟のヨアヒムも好きだったことを覚えている。

「通商協定の話、姫様はどうお考えになります？」

とフェルキナ伯爵に話を向けられて、ラケルは考え込んだ。

正直、わからない。

枢密院顧問官の中には、ヒロトは気が触れたのではないかと言う者もいたが、ヒロトはそんな人間ではない。そもそも、やわな存在ではない。

公私混同にも、何か意味がある。軍事協定の拒絶も通商協定の一点張りも、恐らく意味がある。ただその意味が自分たちにはわからないだけだ。

フェルキナ伯爵が口を開いた。

「女王には拒絶しておいて、グドルーンには軍事協定を受け入れて、それでグドルーンに花を持たせるつもりなのかもしれません。女王に対して軍事協定を受け入れてしまえば、

『与しやすい』という印象をグドルーンに与えてしまうことになりましょうから」

と推測を披露する。

「ええ……」

それはあるかもしれない……とラケルは思った。でも、それは小手先の技だ。ヒロト様がそのような小手先の技を使う？

一部の枢密院顧問官の予想に反して、ヒロトは宰相ロクロイと会う時にもリンドルス侯爵と会う時にも、ヴァルキュリアを同伴していない。つまり、ヴァンパイア族が協力するというメッセージは発信していないということだ。ならば、なぜヴァルキュリアを連れていったのだろうと思う。

わからない。

通商協定で押すのも、わからない。

（もしかして、通商協定でも勝てると思っていらっしゃる？）

一瞬そう考えて、ラケルは首を横に振った。

（そんなはずはない。きっとヒロト様には違うお考えが……）

第二十一章　締結

1

ミミアはソルシエールといっしょにヒロトのベッドのシーツを干し終えたところだった。大商人のハリトスやエクセリスは不安な面持ちを浮かべているが、ミミアはあまり心配していない。

ヒロト様がどのようにするつもりなのかは聞いていないのでわからない。ヒロト様はアルヴィとエクセリスとヴァルキュリアにしか話していないようだ。きっと他人に洩らしてはいけないことなのだろう。

世話係の自分にも話してほしい？

ううん。話さなくても、ヒロト様が自分を大切に思ってくださっていることはわかっている。いっしょに来られただけでも充分だ。自分はただ、ヒロト様がアグニカでも気持ちよく過ごせるようにお手伝いするだけ。そのために自分やソルシエールは来たのだから。

2

ソルシエールは、ガセルを旅行した時との空気の違いを感じていた。あの時のようにミミアがいてエクセリスがいる。違うのはヴァルキュリアだ。

朝、ヒロトの寝室に向かうと笑い声が聞こえる。ヴァルキュリアの笑い声だ。食事の時にも、ヴァルキュリアの笑い声が聞こえる。ヒロトもよく笑顔を見せている。

政治的な状況は、ガセルの時の方が遥かによかった。今のアグニカの方が遥かに悪い。なのに、部屋の雰囲気は今の方がよい。間違いなくヴァルキュリアのおかげだ。笑い声のある毎日は、空気を変えるのである。

ただ、アグニカとどうなるのかはわからない。父のダルムールが商売をしている関係で、今回のことが相当厳しいのはわかる。通商協定一点張りなのも、そばで見ていてちょっと怖い。ヒロトはからっと明るい表情を浮かべているが――。

3

エクセリスはベッドで、三日という言葉の意味を考えていた。ヒロトはアルヴィに対して、三日で片がつくと告げている。

三日——すなわち明日。

本当に明日で片がつくの？　と思う。毎日変な手紙の入った小箱を贈りつづけるだけで？

もちろん、ヒロトはその後に用意するものを考えているけれど、果たしてヒロトが考えるようにいくのか。グドルーンはヒロトの説得に耳を貸すのか。そもそも、グドルーンは明日ヒロトに会ってくれるのか。

マギア王の妹リズヴォーンの時もそうだったが、会えないことには何も始まらない。一度会ってはいるが、あれは謁見というより一方的な呼び出しだった。正式な謁見はまだない。謁見しないことには、ヒロトは説得しようがないのだ。接見するかしないかを決めるのはグドルーンである。行く末はグドルーンが握っているのだ。

謁見できればグドルーンを説得できる？

会えば薔薇色の未来が待っているわけではない。ある程度は聞いてもらえるかもしれないけれど、疑念を拭えない。少なくとも、ヒロトが言うように三日で片がつくとは思えない。グドルーンは軍事協定が欲しいはずなのだ。そして何よりも、ヒロトを憎んでいる。

理屈でねじ伏せられる相手ではないのだ。

（明日片がつかなかったら、ヒロトの負けね……）

4

エクセリス同様、ハリトスも前向きな気分にはなれなかった。むしろ悲観的であった。

ハリトスはその日も憂鬱な気分でベッドに潜り込んだ。

今日もヒロトは、歯抜けのような条文を書き入れた紙を忍ばせていた。

謎解きのつもり？

じらし戦法？

そんなものでグドルーン女伯を説得できるとは思えない。むしろ、逆に感情を逆撫でするだけではないのか。

いずれ条文はすべて揃う。揃えば逆に終わりだ。中身は通商協定なのだから。きっと軍事協定は盛り込まれていまい。

（最悪、明日にはグドルーン女伯からもう会わぬと宣告されて終わりやもしれぬ）

そしてアグニカとの交渉は座礁する。

5

翌朝――。

運命の日、ヒロトは快眠から目を覚ました。すぐ隣ではヴァルキュリアが裸の乳房を押しつけている。相変わらずロケット乳が気持ちいい。

ヴァルキュリアが目を開いた。赤い茶目っ気のある双眸がヒロトを捉えて、元気な光を輝かせる。

「ヒロトが起きてるぞ」

「今起きたんだ」

「寝てろ」

とヴァルキュリアがヒロトの顔面に乳房を押しつけてきた。朝でも茶目っ気を見せるのがヴァルキュリアである。

ヒロトはふんがふんがともがいた。

「うりうり♪　寝ろ寝ろ♪」

「ふがふが」

「何を言ってるのかわからないぞ」

「ふがふが?」

ヴァルキュリアが笑いながらヒロトをロケット乳から解放する。

「アグニカで最大の危機だった……」

ヒロトの言葉にヴァルキュリアが笑う。それから、

「また今日、届けるのか?」

と尋ねてきた。

「どうしよっか」

とヒロトはわざとはぐらかした。ヴァルキュリアも知っていて聞いている。

「グドルーン、きっと怒るぞ」

「つまり、求婚したら受け入れてくれるってことね」

ヴァルキュリアが笑う。それからまた、オッパイを押しつける。

大好き。

そういう愛情表現だ。愛情表現が肉体接触を伴うのが、ヴァンパイア族の特徴である。

(今日が三日目だ)

ヒロトは改めて意識した。アルヴィに三日で片がつくと話したが、その三日目が来たの

だ。

勝負の時。

決着の時。

手紙はもうこれで最後。明日手紙を届けることはない。

説得できる？

手紙の説得は失敗するだろう。百パーセント失敗するだろう。文面を読んでも、グドルーンはまったく心を動かされないだろう。

それでも今日で片がつく？

もちろん。

たぶんグドルーンは怒るだろうが、怒ればよい。怒れば逆に説得は成功する。

そばの小さなベッドで眠（ねむ）っていたミミアが起き上がった。すぐに蜂蜜酒を注いでヒロトとヴァルキュリアに差し出す。

「ハリトスに連絡（れんらく）してくれる？　今日いっしょに来てって」

「ハリトス様に？」

ミミアの問いにヒロトはうなずいた。

「契約（けいやく）を締結する」

6

大商人ハリトスがヒロトのベッドに駆けつけた時には、すでにヴァルキュリアは水青で染めたハイレグコスチュームに着替えてヒロトのすぐ隣に座っていた。このヴァンパイア族の娘は本当にヒロトに惚れているのだなと思う。

ヒロトは女たらしがうまい？

女たらしというのなら、レオニダス王の方が女たらしだ。即位前は二人の美女を侍らせていた。今の豹変ぶりが信じられないくらいである。美女であれ、家臣であれ、誰かにかしづかれたいという気持ちが強かったのかもしれない。

ヒロトは？

もしヒロトが女たらしならば、グドルーンをたらし込んでほしいところだが、ヒロトはグドルーンをたらし込めるタイプではない。説得には失敗するだろう。とうとうヒロトも、通商協定一辺倒では無理だと悟ったのかもしれない――いささか遅すぎるが。だが、気づかずに突っ走るよりもいい。

「今日契約するとお聞きしましたが、軍事協定を結ばれるので？」

ハリトスの確認に、ヒロトは笑顔いっぱいで首を横に振った。

「軍事協定は結ばない。通商協定だけを結ぶ」

7

一時間後、エルフの騎士アルヴィはヒロトを先導する形で屋敷を出た。すぐ後ろには馬に跨るヒロト、そしていささか表情の冴えないハリトス、緊張の面持ちのエクセリス――。

「ヒ～ロ～ト♪　待ってるぞ～♪」

とヴァルキュリアが宿の前で元気に手を振る。

いよいよ決戦の時だ。グドルーンの屋敷までは数時間掛かる。夕方、自分たちはいったいどんな面持ちで宿に戻ってくるのだろう？

絶望とともにか？　それとも、充実とともに？

8

ヒュブリデの使者がやってきたのは、グドルーンが温めたワインにたっぷりの砂糖を溶かして優雅に飲んでいる時だった。

グドルーンの護衛二人のどちらかに贈り物を受け取ってほしいと言う。昨日までは誰かを指定することはなかったのに、今日になって受け取り人を指定してきた。

「生意気だね。人を指定できる立場だと思っているのかい？　ただの荷物持ちが」

とグドルーンが不満を示すと、

「来たのは辺境伯なのです」

と護衛が答えた。グドルーンは顔色を変えた。昨日も一昨日も、辺境伯は来ていない。だが、なぜ今日に限って？

（さては今日のもので全部書いてあるな）

そうグドルーンは確信した。でなければ、ヒロト本人が来るはずがない。今日で決着をつけるつもりなのだ。間違いなく通商協定で押してくるだろう。

「他には？」

「エルフが三人来ています」

「ヴァンパイア族は？」

「来ていません」

意外だった。ヒロトが来たということは決着をつけに来たということである。決着をつけるためには自分に会わなければならない。ヴァンパイア族がいた方が、「会わせろ」と脅しを掛けられる。ヒロトが来ているのに会わないのか、とヴァンパイア族が騒ぎ立てれば、グドルーンが折れる可能性が高くなる。

なのに、なぜ、ヴァンパイア族を連れてきていない？　自分に条件を呑ませるなら、ヴァンパイア族を連れてきた方が賢明なのに、なぜ賢明な方の策を取らない？

わからない。正直、計算外である。

ともあれ、三人ということは、護衛の騎士と女と、あとは商人というところだろう。やはり今日で話を決めるつもりなのだ。

（でも、そうはいくか。通商協定で押す限り、ボクは突っぱねる。君はボクの条件を呑まない限り、ボクに会えないんだよ）

グドルーンは巨漢の護衛に顔を向けた。

「どちらか行っておやり。本人が来たのなら、それくらいはしてやってもいいだろ。ボクも、少しは温情があるからね」

とウインクしてみせる。

一人が部屋を出ていき、やがて贈り物といっしょに戻ってきた。やはり、昨日と一昨日とまったく同じ小箱だった。

「辺境伯も芸がないねえ」

とグドルーンは遠慮なく酷評してみせる。さて、今度はどんな中身が入っているのか。

昨日と一昨日と同じ？

恐らく。

記されているものは？

恐らく、昨日と一昨日に空白にしておいた部分。残りの部分だけが記されているはずだ。それで全文が把握できる。

巨漢が小箱を開いた。入っていたのは、やはり羊皮紙だった。そして次のように条文が記されていた。

　　　　　　ヒュブリデの商館を置く

ヒュブリデの商館内では

商館には

アグニカは何の留保も　　　　ヒュブリデ商人に対して明礬石を販売する

商館の言葉が四条に記されていた。予想通りぶつ切りである。他の部分は空白になっている。ただ、最後の第四条についてははっきりとわかった。明礬石についての規定である。

「これはこういうことだね」

とグドルーンは一昨日と昨日のものを合わせて書き入れた。

一．シドナ、サリカ、トルカの港にヒュブリデの商館を置く
二．ヒュブリデの商館内では、ヒュブリデの法が適用される
三．商館にはヒュブリデ人のエルフが駐留する
四．アグニカは何の留保もつけることなくヒュブリデ商人に対して明礬石を販売する

現れたのは、主に商館に関する規定だった。シドナ、サリカ、トルカの三つの港にヒュブリデの商館を置くこと、商館にはエルフが駐留し、商館内ではヒュブリデの法が適用されること、そしてアグニカが無条件に明礬石を販売することが記されていた。何の留保もなく――つまり、軍事協定や明礬税などの留保をつけることもなく、という意味だ。自分たちの方が劣位（れつい）にいることをまったく理解していないような、グドルーンから見れば生意気極（きわ）まりない態度である。

「辺境伯曰く、ヒュブリデの楯だそうです」

グドルーンは思わずむっとした。

「何が楯なものか。どこからどう見たって、ただの通商協定じゃないか。しかも、無条件で明礬石を売り渡せだなんて、ボクは不愉快だよ。こんなもので説得できる人物だと思われていたなんてね。そんなにボクが軽いやつに見えたのかい？」

とまくし立てる。それでも怒りは収まらない。

「半年間、接見は禁止だよ。何度来ても門前払いしておやり。それから、今まで来た箱も全部辺境伯に返しておいで」

そう命令すると、巨漢は困ったような表情を浮かべた。

「辺境伯がこう言っておりまして……。恐らくご理解をいただけないと思うので、その時には条件通り調印する準備があると。それでエルフともども参ったと」

「何？」

思わずグドルーンは聞き返してしまった。

条件通り調印する準備がある？

（まさか、ボクの条件を呑むっていうのか⁉）

そんな馬鹿な、という声がする。

完全に予想外だった。辺境伯は人の予想を覆すのが得意な男だが、それにしてもこれは予想外すぎる。

嘘だ、とグドルーンは思った。

「そんな馬鹿なはずがない。あの男が折れるはずがない」

あの男が合意するはずがないのだ。グドルーンが提示した条件通りに調印するわけがない。

「しかし、そう言われました。王璽もあると」

グドルーンは黙った。

ヒロトがこぼした台詞が蘇った。

《これはてこずるな》

元々てこずると思っていて、予想通り——否、予想以上にてこずったから、ついに折れたのか？

いや。あの男はそんなに簡単にあきらめる男ではない。

（罠か？）

恐らく罠だ。自分を部屋に入れてもらって、それから反論するための罠。

きっとそうだ。

ならば、一旦蹴り飛ばそう。そして日を改めて来させよう。

「蹴飛ばしておやり。明日出直しておいでって」

「それこそ、ヴァンパイア族が怒りませんか？　せっかく辺境伯が折れたのに、蹴り飛ばすとはどういうことだって、怒鳴り込んできませんか？　グドルーン様の優位が消えてしまいませんか？」

と巨漢が懐疑を投げかける。

グドルーンは唸った。護衛の言う通りである。

（もしかして、それを狙っているのか……？　それでヴァンパイア族を連れてきていないのか？　追い返されたらヴァンパイア族に話して、それでヴァンパイア族に襲撃させるつもりなのか？）

可能性はないとは言えない。もしヴァンパイア族に押しかけられて、調印すると言ったのになぜ追い返したのだと詰め寄られれば、それを材料に譲歩を迫られる可能性もある。

追い返すか、受け入れるか。

グドルーンは迷った。

（ええい、立ち止まるな。こういう時は動け）

グドルーンはソファから身を起こして、歩きだした。

（整理しろ）

ヒロトは通商協定を持ってきた。主に商館に関する規定だ。そして最後に、明礬石の販売について規定してきた。

何ともみっともない、肩透かしの規定だった。商館について規定して何をしようというのか。いったい何を考えているのか。それで自分が揺り動かされると思っていたのか。

（思うはずがない。辺境伯は頭のいい男だ）

だからこそ、「恐らくご理解をいただけないと思うので」とヒロトは護衛に伝えていたのだ。

（つまり、あの通商協定はダメ協定として考えられた？　ならば、なぜ謎解きを仕掛けた？）

自分の興味を引くため。

自分に会うため。

（しかし、それならボクの条件を受け入れる準備があると初日から言えばいいではないか）

そう思う。

（ヒュブリデ王に対する振りか？　何度かお願いしたが、だめだったので結局、相手の条件を呑んだと――。でも、三日で陥落は早すぎる。王に対する振りにならん）

わからない。

なぜ、こんな拒絶されるのが当たり前の協定を持ってきたのか、わからない。わかっているのは、ヒロトも拒絶されるのはわかっていたということだけだ。

(やはり罠か?)

罠に違いない。

ただ、その罠はどっちの罠だ?

自分への拝謁を許させるための罠か。それとも、ヴァンパイア族に押しかけさせて自分を不利な立場に立たせるための罠か。

(ボクが陥って困るのはどっちの方だ?)

グドルーンは自問した。

(ボクが陥ってまずいのは、後者の方だ)

もし、ただ自分への拝謁を許させるための罠を仕掛けるのなら、初日からヒロト自らが参上して、条件を受け入れる準備があると言えばよい。だが、ヒロトはそうしなかった。つまり、ヒロトが仕掛けた罠は、自分に拝謁を許させるためのものというより、ヴァンパイア族に押しかけさせるためのものと捉えた方が正しそうだ。

ならば――。

罠に引っ掛かる必要はない。それに、そもそも交渉は生ものだ。折れた時に折れさせた方がよい。罠の可能性は残るが、好機はつかむべきだ。

グドルーンは二人の護衛に命じた。

「入れておやり」

9

ヒロトは初めて会った時と同じようにからっとした笑顔とともに姿を見せた。すぐ後ろには商人のハリトス、そしてエルフの美女と騎士アルヴィがいる。

「やっとお会いできましたね。ハイドラン侯爵の肖像画に描いてあった通りだ」

とヒロトがうれしそうに言う。

妙だった。

グドルーンの提案を受け入れるのは、ヒュブリデにとっては屈辱的なはずだ。なのに、なぜうれしそうに言う？

「よからぬことを企んでいるんじゃないだろうね」

「いつも企んでるけど」

とヒロトがしゃあしゃあと答える。

（本当に企んでいるのか？）

グドルーンはヒロトの顔を凝視した。

わからない。

確かにこの男は油断ならない男だ。何かを企んでいたとしてもまったく不思議はない。だが、ヒュブリデに策がないのもまた事実なのだ。少なくとも、あの通商協定では無理だ。

「なかなか下手な作文だったよ。酔っぱらいながら書いたのかい？」

とグドルーンは最初に揶揄から入ってみた。グドルーンなりの、ヒロトへの報復である。山ウニ税の仕返しだ。

「なんでわかったんです？」

とヒロトはにこにこしている。

（なぜ笑顔なのだ？）

わからない。到底笑顔になれるポイントではないのだ。だが、ヒロトはにこにこしている。

「何がおかしい？　君は屈辱的な協定を結ぼうとしているんだよ？」

「ようやくお会いできたのがうれしくて。前は暗がりでお顔がわからなかったので。美人ですね」

とどうでもいいことを言う。まったく交渉には似つかわしくない言葉である。自分を褒めて、それで心証をよくして交渉を有利に進めようという魂胆だろうか？

「ボクを褒めれば条件が緩和されると思ったら大間違いだよ。ボクは甘くない。くだらない作文に篭絡される者でもない」

「いや、篭絡するのは無理でしょ」

とヒロトがすぐに返す。

（わかっているなら、あの作文はなんだ）

この男は感覚が壊れているのだろうか、とグドルーンは思った。この男は恥辱を覚えるということがないのか。

「君に屈辱って言葉はないのかい」

「あるよ。いつもベッドで味わってる」

とヒロトがきわどい冗談で答える。自分と交渉するにしては、妙に不真面目である。いささかふざけすぎている。それとも――これが辺境伯という男なのか。

「何を企んでいる？」

「まずは最初にお会いした時のお約束を」

とヒロトは切り出した。

「正体がわかった理由は四点です。一つ目は三人という数。問題がないか確かめるのなら、ぼくなら三人ではなく二人を派遣します。三人というのは、引っ掛かる。二つ目はタイミングです。問題の有無を確かめに行かせるのなら、わざわざぼくが来る時を狙う必要はない。むしろ、来る前に確認を終わらせる。偶然会ったと考える方が不自然です。となると、恐らく鉢合わせになったのは故意。むしろ、それが狙い。三つ目が歩き方。連れてきた女性の一人が、先頭の騎士の歩き方が男じゃない、女だと指摘していました。この時点で、騎士が普通の人物でないのは確定です。巨漢の騎士と同行する女騎士。怪しすぎます。どう考えても巨漢の騎士は護衛です。そして四つ目が前情報。グドルーン伯には二人の巨漢の護衛がいる。四つを重ね合わせれば、先頭の騎士はグドルーン伯、後ろの二人はその護衛。お忍びでぼくの様子を見に来たと考えるのが正しい」

グドルーンは素直に感心した。護衛の二人も唸っているようだ。すばらしい観察力と洞察力である。歩き方でバレるとは思ってもみなかった。薔薇の香りは隠せたが、女の歩き方は隠せなかったということか。護衛を二人伴ったのがまずかったのかもしれない。

だが、余計に疑問が増す。これだけ鋭い男が、なぜあのような出来の悪い通商協定を送ってきたのか。

「解せないね。それだけの頭を持ちながら、あんな糞みたいな協定を送ってくるなんてね」

「いい出来だったでしょ？」

とヒロトはにこにこしている。またうれしそうな表情だ。本気でいい出来だと満足しているような顔である。

（どこがいい出来だ。何を愚かなことを言っている⁉）

と怒りが込み上げる。

はったり？

恐らくはったりだろう。お芝居で笑っているのだ。自分の協定の出来栄えはわかっているはずだ。もしかすると、にこにこしているのは策がないからかもしれない。

それとも――実は何か秘策がある？

「ボクの案に反対しようっていうのなら、今すぐ追い返すよ。我が意を受け入れるというのは本当なんだろうね」

探りを入れると、

「正直、あんなへっぽこじゃ全然楯にならないけどね」

とヒロトは露骨に批判で返してきた。

突然剥いた牙だった。牙というより、毒舌だった。かつてグドルーンが突きつけた条件をあからさまに批判してきたのだ。

（へっぽこだと⁉）

やはり、この男は自分の案で妥結するつもりはないのだ、とグドルーンは悟った。グドルーンの案をへっぽこと言い放つ男が、なぜ妥結すると言えるのか。ヴァンパイア族に襲撃させるのが罠かと思ったが、違っていた。自分と会わせるのが目的だったのだ。

（無礼は許さぬ。どちらが立場が上か、どちらが服従せねばならぬか、思い知らせてくれる！）

グドルーンは怒りのオーラに切り替えて、言い放った。

「ボクにけちをつけてただで済むと思うな！　こいつらを追い出せ！」

二人の護衛が動き出す。

だが――その直後だった。ヒロトの形相が、一瞬で険しい鬼の形相に変貌したのだ。どことなく不真面目な、場違いと思えるほどからっと明るい表情から、闘士のそれに、剣士のそれに、いきなり切り替わったのである。そして今までの上機嫌そうな声とは明らかに異質な鋭い叫び声が轟いた。

「なぜグドルーン殿ともあろう賢者がおわかりにならないんだ！　おれの条文はお読みになったんだろ！　商館って文字が入ってただろ！」

怒りの叫びだった。いきなりヒロトは怒声を浴びせてきたのだ。

だが——果たしてそれは好手だったのか。禁じ手というより悪手だったのではないか。戦術的ミスだったのではないのか。いきなりの怒声に、グドルーンはさらにカチンと来た。

（あの訳のわからぬことでボクを責めるのか！）

王家の血を引く自分を余所の国の余所者がけなすなど、許せることではない。グドルーンも怒鳴り返した。

「たわけ！　身の程を知れ！　ただの通商協定を送りつけて、このグドルーンを説得できると思ったか！」

あくまでも上から目線で、上の立場で言い放つ。だが、それで屈するヒロトではない。さらに声のボリュームを上げて叫び返してきた。

「だから商館の文字が入ってただろ！　ヒュブリデの商館には、人間ではなくエルフが常駐するんだよ！　エルフは本国との連絡に飛空便を使うんだよ！」

いきなり飛空便の話をヒロトが持ち出してきた。飛空便はグドルーンも知っているが、意味不明である。あれはヒュブリデのエルフたちが勝手に使っているだけだ。飛空便を使わないアグニカ人からすれば、知ったこっちゃない話である。

「だからどうした！　飛空便など用はない！」

言い放った直後、ヒロトの反撃が飛んできた。

「飛空便こそ鍵だろう！　飛空便はヴァンパイア族が手紙を運ぶんだよ！」

「ボクにも利用させてやると言うのか！」

グドルーンは怒りを剥き出しにして噛みついた。だが、その噛みつきが、決定的な、ヒロトの長口上を呼ぶことになった。ヒロトもまた感情を剥き出しにして、長台詞とともに噛みついてきたのだ。

「なぜグドルーン殿ともあろう貴人がおわかりにならないんだ！　エルフが商館に常駐すれば、必ず飛空便を使うことになるんだ！　つまり、一、二週に一回は必ずヴァンパイア族があなたのシドナ港を、さらにサリカ港を、そしてトルカ港に来ることになるんだ！　急な連絡の依頼があれば、不定期にアグニカの商館を訪れることになる！　しかも訪問時は必ず商館に泊まることになるんだ！　ガセル兵は、最低でも一、二週に一回は、ヴァンパイア族を見ることになる！　鷲よりも遥かに巨大な翼を持った人間がアグニカの港に飛来する姿を目の当たりにして、ガセル人はどうなる!?　平静でいられるのか!?　ヴァンパイア族が話してた！　ある伯爵の屋敷に舞い降りた時、ガセルの騎士たちは腰が抜けてた、完全にびびってたって！　ピュリス軍一万の壊滅を知らないガセル兵はいるのか!?　千人のヴァンパイア族に包囲されたマギア王の話を知らないガセル兵はいるのか!?　毎週のようにヴァンパイア族がやってきては泊まっていくという状況を前にして、果たしてガセル兵はどうする⁉　攻撃を仕掛けるのか⁉　ガセルの司令官は攻撃命令を出すのか⁉　出しやすくなるのか⁉　出しづらくなるのか⁉　シドナ港に二百人の騎士を派兵しやすくなるのか⁉　派兵しづらくなるのか⁉　ピュリスのメティス将軍はどう動く⁉　かつてのようにトルカ港を占拠するのか⁉　占拠はしやすくなるのか⁉　しづらくなるのか⁉」

次々とヒロトの怒号と疑問文がグドルーンの胸に突き刺さった。怒濤のような猛烈な畳みかけ――魂の底からの本気の叫びだった。怒りに任せての叫びではなく、コントロールした熱情と激情による本気の訴えだった。

グドルーンは思わず圧倒された。まるで何十本もの矢をつづけざまに受けたような感覚に襲われた。しかも、その矢は言葉の矢、真実の矢、近未来を描いた矢だった。グドルーンは一言も怒鳴り返せなかった。怒鳴り返す言葉がなかった。ヒロトは飛空便を使うことによって現れるアグニカの現実を、リアルな未来を突きつけたのである。しかも、ヒロトが提示した四つの条文には、とんでもないものが込められていた。形は通商協定だが、中には軍事的なものが――空の力が――巧妙に隠されていたのだ。

飛空便如きでガセル兵が萎縮する？

グドルーンはNOと言えなかった。自分だってヴァンパイア族に威圧感を覚えたのだ。降下してきたヴァンパイア族にぎょっとしたのだ。将来、ヴァンパイア族が定期的に、そして時には不定期的に飛来し、宿泊すればどうなる？

ガセル軍は戸惑わない？　まさか。ためらわずに出兵できる？　グドルーンですら威圧感を覚えた相手が港にいるのに？　ガセル兵もピュリス兵も、ヴァンパイア族の力のことは知っている。ピュリス兵一万の軍隊がヴァンパイア族に壊滅的な敗北を喫したことも、三千のマギア軍がヴァンパイア族に撃退されて命からがら逃げ帰ったことも、千人のヴァンパイア族がマギア王宮を急襲して王を震撼させたことも――。誰もがヴァンパイア族を恐れている。だからこそガセルもヒュブリデと親交を深めようとしているのであり、だからこそアグニカもヒュブリデの空の力を楯代わりにしようとしているのだ。ヴァンパイア族が来ている中で、果たしてガセル兵はためらわずに出兵できるのだろうか？

否だ。ガセル兵は必ずためらうようになるだろう。もし間違えてヴァンパイア族のことを攻撃してしまった時のことを――危害を加えてしまった時のことを、考えてしまうからだ。派兵はガセルにとって簡単な選択肢ではなくなる。今日はヴァンパイア族が来ていないと思っていても、不定期的にヴァンパイア族が来るとなると厄介だ。うっかり踏み込んでヴァンパイア族がいたら、攻撃しづらい。万が一怪我をさせたら、最悪である。マギア王がどのような目に遭ったのか、知らないガセル兵はいない。ピュリス兵だってアグニカ兵だって知っている。

ヒロトは重要な選定を行なっていた。トルカ港もサリカ港もシドナ港も、アグニカにとってては重要な港だ。トルカ港は、ピュリスに最も近い。ピュリス軍がアグニカを制圧する時に真っ先に占領しにかかる港である。サリカ港も、支流を遡れば王宮に直結している。アグニカ制圧の上では欠かせない、軍事的にも商業的にも重要な拠点だ。そしてシドナ港は自分の膝元であり、明礬石を輸出する時の拠点になる。三つの港にヴァンパイア族が定期的に来るとなれば――。

ガセルとピュリスの、派兵に対するためらい。その結果生じる、軍事行動の萎縮。言ってみれば、これはガセルとピュリスへの、空からの牽制、空からの威圧なのだ――。

グドルーンは沈黙していた。ヒロトはリアルを提示してみせる――それはわかっていたはずなのに、いざそのリアルの怒濤の提示を受けると、言葉を失う以外なかった。どんな者の剣も受けて弾き返せるグドルーンが、ヒロトの言葉の剣を弾き返すことができなかった。ただ、言葉で切られるままだった。

《毎週のようにヴァンパイア族がやってきては泊まっていくという状況を前にして、果たしてガセル兵はどうする⁉　攻撃を仕掛けるのか⁉　ガセルの司令官は攻撃命令を出すのか⁉　出しやすくなるのか⁉　出しづらくなるのか⁉》

ヒロトの叫び声が、頭の中にガンガンと響いている。言葉の太刀が、心に、身体に残っている。

《シドナ港に二百人の騎士を派兵しやすくなるのか!?》

頭の中で反響がやまない。ヒロトの言葉が、何度も何度も響いている。その中、

ああ……。

頭の中を吐息が抜けた。

なんということだ……。すでに答えは提示されていたのだ。自分の目の前にあったのだ。

一．シドナ、サリカ、トルカの港にヒュブリデの商館を置く
二．ヒュブリデの商館内では、ヒュブリデの法が適用される
三．商館にはヒュブリデ人のエルフが駐留する

最初の三つの条項に、すでに示されていたのだ。ヒロトは、あの条文によって飛空便を示唆していたのだ。飛空便が使われれば、定期的&不定期的にヴァンパイア族がアグニカの港を訪れることになる。それが、ガセルやピュリスに対してどのような威圧的効果を持つのか。ガセルやピュリスの軍事行動を、どう萎縮させることになるのか。

しかも、ヒュブリデの商館にはヒュブリデの法が適用される。もしガセルやピュリスが

ヒュブリデの商館に侵入したり攻撃したりすれば、ヒュブリデの法に抵触したことになる。ガセルもピュリスも、港を襲撃することについて慎重にならざるをえなくなるのだ。シドナに二百人の兵士を派遣することもやりづらくなるのだ。

ガセルの軍事的行動の抑制。ガセルの萎縮。ピュリスの躊躇。それを、この通商協定が招き寄せることになるのだ。

《辺境伯曰く、ヒュブリデの楯だそうです》

ヒロトが護衛に告げた言葉が唐突に蘇って、後頭部を殴られたような衝撃が走った。

ヒュブリデの楯——。

ああ……。

また頭の中を吐息が流れる。楯とはそういう意味だったのだ。ヒュブリデの商館を建設することにより飛空便の網が港と港を結び、それがガセルに対して、否、ピュリスに対してもあたかも楯のように機能する——。

ああ……と、ついに小さく声が漏れた。だから、初めて会った時、ヒロトはグドルーンにこう言ったのだ。

《自分は代償の話をしに来たのではありません。もちろん、軍事協定の話に来たわけでもありません》

あれはこういうことだったのだ。ヒロトが王都バルカで宰相ロクロイに対して通商協定の一点張りで押したのも、こういうことだったのだ。ヒロトは通商協定の中に軍事的なものを隠し込んでいた。その有効性を確信していた。だからこそ、この部屋に入ってきた時も上機嫌な表情を浮かべていたのだ。からっと明るい表情を見せていたのだ。だが、それを自分は違うシグナルに捉えた――。

ヒロトが提示したのは、ただの通商協定ではない。軍事協定の意味合いを持ったもの、否、空の楯の機能――正確には空の力による牽制と威圧――を備えたものだ。アグニカが欲していた条件を、軍事協定ではなく経済協定という形で密かに実現したものである。だから、ヒロトは軍事協定は結ばないと宣言したのだ。だからロクロイに対して通商協定を求めると言ったのだ。

まさか。

一万の兵と一千の騎士の派遣の方がいい？

一番望んでいるのは空の楯だ。陸上の兵よりも空の楯の方が、ガセルとピュリスを牽制できる。自分もそれを望んでいた。だが、ヴァンパイア族とアグニカとの関係は良好ではない。空の楯は望むべくもない。だからこそ、次善の策に転じたのだ。

（そうだ。ヴァンパイア族だ。ヴァンパイア族はアグニカを嫌っていたはずだ）

そこでようやくグドルーンは動いた。

「ヴァンパイア族はアグニカに協力するのはいやだったのではないのか……？」

グドルーンの疑問に、ヒロトはすかさず答えた。

「あくまでもヴァンパイア族はアグニカ駐在のエルフ商人に手紙を届けるだけだ。アグニカに届けるのは真っ平御免だとか断るとか、ゼルディス殿はそんなことはおっしゃっていない。知人のダルムール殿が扱い、なおかつ料金が満足のいくもので、商館に宿泊できるのならよいと返答されている。エルフとヴァンパイア族の間で料金のトラブルが発生したことはない。通商協定が結ばれて商館が完成すれば、ヴァンパイア族はアグニカに飛来することになる」

とヒロトが明言する。

つまり――問題はないということだ。

（商館……）

そうか……とグドルーンは気づいた。なぜヒロトが最後に商館の文字を記したのか、ようやく理解したのだ。ヒロトは、それがキーであること、それが重要なポイントであることを、グドルーンに示していたのだ。四カ条の条文を三日にわたって断片的に示したのも、条文をしっかりグドルーンに把握させるため、理解させるためだったに違いない。だが、自分はまったく意味を把握していなかった。ヒロトに会う前にヒロトをさんざん分析していたのに、ヒロトに対してリスペクトが必要だと考えていたのに、最後の最後でヒロトを愚弄してしまった。軽侮してしまったのだ。何か正当な意味があるに違いないと考えるのではなく、陰謀の意味があるのではないかと疑い、ヒロトは愚かではないかと侮ってしまったのだ。

そして、だからヒロトは声を張り上げたのだ。グドルーン殿ともあろう賢者が、グドルーン殿ともあろう貴人がと――。

《解せないね。それだけの頭を持ちながら、あんな糞みたいな協定を送ってくるなんてね》

己の発言を思い出して、グドルーンは己に対して愕然とした。糞みたいな協定をと自分は言ったが、糞はどっちだったのか。

《いい出来だったでしょ？》

確かにいい出来栄えだった。あの時、自分は何を愚かなことを言っているのかと思ったが、愚かなのはどっちだったのか。

ヒロトが明礬石の販売に対して条件をつけなかったのは当たり前だ。ヒロトはヒュブリデとして最大限のことをすでに四つの条項の中に盛り込んでいたのだ。だが、自分は理解していなかった――。

（ならば……あの言葉は何だ……？）

グドルーンは記憶を探った。

《これはてこずるな》

ヒロトがつぶやいた本音――。

（そうか……）

グドルーンは気づいた。盗聴している者がいることをヒロトは知っていて、わざと口にしたのだ。後々、ヒロト自身が折れたと見せかけるための伏線として――。

役者である。策士である。

（ならば、あの言葉は――）

グドルーンはヒロトが屋敷に来た時に告げた言葉を思い出した。

《条件通り調印する準備があると。それでエルフともども参ったと》

気づきが自分を襲った。

ああ……とまた吐息が頭の中を流れた。

ヒロトは一言も、「グドルーンの条件通りとは」と言っていない。

条件通り。

それだけである。その言葉の前に一切修飾句をつけていないが、ヒロトはきっと「自分が提示した条件通り」という意味で言っていたのだ。

だが、敢えて何もつけなかった。つけないことによって、グドルーンが勘違いしてヒロトを招き入れることを期待した。そして自分はまんまと引っ掛かった。ヒロトの策士の部分は、そこに凝集していたのだ。

「追い出せってことだから、帰っていいのかな。グドルーン殿の案でということなら、おれは今すぐ帰るけど」

ヒロトは背中を向けた。

（ならぬ！　帰してはならぬ！）

これはヒロトの揺さぶりだ。優位に持ち込むための揺さぶりだ。

揺さぶりには応じないと抵抗する？　ならば明礬石は売らぬと反発してみせる？

否。

ヒロトが提示してきたのは、グドルーンにとってもアグニカにとっても、垂涎の条件なのだ。絶対に逃してはならない条件なのだ。幸運の女神には後ろ髪はない。いたずらに対抗して前髪をつかみ損ねてはならない。

即座に、

「待て！　前言は撤回する！　残れ！」

グドルーンは呼び止めた。はったりであろうと何であろうと、ヒロトを帰してはならぬ。帰せば、きっと条件は不利なものになろう。港の数も減らされるに違いない。きっとそれもヒロトは考えているだろう。

ヒロトがうれしそうににたっと笑った。グドルーンが止めるのを待っていたような表情だった。

「お気に召しました？」

と人懐っこい笑みを見せる。作り笑いではない、心からの笑いだった。悪意のない、純粋な笑みだ。

ヒロトがつづける。

「通商協定なら、ガセルを刺激することもない。軍事協定だとガセルは騒ぎ立てて必ずヒュブリデと同盟を深めてアグニカに対して圧力を加えてくる。ピュリスもヒュブリデに対して何度も外交的に圧力を掛けてくる。平和協定の遵守を何度も確かめてくる。結果、ヒュブリデは身動きが取りづらくなる。でも、通商協定ならガセルもピュリスも文句が言えない」

一旦そこで間を置いて、ヒロトはさらに説明をつづけた。

「ヒュブリデは軍事協定は結びません。結ぶ必要はありません。ヒュブリデが求めるのは、あくまでも通商協定です。アグニカが求めるのも、恐らく通商協定でしょう。違いますか？」

と最後に微笑みかける。

否定するつもりはなかった。

やられた、とグドルーンの頭の中で声がした。見事にやられた。ヒロトにやられた。完全にしてやられた。自分の案を突き通すのがグドルーンにとっての勝利だったが、見事に撥ね返された。ヒロトの案で通された。完全な敗北だ。

だが、なんと気持ちのいい敗北か。これは敗北であって、敗北ではないのだ。通商協定という名前で、空の楯の性質を持つものを――空の力が持つ威圧と牽制を――手に入れることができるのだ。ガセルへの牽制を、威嚇を、手に入れることができるのだ。

ヒロトがつづける。

「この協定の礎は、ヒュブリデの商館です。できるだけ迅速に商館が建設されることが、アグニカ・ヒュブリデ両国にとって望ましい。我が国が費用負担を行い、何度も現地に足を運び、設計し、資材と人員を手配し、そして建設に取りかかるということになると、完成までに最低でも半年は掛かります。もしかすると一年掛かってしまうかもしれない。しかし、グドルーン殿ならすぐに実現できるでしょう。この協定は速やかに実現されることが両国にとって望ましいのです」

とヒロトが力説する。

グドルーンは笑った。言っていることは、アグニカが金銭的負担をして、さっさと建設を進めてくれである。

「トルカとサリカの商館もボクが負担するのかい？」

ヒロトは首をすくめてみせた。それでもう答えがわかってしまった。

「食えない男め」

「もちろん、金銭的負担を強いる明礬税は、この通商協定には不要だと存じます。もし課税されるとならば、商館の場所は一つに限定されることになるでしょう」

グドルーンはまた笑った。

この期に及んで報復する？　明礬税をねじ込む？

まさか。ヒロトは商館の数を減らすと言っているのだ。減らす対象を明言していない。シドナと言われたら最悪である。減少して一番損をするのは、自分とアグニカの方だ。とんでもないやつだった。圧倒的に優位だったのは自分だったはずなのだ。どう考えても、自分の優位は揺るがないものだったはずなのだ。

だが、ヒロトの提案一つで優位は消えた。グドルーンとヒロトは完全に対等の平面に投げ込まれてしまった。

ヒロトと会う前に、グドルーンはヒロトは妥協点を見いだす才能があると分析していた。ただ、同時に今回は妥協点はないだろうと考えていた。妥協点は世界中を探しても存在しないと思っていた。

大間違いだった。たった一つだけ、妥協点があったのだ。それも、自分には思いつかない、高次元の妥協点が――。

（これが、辺境伯が名を轟かせる理由か……）

笑みが自然に頬に浮かび上がった。笑いを抑えきれない。自分は敗北した。しかし、同時に我が国は勝利した。ヒュブリデも勝利した。ヒュブリデは明礬石を手に入れるだろう。そして我が国は、空の楯に準じるものを手に入れることになる。こんな愉快な、しかし、望むべき負け方があるだろうか。

「ところで最後に、どうしても譲れないお願いがあるのです」

とヒロトが言い出した。

（お願い？　また何か言うつもりか？）

一瞬身構える。身構えて、己の態度の間違いに気づく。

ヒロトが闇雲に攻撃することはない。きっと深い意味があることを言おうとしているのだ。身構えずに耳を開けよ。相手に敬意を向けよ。

「何か」

問うたグドルーンにヒロトは答えた。

「ご署名いただけるのなら、是非、梨を二個いただきたい」

グドルーンは噴き出した。

深読みした自分が愚かであった。ヒロトは最後の最後に冗談を用意していたのだ。

「梨など、二個でも三個でも、百個でも持って帰るがよい。ただし、今夜は我が屋敷から帰さぬぞ。晩餐会に出ていけ」

「喜んで。食事をしながら、パシャン二世とイスミル王妃のお話もいたしましょう。もう一つ、貴国とガセルとの紛争を防ぐために打っておくべき手があります」

とヒロトは明るい微笑を湛えながら答えた。

第二十二章　高潔

1

翌日ヴァルキュリアたちが待つ屋敷に戻(もど)ったエルフの商人ハリトスは、興奮してなかなか寝(ね)つけなかった。

あくまでも求めるのは通商協定――。

血迷っていると思っていた。愚かな一点張りだと思(おも)い込(こ)んでいた。だが、逆にその一点張りによってグドルーンとの合意に達したのである。

ヒロトが反駁(はんばく)する姿は凄(すさ)まじかった。グドルーンに疑問文で畳みかけて一瞬にして守勢を反転させ、合意へと雪崩(なだ)れ込んでしまった。その弁舌(べんぜつ)には、ただ瞠目(どうもく)し、言葉を失うばかりだった。

合意により、明礬石の取引は速やかに始まることが決められた。明礬石はすぐにヒュブリデの手に入る。シドナの港に送られ、ヒュブリデの船で運ばれることになる。あとはヒユブリデから船を派遣するだけである。レオニダス王も、そして大長老ユニヴェステルも、宰相パノプティコスも、他の枢密院顧問官たちも、報せを聞いて大喜びするだろう。

ヒロトはやはり英雄だった。我が国の危難を何度も救ってきた英雄だった。そして今回も、最大の難所を切り抜けたのだ。女王が残っているが、きっと女王も説得できるだろう。

《ヒロト殿、感謝申し上げます。わたしはなんと申し上げればいいのか……》

《明礬石のことはよろしくお願いします》

ヒロトは微笑んでそう答えただけだった。正直、自分はうるさい男だと思うし、実際にうるさい不要なことを何度となく申し上げてきたのに、そのことに対する非難は一切なかった。器のない男ほど、こういう時に厭味で報復するものである。だが、そういう陰湿な部分はヒロトにはなかった。

(だからこそ、この方はこの国の中心にいらっしゃるのだ)

とハリトスは感じた。

2

グドルーンの屋敷で一泊して、ヒロトはようやく宿に戻ってベッドに潜り込んだところだった。ヴァルキュリアが、いつものようにロケット乳を押しつけてくれる。

気分はよかった。やり遂げた充実感に溢れている。大きな問題が一つ、片づいたのだ。ついでにもう一つの問題にも前進できた。山ウニ税の不当な値上げについて、グドルーンと話をすることができたのだ。

ガセルを訪問した時のことを事細かに説明すると、グドルーンは真剣に聞いていた。敵国のことはやはり気になるのだろう。サリカで起きた山ウニをめぐる騒動についても、ドルゼル伯爵の言葉についても、グドルーンは耳を傾けてくれた。

《それで、君は何を考えているんだ？》

とグドルーンはヒロトに先を促した。ヒロトは自分の考えていることを説明した。値上げの問題を解消しない限り、ガセルは軍事行動を選択肢から捨てない。通商協定によってガセルの軍事行動は抑えられるだろうが、完全には抑え込めない。しかし、商人の値上げも完全には抑え込めない。

となれば、ガス抜きの場所を確保するのが最善ということになる。訴えてもたらい回しにされることなく、迅速に解決される場所の確保が――。

《それを用意したとして、ガセル人に悪用されるのはいやだね》

グドルーンは懸念を示したが、それに対してもヒロトが意見して、概ね合意に近い形で話を終えることができた。ヒロトは自分も含めてドルゼル伯爵と鼎談することも提案、合意を得た。解決へのレールは敷かれたことになる。

(残りはあと一つ――)

アストリカ女王と話をつければ、ほぼ終わることになる。

女王にはてこずる？

全然てこずらないということはあるまい。アストリカ女王は、二十分の一税をヒュブリデ商人に課そうとしている。不当な課税は排除するのみである。

どうやって、排除するか……。

素直に条文を見せる？

それも悪くはない。

合意したと言う？　グドルーンと合意したんだから、女王も合意しろと迫る？　しかし、それでは反発するかもしれない。

(どうするかな)

ヒロトは暗い天井を見ながら考えた。

敵は三人。

アストリカ女王と、手強いリンドルス侯爵。そして、恐らくレオニダス王に恨みを持って仕返しを考えている宰相ロクロイ――。

いきなりヒロトは意地悪なことを思いついた。

（仕返しされてみよっか）

3

アグニカ王国の中心バルカ王宮では、宰相ロクロイが女王アストリカとリンドルス侯爵に対して、熱弁を揮（ふる）っているところだった。グドルーンがヒュブリデに対して突きつけた条件を突き止（と）めたのである。

・買値の八割の明礬税を納めること
・ガセルとの有事の際には直ちに兵を派遣すること
・自分を女王として認めること

「やはりあの女は――」

と険しい怒（いか）りの表情を見せたのは、女王アストリカである。だが、リンドルス侯爵は同調しなかった。

「最後の条項は、吊り上げるための擬似餌でしょうな」

と看破した。

「捨ておけというのですか？」

詰め寄るアストリカに、

「グドルーンは生意気ではありますが、愚かではございません。グドルーンは、陛下が自分を女王として承認するように要求することを読んでおったのでしょう。それで、自分を承認せよと条項に盛り込んだ。ヒュブリデは当然断る。断ったからにはその分、条件を吊り上げるぞとヒュブリデに迫る。こういう魂胆でございましょう。明礬税の税率を上げるか、派兵の人員を増やすか。その交渉に使うつもりなのでございましょう」

と解説してみせる。アストリカは理解したようだが、感情的にはまったく収まっている感じはなかった。

「それでも、もしヒュブリデが承認したらどうするのです？　明礬税は取り消し、派兵もなしというのなら承認しようとヒュブリデが言い出したらどうするのです？　それでグドルーンが――」

「両方ありえませんな」

とリンドルス侯爵はすらすらと即答した。

「シドナの件、グドルーンもよう覚えておりましょう。グドルーンが山ウニの代金を支払ったのは、今ガセルと事を起こせばどうなるか、わかっておったからでしょう。だからこそ、有事の際の派兵を要求してきたのでございましょう。兵はいらぬなど、グドルーンが言うはずがございません。むしろ、逆です。女王として認めなくてよいから、兵を寄越せです。それから、ヒロト殿もそのような戯れ言を口にするはずがございません。グドルーンを女王として承認すればどうなるか、ヒロト殿はよくご承知のはずです。陛下の逆鱗に触れます。陛下とグドルーンとが争いを起こして内戦に発展するという可能性もございます。そうなれば、明礬石は手に入れづらくなります。ヒロト殿が、承認などという愚を犯すはずがございません」

　だが、アストリカはしぶとい。

「されど、わらわに会わずにグドルーンの許へ――」

「軍事同盟を認めぬ限り会わぬと言われれば、当然そうなるでしょうな。明礬石はグドルーンが握っておるのです。いたずらにバルカで一カ月過ごしてグドルーンの許へ出向いたのでは、グドルーンとの交渉は難航するだろうと考えたに違いありません。そこに陛下への敬意の欠落など、ございません」

とリンドルス侯爵がまたきっぱりと否定する。ようやくアストリカは黙った。納得したのか、しなかったのか。くすぶっているが、不満と不安を燃焼させるのをひとまずやめただけなのか。

グドルーンの要求を暴露したロクロイが口を開いた。

「ともかく、辺境伯は尻尾を巻いて帰ってくるでしょうな。妥結しか道はない。この様子では、我らの条件も呑むことになりましょう。必ず軍事同盟を結ばせ、二十分の一税を呑ませましょうぞ」

とけしかける。アストリカがうなずいた。リンドルス侯爵も同意した。

「グドルーンばかり利するわけにはまいらぬ。二十分の一税は必須だ」

近衛兵が入ってきたのは、その時だった。

「辺境伯が戻ってきたとのことでございます。陛下と宰相閣下とリンドルス侯爵の三人にお目にかかりたいと」

「三人？」

と尋ねたのはロクロイである。

「ヒロト殿が戻ってきたのか！」

と声を上げたのはリンドルス侯爵である。近衛兵は言葉をつづけた。

「グドルーン伯と合意に達したとのことでございます。それゆえ、三人に協定書をお目にかけたいと」

近衛兵の言葉に、ロクロイは皮肉の表情を浮かべた。

「やはり妥結しましたか。最初から不可能だったのでございます」

4

アストリカは、ロクロイとリンドルス侯爵とともに謁見の間に入室した。青い上下の男が跪坐して待っている。その後ろには、自分が一度出禁にした商人ハリトスと、エルフの美女が控えている。

陰から覗き見したのは二度あるが、真正面からヒロトに会うのは今回が初めてである。とてつもない弁舌の持ち主と聞いているが、今回はその舌が牙を剥くことはなかろう。ヒロトはグドルーンに屈し、軍事協定を受け入れたのだ。

「そちがヒロトか」

と玉座の上からアストリカは声を掛けた。

「誉れ高き輝かしき女王に拝謁賜りまして、このヒロト、まことに光栄でございます」

とヒロトが答える。

「協定書は？」

「こちらにて」

とヒロトが進み出る。親衛隊が受け取ってアストリカに手渡した。

余裕の表情が、崩れた。

一．シドナ、サリカ、トルカの港にヒュブリデの商館を置く
二．ヒュブリデの商館内では、ヒュブリデの法が適用される
三．商館にはヒュブリデ人のエルフが駐留する
四．アグニカは何の留保もつけることなくヒュブリデ商人に対して明礬石を販売する

「なんじゃ、これは……」

思わず言葉に出てしまった。

「陛下、何か？」

「見よ！」

とロクロイに見せる。

ロクロイが絶句し、つづいてリンドルス侯爵が唸った。

宰相から聞いていた条件とはまるで大違い、というより一つも元の要求が盛り込まれていない。ほぼ、商館に関する規定ばかりだ。軍事協定など、どこにも記されていない。

「署名は二つとも本物のようだが……」

とリンドルス侯爵が首を捻る。

「偽造でしょう。似せて記したのに違いありません。こんなものにグドルーンが署名するわけがない」

と断言したのはロクロイである。

（これがグドルーンとの協定書……!?）

そんな馬鹿なとアストリカは思った。こんなものをグドルーンが認めるわけがない。

（そうか。わらわをたばかっているのですね）

アストリカは玉座からヒロトを睨みつけた。

「そちは嘘つきですね」

とアストリカはヒロトに言い放った。

「それはどういう意味で？」

とヒロトが尋ねる。アストリカは口を開いた。だが、アストリカよりも先にロクロイが大声を放っていた。

「陛下はすべてご存じなのだ！　グドルーンがどのようなことを貴殿に要求していたのか、すでに知っていらっしゃる！　このようなもの、グドルーンが呑むはずがない！　協定書を偽造して、それを我が女王にも認めさせようという魂胆であろうが！」

とまくし立てる。

ヒロトの唇が、三日月のように笑みをつくった。目の奥が怪しく光った。妙に落ち着いた、してやったりの光だった。

アストリカはいやな予感を覚えた。

この目は何？

「それは侮辱と捉えてよろしいですね。自分だけでなく、我が王への――。我が王は、協定書を偽造するような者を大使として任じる御方ではございません」

ヒロトが冷静な口調で反撃する。リンドルス侯爵が、アストリカの左でうつむいた。何か引っ掛かる表情である。

だが、右手のロクロイは怒っていた。

「一つ一つ言わねばわからぬか！　グドルーンは明礬税を要求しておったはず！　ガセルとの有事の際に派兵することも要求しておったはずだ！　もちろん、自分を女王として認めることもな！　そのような者が、このような合意に達するものか！」

と怒鳴りつける。ヒュブリデで味わった屈辱を一気に晴らすような、怒りの爆発であった。

「無礼な。我が王は戦でもって報復なさるでありましょう。グドルーン殿はこの協定の真の意味をしっかりと把握なさいましたぞ」

とヒロトが静かに答える。

リンドルス侯爵が不思議そうな表情を浮かべた。ヒロトの反応が個人的に納得できないのか。

「戦でもって脅すのか！」

激昂するロクロイを、

「控えなさい、ロクロイ。答弁するのはわらわの仕事ですよ」

とアストリカは遮った。ようやくロクロイが黙った。

「真の意味……？」

リンドルス侯爵が隣で何やらつぶやいた。侯爵はまだ何か引っ掛かっている様子である。

ロクロイがアストリカに顔を近づけた。

「陛下。好機でございます。偽造を利用して、条件を吊り上げるのでございます。二十分の一税、十分の一まで税率を上げてもよろしいかもしれません」

「また戦を言い出すのではありませんか？」

とアストリカは囁(ささや)き返した。

「振(ふ)りでございましょう。戦を仕掛(しか)けても、明礬石(みょうばん)は手に入りません」

とロクロイが耳打ちする。アストリカはうなずいて、ヒロトに顔を向けた。

「わらわは大いに失望しております。そちがこのように偽物(にせもの)を持ってくるとは思ってもみませんでした。もっと誠実なやりとりができるものと思っていたのですよ」

「自分も誠実なやりとりを望んでおります。それゆえ、不誠実呼ばわりされるのは心外でございます。代償は高くつきますよ」

とヒロトが脅す。

「しらじらしい……」

「商館……エルフ……」

とロクロイが睨む。

リンドルス侯爵がつぶやき、

「……まずい！」

突然(とつぜん)叫(さけ)んだ。だが、ロクロイは口を開いていた。

「我が国の法では、たとえ外国の賓客であろうとも――」

外交の文書を偽造した者は投獄できるようになっている――。

そう威圧の言葉をつづけようとしたロクロイを、

「それ以上言うな、ロクロイ！」

とリンドルス侯爵がもの凄い大音声で叫んだ。怒鳴られたロクロイがびくっとふるえるほどの大声だった。

リンドルス侯爵は声を絞り、

「言ってはならぬ……我が国が破滅する……！　ヒロト殿は嘘は一つも申されておらぬ……！」

「何を申しているのです!?」

とアストリカは咎めた。

「この協定書、偽物ではございません……！　グドルーンは間違いなく納得して署名しております……！　これなら、グドルーンは調印いたします……！」

とリンドルス侯爵が囁き声で叫んだ。

「何を言っている!?　グドルーンが――」

反論しようとするロクロイに、そしてやりとりを聞いているアストリカに、リンドルス侯爵が説明してみせた。

エルフが常駐すれば、飛空便を使うこと。飛空便を使えば、定期的にヴァンパイア族が来ること。それによりガセルとピュリスの軍事行動が――。

「そんな馬鹿な」

とつぶやいたのはロクロイである。

「抑制できるのですか？」

と尋ねたのはアストリカである。

「できます。そうなります」

「しかし、ガセルには先日、ヴァンパイア族が――」

「あれはあくまでも友人のところを訪れただけ。美味しいものを食べたようでございます。その程度で、ガセルとヴァンパイア族の間に軍事同盟など成立いたしませぬ。それよりも重要なのは、指定されている港でございます。シドナもサリカもトルカも、我が国にとっては重要な拠点。そこにヴァンパイア族が来るというだけで、ガセルは攻撃しづらくなります。ピュリスもトルカを占領しづらくなるでしょう。うっかりヴァンパイア族を攻撃すれば、ヴァンパイア族と交戦状態になります。ガセルもピュリスも、軍事行動が萎縮することになるのです」

アストリカは二の句が継げなかった。ロクロイは沈黙していた。ヒロトはアグニカに対して、軍事協定の意味合いを潜在的に強く持った協定を提案したのだ。最大限の歩み寄りを見せたと言っていい。だが、その最大限のアプローチをしたヒロトに対して、ロクロイは文書を偽造したと非難した――。

《不誠実呼ばわりされるのは心外でございます。代償は高くつきますよ》

あの言葉は予言だったのだ。

そしてアストリカも、ロクロイと同罪であった。最初にヒロトを嘘つき呼ばわりしたのは、彼女である。それればかりか非難を重ねてしまった。

《わらわは大いに失望しております。そちがこのように偽物を持ってくるとは思ってもみませんでした。もっと誠実なやりとりができるものと思っていたのですよ》

ロクロイほど露骨に、辛辣にというわけではなかったにしても、ヒロトを嘘つき呼ばわりしたことに変わりはない。そしてそのことにより、圧倒的に持っていたはずのアドバンテージが、瞬間的に圧倒的なビハインドに切り替わってしまったのである。アグニカは優位を失ったのだ。

「留保なく認める以外、道はございません。むしろ、代償を支払わされるでしょう」

とリンドルス侯爵が付け足す。

留保なく――。

アストリカは気づいた。意味するところは、二十分の一税である。二十分の一税を条件に加えれば、留保ありになる。留保なしということは、二十分の一税は課さないということだ。それどころか、追加の代償も支払わされることになる。

「なぜもっと早く言わぬのです……！」

とアストリカは思わずリンドルス侯爵を叱責した。

「ずっと引っ掛かっておったのです。ヒロト殿が、なぜ侮辱だの無礼だなどと名誉を気にするようなことを口にされるのか。ヒロト殿はそういう御方ではありません。ですが、まるで大貴族のような物言いをされていた。それがずっと引っ掛かっていたのでございます。でも、ようやくわかりました。留保を外すだけでなく、代償を払わせることがヒロト殿の狙いだったのでございましょう」

その言葉に、アストリカはすべてを悟っていた。

ヒロトは合意に達したと伝えていたが、通商協定で合意に達したとは伝えていなかった。ところが、アストリカたちは通商協定は頓挫し、軍事協定で合意したものだと一方的に思い込んだ。そして己の思い込みと違っていたことから、偽造と判断して非難した。

だが――それこそがヒロトの狙いだったのだ。自らを非難させることによって留保なしで認めさせること。すなわち、二十分の一税を外させること。そしてそれとは別に代償を支払わせること――。

ロクロイは目が泳いでいた。自分の方に義がありと思っての非難ではあったが、それが母国に牙を剝いてしまったのだ。

言葉は放たれた矢。放たれた矢は永遠に取り消せない。刺さった矢は、刺さる前の状態には戻せない。

「付則も留保も一切なしで同意するしかございません」

とリンドルス侯爵が観念したように進言する。

最悪とは言わないまでも、相当に分の悪い展開だった。ヒロトは最善の提案を持ってきたのだ。にもかかわらず、ヒロトを貶める発言をしてしまった。明らかにアグニカ側の失態である。外交的失態には大きな代償が伴う。そして代償は支払わなければならない。

この若造を前に跪くのか？

女王の自分が？

アストリカは息を吸い込んだ。

女王なのに、ではない。女王だから、なのだ。趨勢はすでに決している。問題は自分がどう振る舞うか、そして何を代償として支払うかだけだ。つまり、一国のトップとしてどうけじめをつけるかだけである。

代償の支払いに対して渋る？

アストリカは心の中で首を横に振った。

すでに勝負は負けているのだ。そして相手はヒロト――。女王の自分は、女王ができることをするしかない。トップだからこそできることをするしかない。ロクロイにはできないこと、でも、女王の自分ならできることを――。

アストリカは、玉座から立ち上がった。

威圧するため？

そうではなかった。アストリカは赤いビロードの壇を下りてヒロトの許に向かった。一段高い玉座から――すなわち上の立場のポジションから、ヒロトとほぼ同等のポジションに下りたのである。さらに跪坐しているヒロトの前に歩み寄ると、自らも跪坐してヒロトの手を握った。跪坐――女王としてできうる限り、一番下のポジションに自分を置いたのである。

「ヒロトよ。アグニカ女王として、わらわと家臣の無礼を詫びます。今、リンドルスからすべて聞きました。わらわはそなたに、向けるべきではない言葉の矢を放ちました。精霊の名において、無礼を詫びます。いかなる行き違いがあろうとも、ヒュブリデとアグニカは、手と手を結び合わせるべきです。もちろんそのために必要な代償は支払わねばなりません」

女王としての最大限の謝罪だった。

王と大使という、あくまでも上下差のあるポジションから、女王という優位性を捨て、ヒロトと完全に同等のポジションでアストリカは謝罪の言葉と代償の支払いを口にしたのである。

「わらわと部下の犯した無礼の罪はこの女王が受けましょう。代償もこの女王が支払いましょう。精霊の裁きを受け入れましょう。そなたに精霊のご加護があらんことを」

とアストリカは詫びを重ね、さらにヒロトの手の甲に口づけした。ヒロトが明らかに驚いた表情を見せた。口づけは完全に予想外だったのだ。

手の甲に口づけしようとすれば、自ずと頭は下がる。ヒロトよりも低い位置になる。相手より頭の位置が高いのか低いのかは、双方の上下差を示すシンボルである。アストリカは自らヒロトより低い位置に自分の頭を置いたのだ。

5

女王の謝罪を受けたヒロトにも、その意味は伝わっていた。

身分尊き者が大司教などの高位の聖職者に詫びる時、跪く。跪いて頭の位置を低くしておいて、手の甲に口づけする。手の甲への口づけは、恭順の行為である。相手に身を委ね、従う行為だ。いわば聖職者を神に見立てて、神の前に自分を投げ出すのだ。

女王アストリカがヒロトに対して行なったのも、それと同じだった。大司教に対する謝罪――神への謝罪――と同じレベルの謝罪を、アグニカの女王はヒロトに行なったのだ。

言葉づかいもそれを示していた。精霊教会の世界において、精霊の名を口にしての謝罪は、己の罪を認めて精霊の前に己を投げ出すものと認められている。アストリカは、完全に自分の非を認めてヒロトに全面的に謝罪したのだ。

ぶざま？

ヒロトはそうは思わなかった。女王は確かに失態を犯した。自分を嘘つき呼ばわりし、非難した。国家元首としては軽率だったと誹られても仕方がなかろう。

だが、その後の行為はどうだ。

彼女はためらう素振りを見せたか？

否。

条文の意味に気づいてから謝罪に移るまでに、ぐずぐずと時間を掛けたか？

否。

しかも、彼女は自分だけでなく、自分と部下双方の無礼に対する裁きを自分が受けると言明している。代償も支払うと申し出ている。女王としては立派な行為である。

だからこの人が女王に選ばれたのだろうとヒロトは思った。グドルーンも非常に楽しい人物だったが、アストリカ女王のようにすぐに詫びることはできまい。だが、目の前の女王は謝罪することができる。潔いと言ってよい。そしてこの潔さが、恐らく多くの大貴族に「この女王を支えたい」「この女王に仕えたい」と思わせるのであり、そしてこの潔さこそが、リンドルス侯爵がグドルーンではなく彼女を女王に選んだ理由なのだろう。

正直、まさか女王がヒロトの手の甲に口づけするとは思わなかった。恭順の行為を見せるとは思わなかった。高貴な人の高潔さを見せつけられるとは思ってもみなかった。天晴れである。今度はヒロトが謝罪を受け入れる番だ。

「女王の心は、この国に来て知った一番の輝きでございます」

とヒロトは答えた。女王の心とは、謝罪したことである。それを「輝き」として褒めたたえたのだ。事実上、謝罪の受け入れである。

「自分が願うのは、一切の留保なく四つの条項が受け入れられること、そしてトルカとサリカの商館が女王の手によって速やかに建設されることです」

女王の手によってとは、女王が資金的にも負担してという意味である。ヒロトが宣言した「代償」だ。

「そなたはヒュブリデの宝石です。サリカとトルカについては、女王の名において直ちに実現いたしましょう。そして二度と、ヒュブリデの商人の特許状を理不尽な理由で取り消すことはせぬと約束しましょう」

とアストリカは即答した。

立派な返答だった。ハイドラン侯爵からは、自分の玉座を心配してばかりで不安な女というマイナスの印象を聞いていたが、それにしても立派な返答だった。少なくとも、ハイドラン侯爵よりは立派に感じる。

「今夜の晩餐会にはそなたという宝石が必要です。わらわの招待を受けてくれますね？」

とアストリカが誘った。

断る理由は何もなかった。ヒロトは女王の手を取り、

「喜んで。ただ――あともう一つだけお願いがあります」

と穏やかな声音で切り出した。

第二十三章　三国鼎談

1

　ガセル王国の武人にして伯爵ドルゼルは、テルミナス河を渡ってアグニカ王国最大の港サリカへ向かう準備を進めているところだった。表情には、緊張と期待とが入り交じっている。

　ヒロトから手紙が届いたのだ。

　アグニカ王国のグドルーン女伯と自分と伯爵を交えて三者で鼎談を行い、山ウニの不当な値上げに対する防止策について合意に達したい、と——。

　手紙にはたたき台が記されていた。また、鼎談についてアグニカ女王アストリカの同意も得られていることも併記されていた。つまり、鼎談の決定は正式な決定になるということである。

　ヒロトがグドルーン女伯と合意に達したらしいという報せは、すでにドルゼルの耳に入っていた。

やはり、軍事協定を結んだのか。ガセルを裏切ることになったのか。

グドルーン女伯との合意内容について、手紙では詳細は記されていなかったが、パシャン王とイスミル王妃をがっかりさせるものではないと明記されていた。

本当に？

しかし、軍事協定を結ぶ以外、明礬石を手に入れる方法はなかったのではないのか？

わからない。

わかっているのは、三つだけだ。
・ヒロトはグドルーン女伯と、そして恐らくアストリカ女王とも合意に達した。
・その内容はガセルを失望させるものではないとヒロトは明言している。
・ヒロトは山ウニの値上げに対する防止策を提案しており、三者により合意に到達できると考えている。
防止策はほぼ完成に近いものだった。アグニカがよく踏み込んだものだ、努力してくれたものだと感じる。間違いなく骨子はヒロトが考えたのだろう。ヒロトがヴァンパイア族を連れて屋敷に遊びに来た時、自分と交わした会話が、どうやらそのベースになっているようだ。あの時のヒロトの思慮深げな表情が浮かぶ。ヒロトは自分との会話をしっかり覚えていて、それを元に対処法を練ってくれたのだ。ヒロトの誠意を感じる。

内容的には、ドルゼルが満足できるものだった。ヒロトはこの防止策と引き換えに明礬石を手に入れたのだろうか？

まさか。

防止策は、アグニカが踏み込むものになっている。明礬石という圧倒的な優位を持っているアグニカが、自ら踏み込むはずがない。

ならば、ヒュブリデは相当踏み込んで強固な軍事同盟を結んだ？　だが、ヒロトはパシャン王とイスミル王妃をがっかりさせるものではないと手紙に明記している。強固な軍事同盟を結びながら、我が王と王妃を失望させないということがありうるだろうか？　ということは、軍事協定は結んでいない？　しかし、軍事協定を結ばずに明礬石を手に入れられるのか？

（何か裏がある）

とドルゼルは踏んだ。ヒロトは恐らく、本当に軍事協定は結ばなかったのだ。もしかすると、経済協定だけを結んだのかもしれない。だが、そうでありながらその協定は間違いなくグドルーン女伯とアストリカ女王を大いに満足させるものだったのだろう――山ウニの値上げ防止策に対して同意できるほどに。

一旦撥ね除ける？　撥ね除けてガセルのペースに持っていく？　アグニカとの協定を知らさぬ限り、鼎談には参加しないと突っぱねる？

否。

ヒロトにそのような力相撲を挑んでも無駄なこと。そもそもヒロトは、山ウニの不当な値上げに対する防止策について合意に達したいと明記しているのだ。そしてその鼎談がアグニカ女王のお墨付きであることも補記しているのだ。

合意に達したい――。

その言葉づかいは、鼎談すれば合意に到達できることを示している。グドルーンは骨子に対して同意していると見て間違いない。ガセルにとっては有利な状況で自分が妙な力相撲を挑み、ごねれば、せっかくの合意の好機を失うことになりかねない。グドルーン女伯はもう少しで女王になりかけた女だ。そのような女がプライドが低いはずがないのだ。プライドの高い女が歩み寄った時に撥ね除ければ、幸運の女神は二度と前髪をつかませないだろう。

ドルゼルはすぐに承諾の返事を書いた。パシャン王とイスミル王妃にもその旨、連絡した。王の返事は諾——合意にこぎ着けよ、であった。

2

茜色がグラデーションしながらどんどん西の空から東の空へと面積を広げていた。アグニカ西部の空を茜色に染め上げていく。

夕焼けの中、グドルーンはシドナ港を出発して船でサリカ港へ向かっているところだった。船室にはいつもの二人はいない。二人の護衛は甲板にいるはずである。

目的は三カ国の重臣たちによる鼎談だった。サリカ港では、ヒロトとガセルの大貴族ドルゼル伯爵が待っているはずだ。山ウニの価格吊り上げについて、その防止策を話し合うことになっている。

グドルーンは通商協定の合意の後、宴席でヒロトからパシャン二世とイスミル王妃の話を聞いたことを思い出した。ドルゼル伯爵の言葉を直接聞けたのは、非常に有益だった。ガセルがアグニカに対してどのような感覚を持っているのか、肌で知ることができたのだ。ガセルはアグニカに対して本格的な攻撃を考えている。一触即発の状態へ近づいている。そうグドルーンは思っていたが、自分の危機意識は外れてはいなかった。

イスミル王妃は、グドルーンも関わったシドナ港の事件についてヒロトに話していたらしい。つまり、それだけガセル国の中枢部が値上げに対してピリピリしているということだ。危険な兆候である。さらにイスミル王妃は、ガセルが軍事行動を起こした時にヒロトがヴァンパイア族の力で邪魔をしに来るのかを気にしていたという。さらに危険な兆候だった。ガセルは軍事行動を真剣に考えている――。

ヒロトは銀不足を招くとして軍事行動については懸念を示したそうだ。そして山ウニの問題について解決を約束したという。

意外だった。山ウニ税を導入した人間が、ガセルの軍事行動を強く牽制してくれていたのだ。

ほらだと思う？　ヒロトは嘘をついていると？

ヒロトが提示した通商協定の裏や山ウニの防止策を考えると、嘘だとは思えない。ヒロトは、締結した通商協定だけではガセルとの衝突や戦争は避けられないと考えていた。次に大きな衝突となれば、ピュリスを巻き込んだ大がかりな戦争になると危惧していた。そしてそれを防ぐためには、山ウニの値上げに対して防止策が必要だと訴えていた。

《力の網だけでは防げない。法の網が必要なんだ。どんなにあなたが商人に対して山ウニを値上げするなと厳命しても、あなたの言うことを聞かないやつがいる。そういうやつが

必ずピュリス軍の参戦を招くことになる。そういうやつが値上げをした時に、ガセルの不満を吸い込む法の網が必要なんだ》

そうヒロトは訴えていた。

ヒロトの考えには同意できない？

通商協定を締結する前ならば、同意しなかっただろう。言葉も聞かなかったに違いない。だが、締結した今ではそうではない。ヒロトの危惧は自分も持っている。

それにヒロトは、ピュリスの名将メティスと最も会っているヒュブリデ人なのだ。メティスのことをよく知っている。ヒロトと同じほどメティスと会っているアグニカ人はいない。そしてヒロトはパシャン王ともイスミル王妃とも会って、ガセルの肌感覚を知っている。通商協定でガセルとピュリスを牽制するだけでなく、法の網でも紛争の芽を摘み取らねばならないという考えには耳を傾けるべきだ——たとえ山ウニ税を導入した憎き相手の意見でも。ガセルは真剣に軍事行動を考えているのだ。山ウニのことでまた大きな問題が生じれば、ピュリスと連合して一カ月以内にアグニカに侵攻という事態は充分にありうる。それは何としても防がねばならない。

ノックの音がした。

「入れ」

告げると、二人の巨漢の護衛が部屋に入ってきた。

「まだお休みになっていなかったんで？」

「たまにはこうして美貌を損なってやらないと、みんなが置いてきぼりを喰らうからね」

「それでもハンデになりゃしませんよ」

と二人の護衛が笑う。それから、

「明日はうまくいきますか？」

と巨漢の一人が声を掛けてきた。グドルーンは茶目っ気たっぷりに答えてやった。

「いかなかったら、ヒロトを河に放り込んでやろうじゃないか」

二人の巨漢が、毒気のこもったいやらしい笑いで賛意を示した。

3

翌朝――。

ヒロトは支流ボルゾイ川を下ってサリカ港へ向かっているところだった。あと一時間ほどで目的地に到着する。

王都バルカでも、望むものは完璧に得られた。通商協定は完全にヒロトが望む形で解決した。そればかりか、ヒロトが宮殿を出発する時、アストリカ女王と宰相ロクロイ、そしてリンドルス侯爵が宮殿の正門まで見送りに来てくれた。異例のお見送りである。通常、女王は宮殿を出ることはないのだ。貴顕の上でも優位の点でも、女王の方が上のはずなのである。だが、女王は宮殿の前までヒロトを見送った。最後まで詫びる姿勢を貫いたのである。

立派な女王だったとヒロトは思った。あの姿を見れば、アグニカ嫌いのレオニダス王も少しは考え方を変えたかもしれない。

ヒロトは船室にこもって、王への手紙を記した。ミッションはまだ一つ残っているが、旅はほぼ成功であった。グドルーン女伯の説得にも成功したし、アストリカ女王からも完璧な条件で承認を得ることができた。今思えば、出発前にハイドラン侯爵とマルゴス伯爵からグドルーン女伯とアストリカ女王について話を聞けたこと、肖像画を見られたことは本当によかったのだと思う。おかげでまったくの無知で向かうということがなくなった。ある程度の知識をもって臨むことができた。アグニカに着いてから色々と細かな対抗策を思いつけたのは、事前にある程度の情報をつかんでいたことが大きい。

小箱に断片的に条文を記して三日連続で届けるという方法は、グドルーン女伯が非常に聡い女でよく調べるという情報がベースになっている。その情報のベースになったのが、ヒュブリデのマルゴス伯爵やガセルのエランデル伯爵との会話だった。

グドルーン女伯が自分をすぐに接見しないことはわかっていた。自分のデータを手に入れていることもわかっていた。なかなか会わない戦術を採ってくるはずの女に対して、どう対処するか。考える時のベースになったのが、マルゴス伯爵やエランデル伯爵からの情報だったのだ。

頭のいい人間は、謎解きに惹かれるものだ。ストレートに条文を渡したのでは、相手は動くまい。それで謎解きの部分を持たせたのである。

振り返れば、グドルーン女伯の説得について一番大きかったのは、飛空便の意味に気づいたこと、飛空便による威圧と牽制とに気づけたことだったと思う。ヴァルキュリアを連れてきていたことで、即座にゼルディスにも確認が取れて、概ねの承認も得られた。あの瞬間、勝負の半分は決まっていた。あとは謁見を渋るはずの相手にどう会うか、自分が考えた条件をどう説得して相手に呑ませるかだけだった。その説得する術策を考える時に、マルゴス伯爵やエランデル伯爵の情報が助けになったのである。

もちろん、幸運な計算外もあった。頭がよすぎるがゆえに頭を回しすぎてグドルーン女伯が自らヒロトを偵察に来てくれたのだ。見破られなければグドルーン女伯は優位なままだっただろう。小箱を届けても、ふ～んぐらいで終わっていたかもしれない。見ただけで言葉を交わしたことのない者から贈り物をもらっても、人は動かないものだ。三日目にヒロトが自ら小箱を届けて、条件を受け入れる準備があると告げても、グドルーン女伯は動かなかったかもしれない——エクセリスが危惧していた通りに。

だが、グドルーン女伯自身が動いてしまった。そしてそれを、ミミアのおかげで見破ることができた。顔こそ見えなかったが、その日のうちにグドルーン女伯に会うことができた。話をすることもできた。あれで、さらに活路が開けた。狭かった道が広がった。グドルーン女伯自身は気づいていないのかもしれないが、頭がいいゆえに、女伯自ら墓穴を掘ったのである——結果的には幸運な墓穴を。軍事協定の締結よりも、通商協定の締結の方が遥かに有効性が高くて、ヒュブリデとアグニカにとって互恵的だ。

アストリカ女王については計算通りだった。ハイドラン侯爵の指摘もあり、ロクロイがヒュブリデに対して恨みを持っていることはわかっていた。それで自分に攻撃的な言い方をしてくることも予想していた。それでわざと攻撃させたのだ。そしてそれを逆手に、二十分の一税を撤廃させようと考えたのである。

作戦は見事に嵌まった。ただ、その後の女王の振る舞いについては予想外だった。ハイドラン侯爵はアストリカ女王を見下しすぎていたようだ。アストリカ女王は、侯爵が考えている以上に立派な女王だった。王として完璧ではないが、王らしい高潔さを持っている。

ともあれ、これからサリカで行なう打ち合わせについても、女王の承諾は得られた。風向きは非常によい。

ヒロトはルビアへの感謝を伝えてほしいと手紙に書き記すと、船室から甲板に出た。青々と雲一つない空が広がっている。吉祥だ。鼎談はきっとうまくいくだろう。

このたびのアグニカ訪問では、ヒロト自身、アグニカへの態度を改めることになった。出発前は軍事協定の骨抜きだけを考えていたが、途中でアグニカ－ガセル間の紛争防止へと舵を切った。明礬石の件は、隣国との関係はそう簡単に切れないこと、簡単に切ったり遠ざけたりすることができないことをヒロトに伝えようとしていたのかもしれない。

（さあ、あと一仕事だ。最後の、イスミル王妃から頼まれたことを片づけて、それから帰国だ）

ふいに人の気配がした。すぐ左隣にヴァルキュリアが並んでいた。いつものようにいつものポジション――ヒロトの左に位置して、そして首を預ける。

ヒロトはヴァルキュリアの腰に手を回した。

外国を訪問中なのに、すぐ隣にヴァルキュリアがいる。この数週間、ずっとヴァルキュリアと過ごしてきたのに、ヒロトには不思議な感覚である。

ヴァルキュリアを連れてきてよかった？

もちろん。

思えば今回は、公私混同がすべてだった。自分が自分に課していた縛りを不道徳とともに吹き飛ばした瞬間、勝利の女神が自分に笑顔を向けてくれたのだ。ヴァルキュリアがいなければ、思いついてすぐヴァルキュリアに飛空便の相談をすることはできなかった。ゼルディスに至急確認を取ることもできなかった。もしかすると、勝利の女神はヴァルキュリアだったのかもしれない。

「次で終わるのか?」

とヴァルキュリアが尋ねてきた。

「終わるよ」

「そしたらもう終わりか?」

と尋ねる。終わりとは外交の旅は終わりかという意味である。

「終わり」

「ずっとつづいてもいいのにな」

とヴァルキュリアが言う。ヒロトといっしょの旅は楽しかったらしい。

「ミミアとソルシエールとエクセリスが反乱を起こす」

ヒロトの言葉に、ヴァルキュリアがくすっと笑った。

「いいぞ、今日は。三人といっしょに寝ていいぞ。わたしは遠慮する」

「最後が終わるまではいっしょ」

ヒロトの言葉に、ヴァルキュリアはうれしそうにヒロトに身体を斜めに向けて、豊かなロケット乳を押しつけた。

4

ガセル王国の大貴族ドルゼルは、ようやくサリカ港に到着したところだった。自分が顧問会議の一員として初めて挑む、大きな外交の交渉ということになる。

サリカ港は大きな港だった。アグニカ国最大である。その港の上空を、普段は見ることのない者が舞っていた。

ヴァンパイア族である。護衛の騎士が少し引いた様子を見せる。空を飛ぶのを見るのは二度目か三度目のはずだが、まだ慣れないらしい。

「案ずるな。あの者たちが襲うことはない」

二人舞ううちの一人がいなくなり、一人が商館の屋根の上に舞い降りた。欠伸をしながら自分たちを見ている。

「我々を狙っているのでしょうか？」

と護衛の騎士は臆している様子である。自分よりも高い視点から見られているというのは落ち着かない。

「案ずるな。ヒロト殿が来るまで我々を見失わないように見ているだけだ」

ふいにヴァンパイア族の男が一人、空から近づいてくるのが見えた。滑空しながらドルゼルの五十メートル上を飛んで行く。

遅れて、地上からヒュブリデ王国辺境伯の紋章旗が近づいてきた。

ヒロトである。

「ドルゼル殿！」

ドルゼルは馬を下りてヒロトと再会の抱擁を交わした。ヒロトが乗っていた馬には、ヴァルキュリアが乗っている。ドルゼルは馬に歩み寄って、

「再会できて名誉にございます、ヴァルキュリア殿」

とヴァルキュリアの手の甲に口づけをした。

「グドルーンはもう来てるぞ」

とヴァルキュリアが告げる。どうやら自分は、ヴァンパイア族の娘にとって話しかける相手として認識されたらしい。

「上機嫌ですか？」

とドルゼルはヒロトに尋ねた。

「最初に伝えておきます。めっちゃ上から目線で生意気です。絶対、『やってやってもいい、認めてやってもいい』って言ってきます。でも、流して。そしたら、全部うまくいくから」

会見の場所は、キルギアの商館の二階だった。この日、キルギアの商館は貸し切りである。キルギアが選ばれたのは、グドルーン女伯自身がキルギア人の血を引いているからというのもあるのだろう。

ドルゼルは初めてグドルーン女伯と会った。美しい長い黒髪で、巨乳の美人である。噂通りだ。そして、

「ボクがグドルーンだ」

自分のことをボクと言うのも噂通りであった。プライドの高そうな雰囲気を匂わせている。一筋縄ではいかなそうな空気感を持っている。

この女と合意に達することになるのか？

少し不安がよぎる。失敗すれば、すぐに御破算になりかねない危うい雰囲気がある。

「ドルゼル伯爵もなかなかの剣士なんだ。グドルーン伯は、アグニカで一番の剣士なんだ」

とヒロトが紹介する。互いに笑顔はない。緊張と不安の中、互いに探り合っている雰囲気がある。

ヒロトがつづけた。

「お互い知り合うためにも、少しお手合わせをしては？　まずは見本でおれがグドルーン伯と」

え？

ドルゼルは思わず目が点になった。ヒロトが剣を？　そんな話は一つも聞いていない。ヒロトに剣の素養はなかったはずだ。

「本気か？」

とグドルーン女伯はあまり真に受けていない。ヒロトは剣を抜いた。

「さあ、グドルーン伯。我がはったり剣を受けてみよ」

「何がはったり剣だ。ボクは真面目だぞ」

とグドルーン女伯が笑いながら剣を抜く。ヒロトは真顔である。だが、すぐにグドルーンが爆笑を轟かせた。

「そんなのでボクに勝てると思っているのか！　隙がありまくりだぞ！　それでは絶対ボクに敵わないぞ！」

「やっぱり？」

とヒロトも笑う。つづけて、

「実は今、足、ガクブルで。ほら」

と言ってヒロトがめちゃめちゃに足をぶるぶるぶるぶるふるわせはじめた。それまではまったくぶるぶるさせていなかったので、わざとしているのがバレバレである。おまけにぶるぶるが高速すぎる。あまりにも白々しい演技である。その露骨なほどの白々しさに、思わずドルゼルも笑ってしまった。グドルーン女伯も剣先を下げて笑っている。

「そんなガクブル剣でボクは倒せないぞ」

「笑いは取れるんだけどな」

「笑いで剣に勝てるか！」

「無理」

とヒロトが笑う。

「いやあ、やっぱり剣を抜くと怖いなあ。グドルーン殿、迫力あるや。よくおれ、普通に会談できたなあ。自分を褒めていいかな」

とヒロトがとぼける。

「たわけ」

とグドルーン女伯が笑う。三人の間にあった緊張感は緩んでいる。

(そうか……和ませるために笑いを取ったのか)

とドルゼルは悟った。ヒロトが得意ではない剣を抜いて勝負を持ちかけたのは、そういう狙いだったのだ。

「では、今度こそ。ドルゼル伯爵とグドルーン伯」

ヒロトが剣を収めて身を引いた。ドルゼルはグドルーン女伯に面した。まだ剣は抜いていない。だが、抜かずとも体幹の強さはわかる。

ドルゼルはゆっくりと剣を抜いた。グドルーン女伯も剣を抜いた。

(メティス殿と同じような気配を感じる。だが、メティス殿の方が気が凛としている。メティス殿より雰囲気がやわらかい。ならば、少しは戦えるか?)

「どうしたんだい？　かかってこないのかい？」

女伯が挑発した直後、ドルゼルは飛び掛かった。渾身の力を込めて剣を振り下ろす。剣先は動かない。

(もらったか?)

思った瞬間、まるで噴煙のようにオーラが牙を剥き、グドルーン女伯が剣を振り上げた。えぐい金属音が轟いた。間に合わないと思った瞬間、もの凄い速さで剣が動いてドルゼルの太刀を受け止めたのだ。そして金属音の響きが止まないうちに、二振り目の太刀が襲いかかっていた。もちろん、切られるドルゼルではない。

（速い……！）

よほど己の速さに自信があるのだろう。それでもまだ本気を出していないことがわかる。

ドルゼルは下から剣を振り上げた。グドルーン女伯も下から剣を合わせて払う。二人の身体が同時にくるりと回転した。だが、回転を終えるのはグドルーン女伯の方が速かった。ドルゼルが向き直った時にはもう剣が届きかけていた。ドルゼルは咄嗟に全力でグドルーンの剣を弾いた。

グドルーン女伯が微笑んだ。少しだけ本気を出したのだろう。

「君、いい剣をしているね」

と少しだけ褒める。

「自分はメティス殿とお手合わせをしたことがございます」

とドルゼルは応えた。

「それで？」

とグドルーン女伯が期待をにじませる。

「同じような強さを感じます。ただ、質は違います。メティス殿はとにかくしなやかで速い。剣で打ち込んだ時には、すでに防備と攻撃が同時に始まっています。対してグドルーン殿はとにかく風のように速い。人が通常考えている速さではない」

詳細な具体的な説明に、グドルーン女伯の微笑がやわらかく弾けた。ただのお世辞ではないとはっきりとわかったのだ。ピュリスの名将メティスと同じ強さだと言われたのもうれしかったらしい。

「ボクは剣のできないやつは信用しないんだ」

とグドルーン女伯は唇の端に笑みを浮かべた。その意味するところは、「おまえは強いから信用に値する」である。だが、女伯の言葉に、

「え〜っ、じゃあ、おれ、信用できるやつの姿にぴったりじゃん」

ヒロトが冗談で応えて、ドルゼルはグドルーン女伯と同時にまた爆笑した。二人ともに、弾けるような笑い声を轟かせた。心の底からの笑いだった。おかげでドルゼルとグドルーン女伯との間に、無用な緊張はなくなった。

ヒロトが二人に着席を促した。普通に座っていれば互いに心も身体も硬いままだったのだろうが、冗談も受けて剣も交わして、心はほぐれている。

「今回集まっていただいたのは、いかにしておれがはったり剣でお二人に一撃を浴びせられるかを話し合うためなんだ」

ヒロトのとぼけに、嘘をつけとまたグドルーン女伯が笑う。ドルゼルもまた笑った。ヒロトも笑ってから、いよいよ議題に踏み込んできた。

「三人でここで顔を突き合わせたのは、よき未来を築くため。互いの願いを叶えるため。ドルゼル伯爵の願いは、山ウニの値段について公正さが保たれること。グドルーン伯の願いは、港で争乱なく安全が保たれること」

とヒロトが二人の主張をまとめて紹介する。それから、ヒロトは本題に入った。

「一番いいのは、山ウニが絶対に不公正な値段で販売されないこと。そのことについては、すでにグドルーン伯が厳命されている。ここについては是非ガセルに評価をいただきたい。ただ、言うことを聞かぬやつがいるのがこの世の常。そのような者と、そのような者に出会ってしまった不幸な者をどうするのかについて、合意に辿り着くのが今日お二人に集まっていただいた目的。そのための防止策について合意したい」

鼎談はスムーズに進んだ。グドルーン女伯はもっとごねるのかと思っていたが、ほとんど渋らなかった。ヒロトが根回しを進めていたのだろう。

ただ、時折威圧は行なった。

《我がアグニカは力には屈しない》

グドルーン女伯がそう言うと、ヒロトがウインクしてみせた。

ポーズだから。

ヒロトがそう言っているのがすぐにわかった。

《我がガセルも力には屈しない》

ヒロトが今度はグドルーン女伯にウインクする。

ポーズだから。そう言っているのだ。

《でも、アグニカの力にもガセルの力にも屈しない商人が、何人かいる。その商人に対して不利益を得た者との衝突を防ぐ法の力がいる。その法の力は、ガセルとアグニカの力、アグニカとガセルの力が合わさって生まれる》

ヒロトはそう説いて法の網を説明した。

合意には一時間で達した。ヒロトからもらったたたき台には根本的に反対ではなかったし、それはグドルーン女伯も同じだったようだ。到達したのは、次のような内容だった。

・アグニカはシドナを首めとして、山ウニを扱う三つの港に交易裁判所を設ける。
・原告の資格は、アグニカ国王より特許状を得ている者に限定する。
・山ウニについては、前回より二倍以上、または一年以内のものより二倍以上の値を提示された時、提訴できるものとする。
・以上の条件が満たされている場合、山ウニの価格に対する訴えは、即日直ちに受理されるものとする。
・裁決は一カ月以内に下されるものとする。裁決で不当と判断された場合、二週間以内に過払い分を返却しなければならない。
・山ウニを商う者は、仕入れ値の記録を常備すること。値段について不当であると訴えがあった場合はすぐに提示して公正さを証明しなければならない。
・提示できなかった場合、前回の取引の値段で売るものとする。

ガセルにとっては、実りあるよき合意だった。アグニカにとっても、戦争の不安を潰した、実りあるものだったようだ。
グドルーン女伯とはヒュブリデご自慢のオセール産の蜂蜜酒で乾杯した。オセール産の蜂蜜酒は、蜂蜜酒の最高峰である。美酒であった。グドルーン女伯が酒を褒め、ドルゼルも同様に酒を褒めた。ヒロトがすかさず、
《実はおれの剣はオセール産》
と冗談を口にして、また三人は爆笑した。「だから君の剣は酔っぱらっていたのか！」

とグドルーン女伯も冗談で突っ込んでいた。

グドルーン女伯とは、最後に笑顔と握手で別れた。互いに王の批准を待つことになるが、覆されることはあるまい。たたき台はすでに、双方の王が確認している。

ヒロトとはその後、食事をした。軍事協定について尋ねてみたが、ヒロトは通商協定だとしか答えてくれなかった。それでも、ヒロトの笑顔でわかった。ヒロトは軍事協定を結んでいない。あのからっとした表情は、すべてヒュブリデ側が満足できる内容だったことを示している。そしてそれはアグニカにとっても満足できるものだったことを――。

ヒロトが何かやったのは間違いない。いずれ、密偵の情報で知ることになろう。だが、その前に今日の合意だ。ガセルにとってはよき前進である。山ウニの不当な値上げに対して処してほしいというイスミル王妃からの要請に、ヒロトは真正面から応えてみせたのである。

(陛下と妃殿下によい報告ができる)

終章　甘美の罰

1

ヒュブリデ王国首都エンペリア宮殿――。

天蓋つきの広いベッドの上で、何十枚ものマーガレットの花びらをまき散らかしている若い青年が、いた。ブロンドのさらさらの髪の毛である。胸の開いた白い絹のシャツを着て白いショースを穿き、さきほどから同じ言葉をくり返している。

「軍事協定を結ばずに明礬石を手に入れた、失敗した、手に入れた、失敗した……」

ヒュブリデ王国レオニダスである。花びら占いの真っ最中だった。いったい何本のマーガレットの花を費やしたのだろう。一本、二本で済む花びらの数ではない。

「手に入れた、失敗した――」

そこで最後の花びらが終わり、

「だ～～っ！　またかよ～～～っ！」

と大声を炸裂させてわめきちらした。何度やっても同じ結果に終わってしまうらしい。

つまり、それが答えということである。それでもあきらめきれず、レオニダスが別のマーガレットの花を手にしたところで、フェルキナ伯爵とラケル姫が寝室に入ってきた。

二人は目が点になった。ベッドの上には、無造作にちぎられ、散らかったマーガレットの無数の花びら――。そして、マーガレットの花を持っている王――。

「何をなさっているんです？」

と尋ねたのはフェルキナ伯爵である。

「シ、シーツを飾っていたのだ」

嘘をついたレオニダスに、ラケル姫がずばりと言い当てた。

「花びら占いをされていたのでしょう」

「うるさい！」

途端にレオニダスは甲高い声で叫んだ。

「王とは覚悟なさるものです！　軍事協定もやむを得ません！」

とラケル姫が鋭く突っ込む。

「やかましい！　おれはアグニカが大嫌いなのだ！　リンドルスも大嫌いなのだ！　あんな国と手をつなぐのなら、糞と手をつないだ方がましだ！」

「糞よりアグニカの方ましです！」

とラケル姫が言い返す。

「うるさい、二人とも出ていけ！」

と叫んだところで、ノックの音が鳴った。

「ヴァンパイア族の方が協定書を手にご到着されました。アストリカ女王とグドルーン伯と合意に達したそうです」

と扉越しに声が聞こえた。

ギク、と音がするほどの勢いでレオニダスは凍りついた。

ついに恐れていたものが来てしまった。世界で一番見たくないものが届いてしまった。ヒュブリデの運命を終わらせるものが――。協定書を見るのが怖い。花びら占いでは、軍事協定は締結ということになっている。

（ヒロトもついに糞女二人に下ったのか……）

見る前から絶望しかない。元より決まっていたこととはいえ、それでもやはり見るのが怖い。幽霊に会うのよりも恐ろしい。

「は、入れ」

ヴァンパイア族の男が部屋に入ってきた。何やら、にやにやしている。

（なぜ笑っている？）

違和感を覚えたが、己の不安と恐怖に潰された。

「ヒロトから預かってきたぜ」

とヴァンパイア族の男は手紙を差し出した。受け取ったレオニダスは、フェルキナ伯爵とラケル姫の視線が、まるで陰から盗み見する猫のように自分を凝視していることに気づいた。

「おまえら出て行け。いや、出て行くな。ここにおれ」

とレオニダスは命令を発してすぐに取り消した。一人で見るのは勇気が必要すぎて、怖くて見られない。

「と、特別にいっしょに見ることを許してやる」

と偉そうな言い方をしたが、本音は「一人では怖すぎて見られない」である。二人はわかっているのだろうが、突っ込まなかった。

「フェ、フェルキナ、開けろ」

レオニダスはフェルキナ伯爵に手紙を渡した。自分で開けるのが怖い。ヴァンパイア族の男性は寝室を出ていかずににたにたしている。きっとご褒美でも欲しいのだろう。

（ご褒美？）

引っ掛かった。まさか、いい報せなのか？

（いやいや、そんなはずがない。悪い報せだ）

フェルキナ伯爵が手紙を開いた。

（ど、どうだ……？）

フェルキナ伯爵の顔色は変わらない。一つも顔色を変えずに、レオニダスに突き出した。

（や、やはり悪かったのか……！　ヒロトでもやはり敵わなかったのだ……！　我が国は相当不利な協定を結ばされたのだ……!!）

絶望しながら手紙を読んだ。脇からラケル姫も覗き込む。


《陛下、ご安心ください。グドルーン伯ともアストリカ女王とも、通商協定を締結することに成功いたしました。課税も軍事協定の締結もございません。アグニカにはアグニカの資金で、シドナ、サリカ、トルカにヒュブリデの商館を建てていただきます。商館にはエルフが常駐し、連絡には飛空便が使われることになります。明礬石はすぐに輸入が開始されます。シドナ港から出港することになります。どのように締結に至ったのかは帰国次第お話をいたします》

（へ？）

レオニダスは一瞬、間抜けな表情を浮かべた。

一切の課税も軍事協定もない？

「そんな馬鹿な！　あの糞どもが折れるはずがない！」

思わず大声を上げた。

「ですが、そう書いてあります。ヒロト殿は嘘をつく方ではありません」

とフェルキナ伯爵が断言する。

「協定書は？」

フェルキナ伯爵が二枚目の手紙を見せた。レオニダスは協定書を奪い取って、読んだ。

——ない。どこにも軍事協定の記載はない。

「こんな馬鹿なことがあるか！　あの糞女どもが承諾するはずがない！　なぜ承諾した⁉」

「それはヒロト殿がお帰りになってからお話をされるのではありませんか？」

フェルキナ伯爵の言葉に、

「ええい、くそ！　もったいぶりおって！　ヒロトめ、今すぐ帰ってこい！　死刑だ！」

得意の言葉を発した。

「ようございましたね、陛下」

フェルキナ伯爵の笑顔に、ようやく喜びの感情が込み上げた。思わず拳を握りしめて、ぶるぶるふるわせてから派手にガッツポーズを決める。

「うっしゃあ〜〜〜〜〜〜〜っ!!」

と大声を上げた。

「糞女たちめ、見たか！　フハハハハハハ！」

と雄叫びを上げる。それから、ヴァンパイア族の男と目が合った。レオニダスは大粒の苺ほどの大きな琥珀のペンダントを三つほど引っ掴むと、

「よき報せを持ってきてくれた礼だ！」

と突き出した。

「へへへ、いつでも言ってくれ」

笑顔を残してヴァンパイア族の男性は部屋を出ていった。レオニダスは手を叩いて叫んだ。

「おい、すぐに祝宴だ！　ユニヴェステルとパノプティコスにも知らせてやれ！」

2

報せを受けた顧問官の面々が、すぐに枢密院に集まった。皆、ヒロトが送った手紙と協定書の写しを読んで唸る。

「いや、驚いたな……まさかこのようなことが……」

と絶句したのは大法官である。

「いや、なんという……」

と言葉を失ったのは書記長官である。ヒロトは気が触れたのではないかと言ったのは書記長官なのだ。

ひたすら黙って並んで穴が開くほど手紙を見ていたのは、大長老ユニヴェステルと宰相パノプティコスだった。

「これが公私混同の結果か……？」

とユニヴェステルが唸る。それから、

「パノプティコスよ。わかるか？　なぜこの条件で、グドルーンも女王も承諾したのだ？」

と問うた。パノプティコスは首を捻った。

「いえ、協定書を見る限りは永遠に承諾しそうに見えませんが。通商協定だけで押したというのは嘘では……」

二人は、今度は協定書ではなく手紙に目をやった。

パノプティコスが、はっとした表情を見せた。

「これは、もしや……」

3

アグニカとの通商協定締結に成功せり――。

その報せは、アグニカとの交渉についてほんの少し関わった三人にも伝わっていた。そして三人はそれぞれの思いを抱え込むことになった。

一人目のハイドラン侯爵は、眼鏡の女執事のウニカから報告を聞いて、絶句した。ヒロトに成功はない、自分がかつて望んでいた通り軍事同盟を再締結して帰国する。そう信じていたのである。

ハイドランにとっては大番狂わせであった。

《貴殿は今、勝ち目のない戦いに挑もうとしておる。勝ち目のない戦いには首を突っ込まぬことだ。自分が万能だと思って首を突っ込んでおると、首がなくなるぞ》

自分は死の宣告のつもりで――処刑を宣告するつもりで――ヒロトにそう言ったのだ。

だが、首はなくならなかった。なくなるどころか、またヒロトの評判を、この国での重要性を、高めただけであった。自分がいらぬ人、この国にとって頓珍漢な存在であることをむしろ強調することになってしまった。

ヒロトが敗北を喫すれば、ヒロトの不敗伝説は終わる。勢いは止まり、流れも変わる。そうなれば、ゆくゆくは自分も国政に復帰して……という期待も少しはあったのだが、その期待は消散した。

ヒロトはいったいどうやったのか？

別に知りたくはないとハイドランは思った。知ったところで、自分がどうにかなるわけでもあるまい。

二人目のマルゴス伯爵は、クリエンティア州の居館で交渉成功の報せを知った。

正直驚きだった。

ヒロトが訪問した後、ハイドラン侯爵ともヒロトは敗北してアグニカとの軍事同盟を再締結し、ガセルとの外交にも失敗する形で帰国するだろうと話していたのだ。その予想が外れるとはまったく思ってもみなかった。

大外れであった。

ヒロトはアグニカと通商協定の締結に成功したのである。

（グドルーンめを説得できるとは思わなかった……）

それが正直なところだった。

いったいどうやってグドルーンを説得したのか。マルゴスは、純粋に知りたいと思った。

三人目のマルゴス伯爵の娘、ルビアは大長老ユニヴェステルから呼び出された。ユニヴェステルは国内のエルフのトップである。

また自分は何かしでかしたのか。また罰せられるのか。今度こそ、宮殿から追放されて、我が家に不名誉の汚点をつけてしまうのか。戦々恐々としてユニヴェステルの許に赴いたルビアを待っていたのは、ヒロトからの感謝の言葉だった。

ハイドラン侯爵とマルゴス伯爵から聞いたアストリカ女王とグドルーン女伯の情報、特にグドルーン女伯の情報が助けになったという。ヒロトから感謝を伝えてほしいと手紙に記されていたそうだ。

「おまえが身を投げ出し、二人に対して正直にヒロトに話をするように懇請したことは、わしも聞き及んでおる。以前の行いは到底立派とは言えぬものだったが、このたびのことについては女官として称賛に値する」

と大長老は告げた。思いがけない言葉に平身低頭しながら、さらにルビアは低く頭を下げた。

よかったと思った。

少しでもヒロト様のお役に立てたのならよかった。自分はとにかく、恩を返したくて精一杯だったのだ。

4

鼎談より一週間後――。

ガセル国王妃イスミルは、夫のパシャン二世とともにドルゼル伯爵が持ってきた訴訟制度の文書を読み終えたところだった。

非常に前向きな、ガセルに対して好意的と言ってよい制度だった。訴訟の基準もはっきりしていて、不満があればガセルの商人はすぐに訴えることができる。

ヒロトの最後の置き土産だった。ヒロトはこの制度について両国を合意させてから、アグニカを発ったのだ。ヒロトがガセルを訪問した時、イスミルは別れ際に山ウニの値上げの問題に処してくれるようにヒロトに念を押したのだが、ヒロトはちゃんと約束を守ってくれたのである。正直、あの不誠実なグドルーンが承諾したというのが信じられないが、ヒロトが関わっているのなら、少しは期待をもって様子を見てもいいのだろう。

「ドルゼル、おまえのおかげですよ。よくやってくれました」

とイスミルは伯爵に声を掛けた。

「自分はただヒロト殿と色々とお話をしただけでございます」

とドルゼル伯爵が恐縮(きょうしゅく)する。

伯爵の言う通りなのかもしれない。文面を見る限り、主導したのはヒロトだろう。原案を書いたのも恐らくヒロトだろう。

だが、ドルゼル伯爵とヒロトとの関係があったからこそ成立したものでもあるのだ。そして何よりも重要なのは、ヒロトが問題解決に心を砕(くだ)いてくれたということだ。

明礬石の問題が生じた時には、ヒュブリデは当てにならないと突き放(はな)すつもりだったが、どうやら突き放すのは早かったようだ。ヒロトは確かにガセルに対して真正面から向き合ってくれている。突き放すのは得策ではない。ヒロトとの――ヒュブリデとのパイプはしっかりと持っておくべきだ。

ドルゼル伯爵は、さらにヒュブリデはアグニカと軍事協定を結んでいないと明言していた。ヒロトは王と王妃をがっかりさせるものではない、通商協定だと説明したという。詳(しょう)

細はわからなかったが、ヒロトの笑顔からして恐らく間違いあるまいと。

どう考えてもアグニカが有利だったはずだ。アグニカは確実に軍事協定をものにしていたはずだが——ヒロトが何をしたのかはわからない。おいおい知ることになるだろう。

「これでどうなるかしばらく見てみましょう。ね、あなた」

夫に顔を向けると、パシャン二世がうなずいた。言葉はないが、夫が満足しているのはわかる。不満だと夫は眉を顰めるし、もっと不満が強いと低く唸る。何もないのは満足の証拠である。

（軍事作戦は一時凍結ね）

とイスミルは決めた。訴訟制度がどれだけ機能するのかを見てからでも、遅くはない。

「今度ヴァンパイア族の娘が来るという時には、わたしも呼びなさい。わたしもいっしょに食事をしましょう」

とイスミルはドルゼルに命じた。ドルゼル伯爵は、ははぁと低く頭を垂れた。

「ところで——」

とイスミルはドルゼル伯爵に悪戯っぽい表情を向けた。

「ヒロトはグドルーンに求婚しなかったのね」

とちくりと刺した。ドルゼル伯爵が噴く。

「しかし、グドルーン伯に剣で挑んでおられました」

「剣で？　あのボクッ娘に？」

思わずイスミルは聞き返した。

「聞かせよ」

黙っていたパシャン二世が身を乗り出した。ドルゼル伯爵は身振りを交えながら、サリカ港でのことを話しはじめた。

5

アグニカ王国女王アストリカは、珍しくグドルーンから届いた手紙を目にしているところだった。

訴訟制度の報告である。ヒロトから、ドルゼル伯爵とグドルーンとの三人で交渉してまとめるゆえ、追認してほしいと頼まれていたものの事後報告である。

「これならいらぬ濫用はされぬでしょうな。きっちり歯止めがつけてあります」

とリンドルス侯爵はすぐそばで納得した。宰相のロクロイも文句は言わなかった。アストリカ自身も、異論を挟むつもりはなかった。

このたびの件でヒロトに見せつけられたのは、問題を本質的に解決するための知恵と行動だった。自分たちはヒュブリデの軍事協定を取り付ければガセルとピュリスに抗しうると考えていたが、思えば、ガワでの考えだった。本質での考えではなかったのかもしれない。

だが、ヒロトはそれではガセルとピュリスに抗しきれない、むしろガセルとピュリスの対抗活動を刺激すると考えていた。そして、本当にガセルとピュリスに対して釘を刺せるものを考え出したのだ。その一つが通商協定であり、もう一つが訴訟制度の準備だった。ある意味、空と法の力でアグニカとガセルとの争乱を防ごう、減少させようとしたのだ。

アストリカは、ヒロトがヒュブリデ国内だけでなく、ピュリス王からも高く評価される理由を、ようやく理解した気がした。同時に、なぜヒュブリデの大貴族がヒロトを排撃しようとするのか、疑問に思った。有能すぎるからこそ、出る杭として打たれてしまうのだろうが、なぜ自殺行動だと気づかぬのか。ヒロトを追放しても、ヒロトを三顧の礼で出迎える国はいくらでもあろう。そして追放した時、ヒュブリデは凋落するのだ。ヒロトと対立したハイドラン侯爵と亡きベルフェゴル侯爵は、一番の愚か者だったのかもしれない。

このたびの一連のヒュブリデとのやりとりでは、アストリカにとって本当に自分に必要な家臣が誰かを実感させられた。ヒロトに謝罪して協定に同意した後、ロクロイはすっかりしょげていたし、謝ってもくれた。

《陛下……このたびのことは申し訳ございません……わたくしの無礼で……》

《そなただけではありません。わらわもヒロトを嘘つき呼ばわりしたのです》

そうロクロイには答えたが、あの時、自分たちを救ってくれたのはリンドルス侯爵だった。もしロクロイが、「我が国の法では、たとえ外国の賓客であろうとも外交の文書を偽造した者は投獄できるようになっている」と最後まで言い切っていたら、果たしてどうなっていたのか。もっと大きな代償をアグニカは払わされることになっていただろう。それを止めたのは、リンドルス侯爵である。

ロクロイには言わなかったが、結局頼りになるのはリンドルス侯爵だった。リンドルス侯爵を抜きにして、この国の国作りは立ち行かぬのだということを改めてアストリカは痛感させられた。

自分を玉座に据えたリンドルス侯爵については、正直複雑な気持ちが強かった。

自分はもう一人前だ。もうリンドルスの庇護はいらぬ。リンドルスの知恵も指示もいらぬ――。

そういう気持ちに苦しんできた。だが――自分はリンドルスとともに女王として生きていくしかないのだろう。それがこのアグニカの国のためなのだろう。自分にも、そしてこのアグニカにも、リンドルスは必要な人間なのだ。

6

同じ頃、グドルーンはガラス窓に囲まれた自室でワインを口にしていた。ようやくヒロトとの時間は終わりを告げた。ヒロトは今頃、帰路の船の中だろう。

サリカ港での交渉——会談は、ヒロトのおかげで楽しく過ごせた。まさか、ヒロトが手合わせをお願いしてくるとは思わなかった。少しは嗜みがあるのかと期待したが、まったくの素人だった。眠っていてもヒロトには勝てるだろう。

だが、ヒロトが思い切りふざけてくれたおかげで、会談は笑顔から始まり、和やかなムードで進んだ。無事話がまとまったのは、ヒロトのおかげだろう。

これでガセルの軍事行動を防げる？

完全に防げるのかどうかはわからない。ただ、可能性をかなり減らせるのは確かだろう。ヒロトはガセルとピュリスの軍事行動に対して、空による牽制と法による抑制とを残していったのだ。

ヒロトは憎らしい男——そこはグドルーンにとっては変わらない。山ウニ税は撤廃できなかった。だが、ヒロトとの時間は不愉快ではなかった。ヒロトと言葉で戦うのは楽しかったし、久々の強敵相手に興奮した。いずれまた敵同士になるのかもしれないが、ヒロトは敬意を払うべき大物だった。ヒロトは宰相ロクロイに対して、真に互恵的な関係を築くのが目的と告げていたそうだが、それを達成して帰国したのだ。

(ボクが女王なら、この者を宰相にと考えたかもしれないな)

そうグドルーンは思った。それはピュリスの国王もそうなのだろう。ヒロトのような者がアグニカにいれば、アグニカはもっと強国になっているのかもしれない。少なくとも、ガセルの軍事行動に怯えてヒュブリデの傘を借りようとせずともよい国にはなっているのだろう。

「やっと終わりましたな」

と二人の巨漢の護衛が声を掛けてきた。

「さすがに疲れたよ。憎らしい男とずっといっしょにいたからねえ」

と嘘をつく。

二人の巨漢はにやにやしている。

グドルーンが嘘をついているのがバレバレだから？

違っていた。

「あの辺境伯、なかなかのタマですぜ。とんでもないことをイスミル王妃に言ってたそうで」


「とんでもないこと？」

　とグドルーンは聞き返した。

「グドルーン様が辺境伯を嫌っている、どうやって言うことを聞かせるのかってイスミル王妃に言われて、あの男、なんて言ったと思います？」

「ぎゃふんと言わせてやるとでも言ったんだろ？」

　護衛は首を横に振った。

「『会ったことないけど、一目惚れした。結婚しよう』」

　グドルーンは思い切り噴き出した。

　結婚？

　あの男が？

　爆笑が止まらない。ガセル国の王妃相手に、なんてことを吐かしていたのか。

「あはは、会ったことないけど一目惚れって、何だい、それは、あははは」

「結婚するんですか？」

「あはは、ボクはこう見えても男を見る目はあるんだよ？　そもそも、剣の嗜みがない男と結婚はしない」

言ってグドルーンはまた笑い声を響かせた。

7

数日後——。

向かい合う双つの翼の紋章を描いた馬車が、同じく向かい合う双つの翼を描いた紋章旗をはためかせながらヒュブリデ王国の首都エンペリアの目抜き通りを走っていた。前を行くは護衛のエルフの騎馬四騎。後ろには護衛の二騎、そして馬車数台がつづく。

ヒロトは窓から、故国ヒュブリデの首都の姿を目にしているところだった。すぐ隣の席では水青染めの生地でつくったハイレグのコスチュームに身を纏ったヴァルキュリアが、ヒロトの腕をつかんで胸に押しつけている。

久しぶりの母国だった。空気が、まさに母国の空気だ。風も母国の風である。やっと愛する国へ、愛する人たちのいる国へ帰って来たんだなと思う。一カ月ぶりの帰還である。長い旅だった。松尾芭蕉は、「月日は百代の過客にして、行きかふ年もまた旅人なり」と『奥の細道』に記したが、人生も外交も旅である。

（みんな元気にしてるかな）

とヒロトは思った。

ラケル姫。フェルキナ伯爵。副大司教シルフェリス。大長老ユニヴェステル。宰相パノプティコス。そして――レオニダス一世。

「レオニダス、待ってるかな」

とヴァルキュリアが話しかけてきた。

「きっとまた死刑だって言うよ」

「言ったらぶっ殺してやる」

とヴァルキュリアが笑う。

王宮の敷地が見えてきた。高い塀で囲まれている。その塀の先に、巨大な正門がある。すでに正門は開いていた。普通の者は馬からも馬車からも下りて正門を通過することを求められるが、王と枢密院顧問官は下りずに通過することが可能である。

馬車が曲がり、正門に正対した。門柱のすぐ前に、白いシャツの金髪の男がいるのが目に入った。白いショースを穿いている。

ヒロトははっとした。

「止めて！」

馬車が停車した。ヒロトが馬車の扉を開けると、ほぼ同時に白いシャツのさらさらヘアの男が馬車に歩み寄った。

「遅いぞ！　死刑だ！」

レオニダス一世であった。一国の王が、わざわざ宮殿の外で——正門の前で——家臣の到着を待っていたのである。

「陛下もごいっしょに」

いつもの返しに、

「阿呆！」

レオニダス一世は高い声で全力で叫んだ。それからいきなりヒロトを抱き締めた。しばらく無言で抱擁をつづける。ヒロトもレオニダス一世の背中に腕を回した。

久しぶりの主君の顔に主君の身体だった。抱擁の時間の長さが、レオニダス一世の気持ちを表している。

本当にうれしかったのだろう。きっと、屈辱的な軍事同盟以外ないとあきらめていたに違いない。いやだいやだと思いながら——。

「よくやった……」

と小さな声でヒロトに告げた。声はふるえていた。

「ただいま戻りました」

「遅すぎる」

ともう一度レオニダス一世は言った。それから、ようやく声が砕けた調子に戻った。

「おまえは死刑だ。勝手にヴァルキュリアを連れていきおって……」

「文句あるか?」

ヴァルキュリアの尖った声にレオニダス一世はヒロトから離れて、ヒロトの恋人に顔を向けた。

「大ありだ!」

全力で叫ぶ。その叫びにヴァルキュリアが噛みつく。

「ぶっ殺してやる」

「何だと!」

とレオニダス一世が甲高い声で叫び返した。だが、ヴァルキュリアも負けてはいない。

「ヒロトのことを死刑とか吐かしやがって、おまえこそ死刑だ」

「やかましい!　真剣に殺すと思ってるのか、ばかたれ!　ヒロトを殺す馬鹿があるか!」

とレオニダス一世が本音で叫ぶ。後ろで門衛が笑いそうになっている。

「早く宮殿に入れ。今日はおまえは寝かせんからな。全部話を聞かせろ」

とレオニダス一世は馬車に乗り込んできた。とにかく一刻も早くヒロトの話が聞きたいらしい。

ヒロトも馬車に乗り込み、ヒロトの上にヴァルキュリアが座った。

馬車が動き出す。

「それで、どこから話しだします？」

とヒロトは尋ねた。

「決まっている！　まず勝手に女を連れていくことにしたところからだ！　皆、ひっくり返ったのだぞ！」

とレオニダス一世は叫んだ。

「そこからですか。いや、一度、公私混同してみようと思って――」

8

話は夜明けまでつづいた。レオニダスは執務室で、大長老ユニヴェステル、宰相パノプティコス、フェルキナ伯爵、ラケル姫、大法官、書記長官とともに夜通し話を聞いた。途中で居眠りする者はいなかった。皆、興味深く聞いていた。

ようやく話が終わった時には、もう空が白んでいた。さすがに眠い。身体もだるい。だが、レオニダスの気分は最高だった。

《おまえが持ち帰った結果には大いに満足している。だが、公私混同は不満足だ！》

とレオニダスは言い放った。

《そこは大目に》

《阿呆！　おれは厳しいのだ！　おまえには罰を喰らわせてやる！　明日から一週間、宮殿に出てくるな！　温泉での蟄居を命じる！》

ヒロトは目が点になっていた。そんな顔を見るのは初めてだったので、思わず爆笑してしまった。ユニヴェステルも「まことによき処分でございますな」と同調し、パノプティコスも「確かに罰は必要ですな」と同調した。「それがよいかと」とフェルキナ伯爵も賛同し、ヒロトは、ははぁと深く頭を下げて執務室を出ていった。

家臣たちと別れて部屋に戻っても、高揚はつづいていた。

ヒロトが帰って来た。しかも、最高の結果を手にして帰って来たのだ。やけくそで自分は無理難題を吹っ掛けたが、ヒロトはその難題をクリアーして戻ってきたのである。

今なら、父親の気分がよくわかる。亡き父モルディアス一世も、難しい事件が起きるたび、そしてヒロトが解決して戻ってくるたびに今の自分と同じ気分を味わっていたのだろう。

ヒロトよ、よくやってくれた。おまえは我が宝、我が国の宝だ。そんな気分になったのだろう。

自分もそうだった。最高に満たされた、充足と安息の気分だった。

（親父。おれはうれしいぞ）

シーツに横たわって天蓋を見上げながら、レオニダスは亡き父に胸の中でつぶやいた。

（おれは最高に幸せだ。親父も、そうだったんだろ……？）

9

生まれて初めて新王より受けた罰は、ヒロトにとっては甘美の塊であり、危窮の時であった。

目の前には王室御用達の、白い階段状のテーブルが広がっていた。そのテーブルを温湯が流れ落ちていた。空は青く、見晴らしはすばらしい。空の青と温泉の白とが美しいコントラストを放っている。

にもかかわらず、危窮の時であった。ヒロトは美しき二人にとっちめられていたのである。とっちめていたのは二人の巨乳娘――ミミアとソルシエールだった。

温泉の中で仁王立ちになったヒロトの前にミミアとソルシエールが膝立ちして、豊かな乳房を盛んにこすりつけて揺さぶっていたのだ。かたや弾力たっぷりのむっちりしたミミアの豊球、かたやツンと反った張りのあるソルシエールの美球が、両側からひっきりなしに押しつけられている。ヒロトの下半身は二人の胸の間に挟まれて見えない。

思い切りとっちめられてヒイヒイ言っている真っ最中であった。陥落寸前、まさに危窮の時であった。あまりにも甘美な危窮の時であった。そして危窮であるのは、ミミアにもソルシエールにもバレバレであった。

「ヒロト様……危窮の時は……？」

とソルシエールが息を弾ませながら尋ねる。

「好機の時？」

とミミアも息を弾ませながら尋ねる。

「危窮の時は危窮の時ぃ……」

答えてヒロトは腰をふるわせた。二人の胸に腰を押しつけながら、青空を見る。空はどこまでも遠く果てしない。

デジャヴューの瞬間であった。

同じようなことをエクセリスにも聞かれた記憶がある。ヒロトの上に跨がったエクセリスに、腰を振られながら――。そのエクセリスと同じような質問を二人にされるとは――。

（この危窮の時はどうにもできない……）

ヒロトは快感と解放感を味わいながら苦笑した。世の中には克服できないものもあるのである。でも、克服できないことの、なんと甘美なことよ――。

（これも無事、アグニカとの問題を片づけることができたからだ……）

今回は難題というにはあまりにハードな難題だった。あまりにも高すぎるハードルに、乗り越えるのは無理だろうと思った。だが、なんとかクリアーすることができた。ヒロトはようやく、難題を乗り越えた後の解放感を、心から、そして身体から感じていた。

あとがき

二年連続で、自分の誕生月に城主シリーズの新刊が並ぶことになりました。誕生日は二月二十一日であります。バレンタインの一週間後なのであります。付き合う人は大変であります（笑）。二週連続イベントって……（笑）。

というわけでA子さん、B美ちゃん、C菜さん、D希ちゃん、E花さん、F代ちゃん、ありがとう……って、戦隊ものみたいに羅列してんじゃねえ！（笑）

というわけでお待たせしました！　前回、「何も解決してねえじゃねえか！」とお嘆きのあなた。今回は解決します！　二十巻は上巻的な、物語的には種まきの位置づけでしたが、二十一巻は下巻的な回収ポジションです。危うく二十一巻もまた「二十一・二十二」に分冊となるところでした。ぎりぎりセーフ！　あっぶねえ……。

別に『進化理論の構造』って、上下巻千八百頁の鈍器を読んでいたからではないですよ。読んでたのは著者校正中だし。もちろん、一年前に『国家の解体：ペレストロイカとソ連の最期』っていう、三分冊二千四百頁の凶器を読破したからでもありません。あとがきで著者の偉い先生が「枕本って言葉があるけど、分厚すぎて枕にもならない」みたいなことを自虐的に書かれていて、「うん、確かに」って苦笑しちゃったけど。でも、面白かったなあ。みなさんも機会があれば是非トライ……できるか！（笑）

分冊にあたって、かなり改造＆加筆いたしました。序章、二章、三章、十一章、十二章は分冊前の原稿にはなかったものです。分冊決定後に加筆しました。ヴァルキュリアの心情と伏線の補強ですね。一章と四章と六章も相当修正＆てこ入れがしてあります。

さて、恒例の名前の種明かしを。

ハリトス……ハリストス（ギリシア正教のキリスト）から。

グドルーン……中世ドイツの英雄叙事詩『王女クードルーン』から。

インゲ……ルーン文字の一つ「イング」から。

それでは謝辞を。ごばん先生、いつもステキなイラストをありがとうございます！　自己主張するキュレレ、最高でした！　ってか、ラフの段階でキュレレだけ書き込みが違う！（笑）　編集さん、今回もほんっとうにありがとうございました！

では、最後にお決まりの文句を！

じ～～～～～～～～～～～～～～～～～～～～～～く・ぼいん!!

鏡裕之

https://firecross.jp/

高1ですが異世界で城主はじめました21

2022年3月1日　初版発行

著者――鏡 裕之

発行者―松下大介
発行所―株式会社ホビージャパン

〒151-0053
東京都渋谷区代々木2－15－8
電話　03(5304)7604（編集）
　　　03(5304)9112（営業）

印刷所――大日本印刷株式会社

装丁――木村デザイン・ラボ／株式会社エストール

Printed in Japan

ISBN978-4-7986-2757-1　C0193